Nicole Theis

Ein schottisches Weihnachtswunder

Roman

PIPER

Mehr über unsere Autorinnen, Autoren und Bücher:
www.piper.de

Wenn Ihnen dieser Roman gefallen hat, schreiben Sie uns unter Nennung des Titels »Ein schottisches Weihnachtswunder« an *empfehlungen@piper.de*, und wir empfehlen Ihnen gerne vergleichbare Bücher.

ISBN 978-3-492-50794-3
1. Auflage 2025
3. Auflage 2025

Für einen direkten Kontakt und Fragen
zum Produkt wenden Sie sich bitte an:
info@piper.de
Redaktion: Diana Napolitano
Satz auf Grundlage eines CSS-Layouts
von digital publishing competence (München)
mit abavo vlow (Buchloe)
Covergestaltung: © Alexa Kim »A&K Buchcover«
Covermotiv: Bilder unter Lizenzierung von depositphotos.com
und Adobe Firefly genutzt
Illustration: Designed by pikisuperstar/Freepik
Druck und Bindung: CPI Books GmbH, Leck
Printed in the EU

Für Mama und Papa.
Weil ihr einmal zu oft »Mach doch« gesagt habt, als ich meinte, ich könnte auch ein Buch schreiben.

Kapitel 1

Manche Menschen waren ein Leben lang an deiner Seite, hatten Einfluss auf dich und sahen dir dabei zu, wie du erwachsen wurdest. Andere Menschen waren Teil deiner Familie, und doch kanntest du sie nicht, hattest noch nie ein Wort mit ihnen geredet. Trotzdem hatten sie die Möglichkeit, dein Leben komplett auf den Kopf zu stellen.

Mein Onkel Peter gehörte zu der zweiten Kategorie. Kurz vor meinem ersten Geburtstag war er nach Schottland ausgewandert, und seitdem hatte ich ihn weder gesehen noch irgendetwas von ihm persönlich gehört. Abgesehen von Geburtstagskarten, die er aber auch immer nur sporadisch verschickte. Ich hatte keinerlei Erinnerung an ihn und hatte lediglich Geschichten über ihn gehört. Die meisten waren wenig schmeichelhaft. Sein Bruder – mein Vater – und er standen sich nie besonders nahe. So, wie es in meiner Familie generell der Fall war. Mit meinen Großeltern väterlicherseits hatte ich nie etwas zu tun gehabt und hatte nur durch Zufall von deren Tod erfahren, weil ihr Seniorensportverein eine Todesanzeige in der Zeitung geschaltet hatte. Offenbar waren sie geschätzte Mitglieder, deren Verlust alle im Verein tief betrauerten. Und ich kannte sie nicht einmal.

Mit meinen Großeltern mütterlicherseits verhielt es sich ähnlich. In meinen ersten Jahren waren sie noch zu Geburtstagen oder an Weihnachten vorbeigekommen, doch irgendwann hatte auch das aufgehört, nachdem sie sich mit meiner Mutter gestritten und nie wieder vertragen hatten.

An manchen Tagen störte es mich, dass meine Familie so *unfamiliär* war. Seit meiner Schulzeit wurde ich damit konfrontiert, wie eine perfekte Familie zu sein hatte. Angefangen mit dem Stammbaum, den wir in der Grundschule erstellen sollten und bei dem ich nicht einmal wusste, wie die Eltern meines Vaters hießen.

»Es ist wirklich schade«, riss meine Mutter mich aus meinen Gedanken und nippte an ihrem Kaffee. Stirnrunzelnd nickte ich. Schade. Wenn der Docht einer frischen Kerze abbrach oder der Lieblingspullover ein Loch hatte, das war schade. Aber den Tod eines Menschen so zu bezeichnen, klang in meinen Ohren falsch.

Zugegeben, als sie mir vor ein paar Minuten erzählt hatte, dass mein Onkel gestorben war, hatte ich nichts gefühlt. Wie auch? Ich kannte diesen Mann ja überhaupt nicht. Trotzdem würde ich niemals sagen, dass es *schade* war, dass er gestorben war. Das Wort passte einfach nicht zu so einem tragischen Ereignis.

»Hast du ihn gut gekannt?«, fragte ich, um wenigstens etwas Konversation zu machen und vielleicht noch etwas über meinen Onkel zu erfahren, den ich nun nie kennenlernen würde.

Jeden Sonntag trafen meine Mutter und ich uns zum gemeinsamen Kaffeetrinken in einem Café, nur um uns dann eine Stunde durch unangenehmen Small Talk zu quälen. So auch heute wieder. Es war ein Versuch, so etwas wie eine normale Mutter-Tochter-Beziehung zu haben. Mit mäßigem Erfolg. Denn für uns beide war es weniger Vergnügen und mehr eine lästige Pflicht. Familie spielen war einfach nicht unser Ding. Denn mehr machten wir nicht. Wir spielten, weil keiner von uns wirklich wusste, was das Wort Familie bedeutete.

Ich hasste es, wie zynisch ich war, konnte es aber nicht ändern. Immerhin hatte ich Freunde, die mit ihren Eltern hervorragend zurechtkamen und die in jeglicher Hinsicht von ihnen unterstützt wurden. Meine Eltern hingegen hatten nur geheiratet, weil mein Vater meine Mutter geschwängert hatte und es »das Richtige war«, wie sie immer wieder gesagt hatten. Da war es auch kein Wunder, dass sie sich nach kurzer Zeit wieder hatten scheiden lassen und seitdem getrennte Wege gingen. Außer durch meine Freunde und aus Filmen wusste ich nicht, was eine normale, funktionierende und vor allem liebende Familie überhaupt war.

»Habe ich Peter gut gekannt? Hm ... ein bisschen weniger als deinen Vater.« Meine Mutter zuckte mit den Schultern und lehnte sich in ihrem Stuhl zurück. Ich verkniff mir ein Seufzen, auch wenn man es durch das Gluckern der Kaffeemaschine hinter der Theke und das Gelächter der Frauen am Nebentisch ohnehin nicht gehört hätte. Wenn man bedachte, dass meine Eltern sich kaum kannten – ihre Beziehung hatte vor allem in den Laken stattgefunden –, konnte ich mir jegliche weitere Frage über meinen Onkel sparen. »Ich weiß nur, dass er nach Schottland gezogen ist, um einen Pub zu eröffnen. Angeblich war das sein größter Traum.« Sie schnaubte abfällig und strich sich ihre braunen Haare hinters Ohr.

Abgesehen von den schulterlangen braunen Haaren hatten meine Mutter und ich nicht viel gemeinsam. Ich ähnelte meinem Vater viel mehr, was wohl mit ein Grund dafür war, warum wir uns nur an diesen Sonntagen trafen. Meine Mutter ertrug es nicht, in meine hellbraunen Augen zu schauen, die denen meines Vaters so ähnlich waren. Ich wusste nicht genau, was noch alles zwischen meinen Eltern vorgefallen war, aber meine Mutter war auch nach all den Jahren nicht gut auf meinen Vater zu sprechen. Und mein Vater … Keine Ahnung, wie genau er zu meiner Mutter stand. Ich hatte nicht mehr viel Kontakt zu ihm.

»Was wird jetzt aus dem Pub?«, fragte ich.

»Vermutlich wird die Bank ihn verkaufen. Sicher hatte er einiges an Schulden. Ich meine, wie gut kann ein Pub in Schottland schon laufen? Dort gibt es Tausende davon. Das ist jetzt nicht gerade etwas Außergewöhnliches.«

Auch wenn sie damit vielleicht recht hatte, störte es mich, dass sie seinen Traum so schlecht machte. Ich fand es eher beeindruckend, dass er es durchgezogen hatte und ganz allein in ein fremdes Land gezogen war. Früher wollte meine Mutter immer Sängerin werden, und davon gab es nun auch mehr als genug. Trotzdem hatte man sich nie über sie lustig gemacht.

Während meine Mutter sich weiter über meinen Onkel ausließ, versuchte ich, mich an irgendein Foto von ihm zu erinnern, was mir jedoch nicht gelang. Vermutlich sah er meinem Vater ähnlich. Zumindest soweit sich Geschwister ähnelten. Da ich, dem Matratzensport meiner Eltern zum Trotz, Einzelkind war, konnte ich dazu keine persönlichen Erfahrungen beisteuern.

Es war komisch, von dem Tod eines Familienmitglieds zu erfahren und nichts zu fühlen. Genauso komisch war es, keinerlei Erinnerungen an ihn zu haben, obwohl er die ganze Zeit über gelebt hatte. So ähnlich ging es mir auch schon mit meinen Großeltern. Damals hatte ich ständig darauf gewartet, Trauer zu fühlen oder wenigstens irgendeine andere ähnliche Gefühlsregung. Doch da war nichts. Als hätte man mir sämtliche Gefühle ausgesaugt und sie durch Luft ersetzt. Als wäre der Tod nichts als eine unumgängliche Tatsache, die man einfach akzeptieren musste, weil es ohnehin keine Alternative gab.

»Er hätte uns ruhig einmal zu sich einladen können. Aber stattdessen hat er das Land verlassen und alles und jeden hinter sich gelassen. Er ist genauso wie sein Bruder. Sobald es um Familie oder Verantwortung geht, machen sie sich aus dem Staub«, fuhr meine Mutter fort.

Unauffällig rollte ich hinter meiner Kaffeetasse mit den Augen. Dieses Gespräch hatten wir schon Hunderte Male geführt. Wenn ich es nicht gewusst hätte, hätte ich niemals auch nur vermutet, dass meine Eltern einmal verheiratet gewesen waren. Und wenn ich nicht das Produkt aus ihrer merkwürdigen Beziehung wäre, hätte ich gesagt, dass die beiden niemals etwas miteinander haben könnten. Doch irgendwann vor etwas mehr als fünfundzwanzig Jahren war es einmal so gewesen.

»Hättest du ihn wirklich besuchen wollen?«, fragte ich, weil ich wusste, dass meine Mutter nicht gern verreiste. Wahrscheinlich auch ein Grund, warum sie nie ernsthaft an ihrer Musikkarriere gearbeitet hatte. Immerhin konnte sie nicht nur Konzerte in Frankfurt und Umgebung geben und erwarten, damit erfolgreich zu werden.

Sie zuckte mit den Schultern. »Hätte er uns eingeladen, hätte ich auf jeden Fall darüber nachgedacht. Sich jetzt darüber Gedanken zu machen, ist sinnlos.« Sie seufzte. »Ich frage mich, wer jetzt erbt. Soweit ich weiß, hat er weder Frau noch Kinder. Und sein Verhältnis zu deinem Vater war so schlecht, dass er ihn mit Sicherheit aus seinem Testament gestrichen hat.«

»Hör auf damit.« Ich konnte mir ihr Gerede nicht mehr anhören. Ja, Peter war nach Schottland gezogen, und ja, er und meine Eltern hatten sich nicht nahegestanden.

Trotzdem war es nicht richtig, dass sie über seinen Tod redete, als hätte sie sich gerade einen Fingernagel abgebrochen und fragte sie sich jetzt, wann sie das nächste Mal zur Maniküre gehen konnte, um das Problem zu beheben.

»Was ist denn?« Mit großen Augen sah sie mich an. Sie wirkte ehrlich verwirrt. Wahrscheinlich weil ich ihr sonst nicht widersprach, sondern nur nickte, damit das gemeinsame Kaffeetrinken ohne unangenehme Vorfälle vorüberging.

»So redet man nicht über einen Menschen, der gerade erst verstorben ist.« Zumindest glaubte ich das. So viel Erfahrung mit dem Tod hatte ich nun auch wieder nicht, um das ernsthaft beurteilen zu können. Aber selbst mir war klar, dass Geld das Letzte sein sollte, worüber man sich Gedanken machen sollte.

Meine Mutter rollte mit den Augen. »Was weißt du schon?«, sprach sie meine Gedanken aus. »Wenn er gewollt hätte, dass man gut über ihn spricht, dann hätte er sich nicht ins Ausland verziehen sollen. Er hat ja nicht einmal versucht, Teil der Familie zu sein.«

Insgeheim fragte ich mich, von welcher Familie sie da sprach. Die Beziehung zwischen ihr, Papa und mir sicher nicht. Wir hatten schon immer nebeneinanderher gelebt statt miteinander. Für mich war das in Ordnung. Erstens, weil ich es nicht anders kannte, und zweitens, weil ich so schon immer mehr Freiheiten als andere Kinder gehabt hatte.

Mittlerweile studierte ich und war mit meiner besten Freundin in eine WG gezogen. Wenn es nach mir gegangen wäre, hätte ich Frankfurt schon lange verlassen, aber meine Wunsch-Uni in Berlin hatte mich nicht angenommen. Also war mir nichts anderes übrig geblieben, als mein BWL-Studium hier zu beginnen und zu hoffen, irgendwann im Laufe des Semesters wechseln zu können. Doch mittlerweile steckte ich in meinem letzten Semester und arbeitete an meiner Masterarbeit. Ein Wechsel der Universität war damit ausgeschlossen.

Bisher hatte ich noch nicht viel von der Welt gesehen. Meine alleinerziehende Mutter, die kaum Unterstützung von meinem Vater bekam, hatte nie Geld gehabt, um wegzufahren. Und dann war da ja noch die Tatsache, dass meine Mutter nicht gern verreiste. Unsere weiteste Reise mit Übernachtung ging nach Dortmund, und das auch nur, weil Mama auf ein Konzert ihrer Lieblingsband gehen wollte und mich mitgeschleppt hatte, damit sie keinen Babysitter organisieren musste.

Es war immer wieder erstaunlich, dass meine Mutter die Fehler stets nur bei anderen suchte und sie nie auf die Idee kam, dass auch sie welche machte. Soweit ich wusste, hatte sie schließlich auch nie versucht, Peter auf irgendeine Weise in unsere verkorkste Familie zu integrieren. Ich trank den letzten Schluck meines Kaffees, der mittlerweile kalt war. Ein Blick auf die Uhr verriet mir, dass unsere wöchentlich angesetzte Stunde bereits vorbei war, weshalb ich ohne schlechtes Gewissen gehen konnte.

»Ich muss noch lernen«, sagte ich. Es war jedes Mal die gleiche Ausrede, und jedes Mal kaufte meine Mutter sie mir ab. Das lag vor allem daran, dass sie selbst kein Interesse daran hatte, diese Treffen unnötig in die Länge zu ziehen. Nach wie vor fragte ich mich, warum wir uns das hier jede Woche wieder antaten, wo wir doch beide Besseres tun könnten.

Ich stand auf und schlüpfte in meine Jacke, ehe ich mir meine Handtasche über die Schulter hängte. Meine Mutter tat es mir gleich, und zusammen verließen wir das

Café. Vor der Tür umarmten wir uns steif, verabschiedeten uns und gingen in entgegengesetzte Richtungen davon. Mit einem tiefen Seufzer atmete ich die Anspannung der letzten Stunde aus und die frische Septemberluft ein. Irgendwie hatte ich das Bedürfnis, etwas Bedeutungsvolles zu tun. Immerhin hatte ich gerade erfahren, dass mein Onkel vor ein paar Tagen gestorben war. Doch ich fühlte noch immer nichts. Da war keine Trauer und auch kein Druck hinter meinen Augen. Warum sollte ich auch um den Verlust eines Menschen weinen, den ich nicht kannte? Es kam mir trotzdem absurd vor. Als wäre ich eine herzlose Person, ein gefühlskalter Roboter. Gleichzeitig konnte ich nichts daran ändern. Ich konnte schließlich keine Gefühle erzwingen.

Die Gedanken abschüttelnd, machte ich mich auf den Weg zurück in meine WG. Nach den Treffen mit meiner Mutter brauchte ich immer etwas Entspannung und Ablenkung. Ausnahmsweise hatte ich meine Mutter auch mal nicht angelogen. Ich musste wirklich noch lernen, da ich in ein paar Tagen das letzte Referat meines Studiums halten musste. Danach konnte ich mich vollkommen auf meine Masterarbeit konzentrieren. Wenn ich meinen Abschluss in der Tasche hatte, würde ich meine Sachen packen und Frankfurt verlassen. Ich könnte verreisen, mir endlich etwas mehr von der Welt ansehen oder mir in einer anderen Stadt einen Job suchen. Was es auch war, ich freute mich auf eine Veränderung.

Kapitel 2

Als ich eine halbe Stunde später die Tür zur WG aufschloss, wurde ich von Gelächter begrüßt. Instinktiv hellte sich meine Laune etwas auf, und ich lächelte. Auch wenn es mir lieber gewesen wäre, meine Ruhe zu haben, war ich gleichzeitig froh, nicht allein zu sein. Jetzt war ein wenig Ablenkung vielleicht genau das Richtige.

»Hey, Vivi. Wie war das Treffen mit deiner Mutter?«, fragte Linnea und streckte den Kopf über die Lehne des Sofas. Sie lag in den Armen ihres Freundes Marco, der so oft zu Besuch war, dass er sich eigentlich an der Miete hätte beteiligen können.

»Wie immer.« Ich streifte die Schuhe von den Füßen, hängte meine Jacke auf und setzte mich neben die beiden. »Mit der Ausnahme, dass ich erfahren habe, dass mein Onkel gestorben ist.« Ich nahm mir eine Handvoll Gummibärchen aus der Tüte auf dem Wohnzimmertisch und lehnte mich kauend zurück.

Linn setzte sich auf und legte mir eine Hand auf den Arm. »Das tut mir so leid. Kann ich irgendwas für dich tun?« Ihr Blick war voller Mitgefühl, was mich einmal mehr daran erinnerte, dass ich wohl irgendetwas fühlen sollte. Aber ich tat es einfach nicht.

»Nee, schon okay. Mir geht es gut. Ich kannte den Mann ja überhaupt nicht.« Jetzt hörte ich mich schon genauso gleichgültig an wie meine Mutter. Linn runzelte die

Stirn, doch ich zuckte nur mit den Schultern und schob mir ein weiteres Gummibärchen in den Mund. »Was gibt es hier Neues?«, fragte ich, um die Aufmerksamkeit auf etwas anderes zu lenken.

»Am Freitag findet drüben bei Jonas eine Party statt. Kommst du mit?«, fragte Marco.

Kaum merklich verdrehte Linn die Augen. Während sie fast schon ein Mauerblümchen war und ihre Freizeit lieber zu Hause verbrachte, war Marco immer auf der Suche nach neuen Feiermöglichkeiten. Meiner Meinung nach passten die beiden überhaupt nicht zusammen. Sie kannten sich schon seit ihrer Schulzeit und waren erst seit ein paar Monaten ein Paar. Aber was wusste ich schon über Beziehungen, abgesehen davon, wie man sie nicht führte. Schließlich hatten mir meine letzten beiden Freunde vorgeworfen, dass ich mich gar nicht richtig für sie interessieren würde, und sich letztlich von mir getrennt. Wenn Linn, trotz ihrer Unterschiede, glücklich mit ihm war, würde ich den Teufel tun und mich einmischen.

»Ich glaube eher nicht«, antwortete ich.

»Da ist übrigens ein komischer Brief für dich gekommen. Der wurde gestern aus Versehen bei den Nachbarn eingeworfen«, sagte Linn.

Fragend zog ich die Augenbrauen nach oben. »Wieso komisch?«

»Da stand irgendwas mit *Air Mail* oder so drauf.«

Verwirrt stand ich auf und schnappte mir den Brief, der auf dem kleinen Tisch neben der Haustür lag. Es war ein unscheinbarer weißer Umschlag. In der linken oberen Ecke war ein blauer Aufkleber: *BY AIR MAIL par avion Royal Mail.*

Royal Mail hörte sich nach England an. Ich überprüfte die Adresse, doch der Brief war tatsächlich an mich adressiert. Komisch. Ich kannte erstens niemanden in England und zweitens niemanden, der noch Briefe schrieb. Doch da stand tatsächlich mein Name. Hatte ich online irgendwas bestellt und es vergessen zu bezahlen? War das hier eine Mahnung?

Stirnrunzelnd setzte ich mich wieder aufs Sofa und öffnete den Umschlag. Zum Vorschein kam ein offiziell wirkendes Dokument. Ich begann zu lesen, und meine Verwirrung nahm mit jedem weiteren Wort zu. Der Brief kam nicht wie angenommen aus England, sondern aus Schottland. Wenn mich meine Englischkenntnisse nicht täuschten, war er von einem Anwalt, der mir vom Tod meines Onkels berichtete. So weit, so gut. Die Info war mir nicht neu. Doch das war nicht alles.

»Was zur Hölle?«, murmelte ich leise und las den Abschnitt erneut.

»Alles in Ordnung?«, fragte Linn. Wortlos reichte ich ihr das Papier, damit sie den Brief ebenfalls las und mir sagen konnte, dass ich vollkommen danebenlag und alles nur falsch übersetzt hatte.

Ich beobachtete, wie Linns Augenbrauen mit jedem Wort weiter in die Höhe schossen. »Wow«, stieß sie schließlich ungläubig aus und schaute mich mit aufgerissenen Augen an.

»Ich hab mich doch verlesen, oder? Da steht nicht ernsthaft, dass ich einen Pub in Schottland geerbt habe?«

Linn gab mir den Brief zurück. »Doch, genau das steht da.«

Konnte der Tag eigentlich noch schräger werden? Erst erfuhr ich vom Tod meines Onkels, und jetzt vermachte ausgerechnet er mir seinen Pub? Das musste ein Fehler sein. Ich konnte doch nicht die einzige Person in seinem Leben sein, der er etwas vererben konnte. Ich sank auf dem Sofa in mich zusammen. Das bedeutete, dass er auch nach so vielen Jahren in Schottland niemanden hatte. Vermutlich war er sogar allein und einsam gestorben. Zumindest musste es so sein, wenn er keinen anderen Ausweg gesehen hatte, als seinen Pub seiner Nichte zu vermachen, bei der er sich seit Jahren nicht mehr gemeldet hatte.

Endlich fing ich an, etwas zu fühlen. Doch statt Trauer war es Mitleid. Zwar wusste ich nicht genau, warum er damals nach Schottland ausgewandert war, abgesehen davon, dass er einen Pub hatte eröffnen wollen, aber sicherlich hatte er sich davon noch etwas anderes erhofft, als vereinsamt dahinzuscheiden.

»Dann geht es wohl demnächst mit einem Billigflug nach Schottland, damit wir in deinem neuen Pub feiern können«, riss mich Marcos begeisterte Stimme aus meinen Gedanken.

»Was? Nein, das ist ... Das geht nicht.«

»Warum nicht? Gehört doch dir. Du kannst damit machen, was du willst. Ich weiß ja nicht, wie es euch geht, aber ich für meinen Teil wollte schon immer mal in so einen Pub.« Natürlich war das das Einzige, woran er mal wieder dachte.

Ich schüttelte den Kopf. »Oh Gott. Ich bin Pub-Besitzerin.« Nein, auch wenn ich es laut aussprach, klang es absurd. Ich hatte keine Ahnung von Alkohol, geschweige denn von Schottland. Herrje, ich verstand die Schotten und ihren komischen Akzent auch nur teilweise. Durfte ich dort überhaupt schon Alkohol trinken? Gab es dort eine andere Altersbeschränkung als in Deutschland? Doch ich war fünfundzwanzig und damit mehr als alt genug. Selbst in Amerika durfte man mit einundzwanzig Alkohol trinken. Aber vielleicht gab es eine Regelung, die besagte, dass man erst ab einem bestimmten Alter Alkohol verkaufen durfte? Gedanklich griff ich nach jedem Strohhalm, der mir den Besitz eines Pubs untersagte.

»Was mache ich denn jetzt?« Ich sah nur Linn fragend an, weil ich wusste, dass von Marco sowieso keine konstruktiven Ratschläge kommen würden. Würde es nach ihm gehen, würde ich den Laden in einen Club verwandeln und jedes Wochenende eine Party mit DJ schmeißen.

»Du solltest den Anwalt anrufen und nachfragen. Er kann dir sicher mehr sagen. Vermutlich wirst du aber nach Schottland reisen müssen, oder du suchst dir jemanden, der sich um den Laden kümmert. Aber vor allem musst du dir überlegen, was du überhaupt damit machen willst. Verkaufen oder weiterführen.«

Ich nickte. Das hörte sich vernünftig an. Und logisch. Immerhin konnte ich weder einen Pub führen, noch aus der Ferne leiten. Ich war Studentin in meinem letzten Semester. Alles, worauf ich mich jetzt konzentrieren sollte, war mein Abschluss.

»Ja.« Ich stand auf und umklammerte den Brief. »Ja, das mach ich. Am besten jetzt gleich.« Fest entschlossen setzte ich mich in Bewegung, während Marco noch immer davon redete, einen Partyausflug nach Schottland zu machen.

In meinem Zimmer hockte ich mich an meinen Schreibtisch, das Schreiben vor mir ausgebreitet, und wählte die Nummer des Anwalts, bis mir einfiel, welcher Tag heute war und dass ich ihn an einem Sonntag vermutlich nicht erreichen würde. Vielleicht war das besser. So konnte ich die Neuigkeiten erst einmal verarbeiten, bevor ich mit noch mehr absurdem Wahnsinn konfrontiert wurde. Aber gleich morgen würde ich ihn anrufen und die Sache klären. Bis dahin hatte ich noch Zeit, erst durchzudrehen und mich dann wieder einzukriegen.

Ich, eine Pub-Besitzerin. Das war der absolute Wahnsinn!

Kapitel 3

Ich war schon unzählige Male am Flughafen gewesen und war doch noch nie geflogen. Wenn man in der Stadt mit einem der größten Flughäfen Europas wohnte, machte man unweigerlich mehrere Schulausflüge dorthin.

Keine Ahnung, was ich von meinem ersten Flug erwartet hatte. Aber mein Fazit fiel recht unspektakulär aus. Das nächste Mal würde ich definitiv einen späteren Flug nehmen, damit ich auch etwas sah. Am frühen Morgen war alles einfach nur dunkel, abgesehen von ein paar Lichtern der Stadt unter mir, die ich allerdings durch die dicke Wolkendecke nur sporadisch gesehen hatte.

Nachdem ich den Anwalt meines Onkels vor knapp vier Wochen erreicht hatte, hatte er mir genau das Gleiche gesagt wie Linn. Deshalb hatte ich umgehend einen Pass beantragt, der mir eigentlich viel zu teuer war, hatte ein Flugticket gekauft, für das ich meine Ersparnisse eigentlich nicht hatte ausgeben wollen, und stand nun in Edinburgh am Flughafen und suchte besagten Anwalt. Er hatte mir angeboten, mich abzuholen, damit er mir alle nötigen Unterlagen inklusive Schlüssel für Peters Haus in Kinmore, um die ich mich nun auch noch kümmern durfte, geben konnte. Ich kannte mich hier nicht aus und hatte sein Angebot nur zu gern angenommen.

Mein Blick schweifte suchend durch die Ankunftshalle. Ich hatte keine Ahnung, wie der Anwalt aussah, hatte lediglich seine Stimme gehört. Auf der Website seiner Kanzlei waren leider keinerlei Fotos zu finden. Er hatte mir immerhin gesagt, ich würde ihn an seinem roten Schal erkennen. Also musste ich vermutlich einfach nach einem Mann im Anzug, strenger Miene und Schal Ausschau halten. Allerdings war das nicht so leicht, da eine Menge Männer mit Anzug hier herumliefen. War das etwa die gewöhnliche Kleidung, die man beim Fliegen tragen sollte? Immerhin, die Frauen trugen bunte Mäntel und Jacken und hoben sich so von der tristen Umgebung und dem Flughafenpersonal ab. Ich kam mir in meinem übergroßen Pullover und meiner alten, aber gemütlichen Jogginghose, zu der Linn mir geraten hatte, ziemlich fehl am Platz vor. Einige Strähnen hatten sich aus meinem geflochtenen Zopf gelöst und fielen mir nun ins Gesicht.

Ich war dankbar dafür, abgeholt zu werden. Nicht nur, dass ich mich hier nicht auskannte, ich hatte auch kein Auto und wollte mir nicht noch Gedanken darüber machen müssen, wie ich am besten zu Peters Haus kam. Trotz meiner Dankbarkeit gefiel es mir nicht, dass man mir meine Müdigkeit vermutlich aus zwei Kilometern Entfernung ansehen konnte. Die letzten Tage hatte ich nicht gut geschlafen, weil ich zu beschäftigt damit gewesen war, mir den Kopf darüber zu zerbrechen, was ich jetzt machen sollte. Vielleicht hätte ich meinen Eltern von dem Erbe erzählen sollen, aber nachdem meine Mutter ihr Interesse an einem Erbe deutlich zum Ausdruck gebracht hatte, erschien es mir wie eine gute Idee, darüber zu schweigen. Am Ende hätte sie mich nur zu irgendetwas gedrängt, was ich nicht wollte und lediglich in ihrem Sinne war.

»Miss Wagner?«, fragte eine tiefe männliche Stimme neben mir. Eine Stimme, die ich bereits am Telefon gehört hatte. Ich drehte mich um und stand einem großen Mann gegenüber. Er sah aus wie Ende fünfzig, hatte volles dunkles Haar und trug Jeans, dazu der rote Schal, den er sich lässig um den Hals gehängt hatte, und einen dunklen Trenchcoat, um den ich ihn gerade beneidete, da ich in meinem Pullover und der dünnen Jacke etwas fror. »Ich bin Joseph Smith. Wir haben telefoniert.« Er reichte mir die Hand, die ich zögernd entgegennahm. Ich hatte ihn mir ganz anders vorgestellt. Nicht so leger gekleidet. Vermutlich hatten Anwälte in Großbritannien auch einfach überhaupt nichts mit denen in Deutschland gemeinsam, was den Kleidungsstil anging. Zumindest konnte ich mich nicht daran erinnern, wann ich das letzte Mal einen Anwalt in Jeans gesehen hatte.

»Freut mich, Sie kennenzulernen«, erwiderte ich und war froh, in der Schule den Englisch-Leistungskurs belegt zu haben. So waren mir die ganzen Höflichkeitsfloskeln bekannt, und ich musste nicht ewig nach Worten suchen, weil mich diese ganze Situation jetzt schon überforderte.

»Darf ich den Koffer nehmen? Ich habe direkt vor der Tür geparkt. Das Wetter ist leider nicht das beste heute.« Während er das sagte, griff er bereits nach dem Gepäckstück und deutete mit dem Kinn in Richtung Ausgang.

»Danke«, murmelte ich, während wir zu seinem Wagen gingen. Der Himmel war wolkenverhangen, und die Sonne war nirgendwo zu sehen. Tatsächlich wirkte es eher so, als würde es jeden Moment anfangen zu schütten.

»Noch einmal mein aufrichtiges Beileid. Ihr Onkel war ein guter Mann.«

Ich nickte stumm. Ich musste ihm seine Einschätzung glauben, da ich selbst keine Ahnung hatte, was Peter war oder nicht war.

»Wie weit ist es bis zum Haus meines Onkels?«, fragte

ich, weil ich zum einen müde war und zum anderen das Thema wechseln wollte. Es war mir unangenehm, dass die Leute mir ihr Beileid aussprachen und ich noch immer keinerlei Verlust oder Trauer fühlte. In den letzten Wochen hatte ich zudem eindeutig zu viel über den Tod nachgedacht und wollte jetzt nicht damit weitermachen. Außerdem musste ich heute in einem fremden Bett schlafen und wollte wirklich nicht an kalte, starre Körper mit ausdruckslosem Blick denken. Vor allem nicht im Zusammenhang mit meinem Onkel, während ich in seinem Haus wohnte.

»Etwa fünfundvierzig Minuten.« Mr Smith lud meinen Koffer in den Kofferraum und bedeutete mir, mich bereits ins Auto zu setzen. Ich öffnete die Tür und blieb verwirrt stehen. Hinter mir ertönte ein leises Lachen. »Die meisten Ausländer vergessen, dass wir auf der linken Seite fahren.«

»Richtig. Ich geh dann mal ...« Ich deutete auf die andere Seite und lief einmal um den Wagen. Mit roten Wangen setzte ich mich schließlich auf den Beifahrersitz, der eigentlich der Fahrersitz hätte sein müssen. Ich seufzte, als ich die Tür schloss. Das war ja schon mal ein guter Anfang.

Kurz darauf schob sich der Anwalt hinters Steuer und startete den Motor. Trotz der niedrigen Temperaturen draußen waren meine Hände schwitzig, als wir den Parkplatz verließen und auf die Straße fuhren.

Hier war ich also mit einem völlig Fremden, in einem fremden Land, in dem man nicht nur auf der falschen Seite im Auto saß, sondern auch noch auf der falschen Straßenseite fuhr. An jeder Kreuzung erwartete ich, dass ein anderer Wagen in uns hineinfuhr. Was mir aber vollends den Rest gab, war der Kreisverkehr. Zu Hause in Deutschland fuhr man höchstens Mal verkehrt herum hindurch, wenn sonst niemand da war, und auch dann nur zum Spaß. Aber die machten das hier mit voller Absicht. Als wäre das nicht genug, waren die Dinger auch noch mehrspurig. Warum zur Hölle brauchte man mehrspurige Kreisel? So langsam verstand ich, warum meine Mutter nicht gern verreiste. Das Ausland war das reinste Chaos. Hier herrschte Anarchie im Straßenverkehr. Ich war gerade einmal eine halbe Stunde hier und hatte schon genug gesehen, um zu diesem Entschluss zu kommen.

»Die Schlüssel für das Haus und den Pub liegen im Handschuhfach«, sagte Mr Smith nach einer Weile, während er uns sicher durch die Straßen manövrierte. Ich holte sie hervor und betrachtete den Schlüsselbund. Neben den beiden Schlüsseln hing ein Anhänger in Form einer Bierflasche daran sowie ein Flugzeug mit der Aufschrift Frankfurt. Er sah aus wie einer, den man am Flughafen im Souvenirshop kaufen konnte. Vorsichtig fuhr ich mit dem Finger über das kühle Plastik. Offenbar war mein Onkel ein wenig nostalgisch veranlagt gewesen. Als hätte er ihn vor seinem Umzug nach Schottland noch schnell gekauft, um eine Erinnerung an seine alte Heimat zu haben.

Die restliche Fahrt über klammerte ich mich an dem Schlüsselbund fest, während Mr Smith immer wieder auf Gebäude deutete und mir etwas über sie erzählte. Ich hörte nur mit einem Ohr zu, nach wie vor zu sehr auf den Straßenverkehr konzentriert, und zuckte jedes Mal zusammen, wenn ein Auto in die Straße einbog und ich erwartete, dass es direkt in uns hineinfahren würde. Dummer Linksverkehr. Hoffentlich war ich nicht lange genug hier, um mich daran gewöhnen zu müssen.

Pub ansehen, Bestandsaufnahme machen und dann einen Käufer finden. Das war der Plan. Vielleicht konnte ich Mr Smith dazu überreden, die Angelegenheiten für mich zu übernehmen oder mir zumindest dabei zu helfen, jemanden zu finden, der es tun könnte, wenn er nicht zur Verfügung stand.

Bis Weihnachten waren es nur noch knapp zwei Monate, und obwohl wir das Fest in der Familie nie richtig feierten, sondern uns lediglich trafen, um Geschenke zu verteilen oder eine kleine Mahlzeit zu essen, hatte ich nicht vor, über die Feiertage hierzubleiben. Dabei sah das weihnachtlich geschmückte Edinburgh sicher umwerfend aus. Einige Ladenbesitzer konnten es anscheinend gar nicht erwarten und hatten ihre Schaufenster bereits mit Kunstschnee besprüht. Und auch an den Straßenlaternen hingen teilweise schon rote und goldene Schleifen. An manchen Straßenecken funkelte und leuchtete es, und ich hatte sogar schon einen Markt mit unzähligen Buden gesehen, auch wenn ich bezweifelte, dass es sich dabei um einen Weihnachtsmarkt handelte. Zumindest deuteten die Fahrgeschäfte, die danebenstanden, darauf hin. Außerdem war es Ende Oktober und damit definitiv noch zu früh, um überhaupt an Weihnachten zu denken. Aber vielleicht würde mein Aufenthalt hier ja doch lange genug dauern, um mir einen Weihnachtsmarkt ansehen zu können, bevor ich Schottland wieder verließ. Dann könnte ich herausfinden, ob die Weihnachtsmärkte hier mit denen in Deutschland mithalten konnten. Auch wenn der Gedanke verlockend klang und es sicher schön wäre, wollte ich nicht länger als nötig hierbleiben.

Wir fuhren aus der Stadt und ließen Edinburgh hinter uns. Es dauerte noch eine Weile, in der wir an kleinen Dörfern und Feldern mit Schafen und Kühen vorbeifuhren, bis ich das Ortsschild von Kinmore entdeckte.

»Da wären wir«, verkündete Mr Smith, nachdem er mehrmals abgebogen war und den Wagen neben einem unscheinbar wirkenden Haus am Straßenrand geparkt hatte.

Ich folgte seinem Blick zu einem relativ ungepflegten Grundstück, das von einem Zaun sowie einer halbhohen Hecke vom Bürgersteig abgetrennt wurde. Auf der rechten Seite gab es eine Garage, und davor stand ein schwarzer Opel Corsa.

»Gehört der auch meinem Onkel?« In Gedanken korrigierte ich meine Worte. *Gehörte.*

Mr Smith folgte meinem Blick und nickte. »Ja, die Schlüssel liegen in der Küche.«

Irgendwie war ich davon ausgegangen, dass mein Onkel einen Jeep besaß. Zumindest entsprach das dem Bild in meiner Vorstellung. Vielleicht lag das aber auch nur an dem Klischee, das ich aus britischen Filmen kannte. Dort fuhren auch immer alle mit Range Rovern oder Ähnlichem herum.

Wir stiegen aus, und während Mr Smith meine Koffer holte, betrachtete ich das Gebäude vor mir genauer. Es war klein und aus grauem Stein gebaut. Der einzige Farbtupfer war die rote Haustür, an der die Farbe leicht abblätterte, sowie die weißen Fensterrahmen mit braunen Schmutzspuren, die man wohl vergeblich versucht hatte wegzuwischen. Dennoch wirkte es nicht heruntergekommen, sondern bewohnt.

»Wollen wir reingehen?«, fragte Mr Smith und deutete mit dem Kinn auf meine Hände, in denen ich die Schlüssel fest umklammerte.

Nickend ging ich vor. Es brauchte einige Anläufe, bis ich das Schlüsselloch traf, da meine Hand zitterte. Ob vor Nervosität oder Kälte wusste ich nicht. Schließlich öffnete ich die Tür und kam mir dabei vor wie ein Eindringling. Seit ich schottischen Boden betreten hatte, hatte ich kaum ein Wort gesagt, als wäre ich ein Einbrecher, der möglichst unbemerkt bleiben wollte. Und jetzt stand ich im Flur meines Onkels, den ich kaum gekannt hatte, und nistete mich in seinem Haus ein.

Es war, als würde ich ein fremdes Leben übernehmen, während ich meines zurückließ. Natürlich wusste ich, dass das völliger Quatsch war. Ich war nur hier, um einige Angelegenheiten zu erledigen, weil mein Onkel mir unerklärlicherweise etwas vererbt hatte. Eine Tatsache, an die ich mich wohl nie gewöhnen würde, auch wenn ich sie mir noch so oft vor Augen führte.

An der Garderobe hingen einige Jacken, darunter standen Schuhe. Die Wand war leer. Nirgendwo hingen Bilder. Ich lief langsam weiter, bis ich ins Wohnzimmer kam. Auch hier gab es kaum persönliche Gegenstände, die auf eine Familie oder Ähnliches hindeuteten. Eine Wolldecke war achtlos aufs Sofa geworfen worden, und auf dem Tisch davor lagen ein Laptop und einige Bücher. Das Haus glich einer typischen Junggesellenbude, und es wirkte, als wäre der Bewohner nur kurz weg und würde jeden Augenblick wiederkommen. Die Anwesenheit von Mr Smith, der meine Koffer an der Tür abstellte, verdeutlichte mir jedoch, dass dem nicht so war. Mein Onkel war nicht mehr hier und würde auch nicht mehr kommen. Ein Aneurysma hatte ihn viel zu früh und unerwartet aus dem Leben gerissen. Ich hatte keine Chance mehr, ihn kennenzulernen und ihn zu fragen, warum er ausgerechnet mir etwas vererbt hatte. Ich würde nie erfahren, warum er sich für ein Leben in Schottland entschieden hatte oder wie es ihm hier gefallen hatte.

»Ich kann mir vorstellen, dass die Situation schwer für Sie sein muss«, sagte der Anwalt hinter mir.

Ich biss mir auf die Innenseite meiner Wange, als könnte ich die plötzlich aufkeimenden Schuldgefühle so zurückhalten. Nein, schwer war es eigentlich nicht. Es war merkwürdig, aber nicht schwer. Schwer wäre es gewesen, wenn ich Peter gekannt hätte. Wenn ich irgendwelche Erinnerungen an eine gemeinsame Zeit mit ihm gehabt hätte. Und genau das war es, warum ich mich schuldig fühlte. Da war nicht einmal ein kleines Stechen in der Brust, das mir den Verlust meines Onkels zeigte. Ich fühlte einfach ... nichts. Stille. Leere.

»Ja«, sagte ich schließlich tonlos.

»Wie gesagt, die Schlüssel für das Auto liegen in der Küche. Ich habe meine Telefonnummer dazugelegt, falls Sie sie nicht mehr haben sollten.«

»Wann muss ich das alles hier«, ich machte eine allumfassende Handbewegung, »geregelt haben?«

»Das liegt ganz bei Ihnen. Das Haus gehörte Ihrem Onkel, weshalb Sie sich nicht um irgendwelche Mietzahlungen kümmern müssen. Sie haben also keinen Zeitdruck. Aber wenn ich Ihnen einen Rat geben darf.« Er senkte den Blick für einen Moment, bevor er ihn wieder auf mich richtete. »Überstürzen Sie nichts. Peter war ein wichtiger Teil der Gemeinde, und er hat den Pub geliebt. Er war sein Ein und Alles.«

Warum hatte er ihn dann ausgerechnet mir vererbt?, dachte ich mir, sprach die Frage aber nicht laut aus, da ich mir sicher war, keine überzeugende Antwort darauf zu bekommen. Stattdessen nickte ich stumm.

»Ich weiß nicht, wie Ihre Planung aussieht, aber Schottland im Winter ist wunderschön. Vielleicht wollen Sie noch ein wenig bleiben. Wenn wir Glück haben, sind die Temperaturen diesen Winter kalt genug, damit wir Schnee bekommen. So wie es im Augenblick aussieht, stehen die Chancen dafür ziemlich gut. Ich kann mich zumindest nicht daran erinnern, wann wir zuletzt einen so kalten Herbst hatten. Und Schottland im Winter ist wirklich sehenswert.« Er lächelte. »Wenn Sie noch irgendetwas brauchen, können Sie mich jederzeit anrufen. Ich war nicht nur Peters Anwalt, sondern auch sein Freund.«

»Danke, Mr Smith. Auch dafür, dass Sie mich abgeholt haben«, sagte ich aufrichtig. Sicher würde ich auf sein Angebot zurückkommen.

Er nickte, und ich folgte ihm zur Haustür. »Bitte, nennen Sie mich Joseph.« Erst jetzt erlaubte ich mir, den Mann vor mir genauer anzusehen, und erkannte dunkle Schatten unter seinen Augen. Ob von seinem Job oder wegen Peters Tod konnte ich nicht sagen, doch es war offensichtlich, dass ihn der Verlust seines Freundes schmerzte. Ich konnte mir gar nicht vorstellen, wie schmerzhaft es nun für ihn war, hier zu sein, in dem Haus seines Freundes, und mir dabei zu helfen, in dem Wissen, dass nichts mehr so sein würde wie früher.

»Okay … Joseph also. Ich bin Vivien. Es ist beruhigend zu wissen, dass ich mich an dich wenden kann.«

Er musterte mich noch einen Moment, als wollte er etwas sagen, entschied sich dann jedoch dagegen.

»Bis dann, Vivien. Und ich meine es ernst. Du kannst jederzeit anrufen. Tag und Nacht.« Er legte mir mit einer väterlichen Geste die Hand auf die Schulter und drückte sie sanft, ehe er sich umdrehte, in seinen Wagen stieg und davonfuhr.

Ich blieb allein im Haus eines Fremden zurück und ohne eine Ahnung, was ich jetzt machen sollte. Als ich ins Wohnzimmer zurückkehrte, erdrückte mich die plötzliche Stille, die Einsamkeit. Überfordert mit der Situation tat ich, was mir am klügsten erschien. Ich rief meine beste Freundin an.

»Bist du gut angekommen?«, fragte Linnea ohne eine Begrüßung.

Ich nahm seufzend auf dem Sofa Platz und ließ den Blick durch den karg eingerichteten Raum schweifen.

»War der Flug so schlimm? Ich habe dir gesagt, du sollst eine spätere Abflugzeit buchen.«

»Nein, der Flug war okay. Es ist nur ... Ich bin gerade in seinem Haus, und es fühlt sich falsch an. Ich komme mir vor wie eine Einbrecherin oder eine Hausbesetzerin.«

»Das Gefühl wird vergehen«, versicherte sie mir, und ich hoffte wirklich, dass sie recht behielt. Andererseits wollte ich gar nicht so lange hierbleiben, um mich an dieses Gefühl gewöhnen zu können. »Und sonst so? Hat der Anwalt noch etwas gesagt?«

Ich erzählte Linn von der Autofahrt und davon, dass Joseph mir seine Hilfe angeboten hatte. Außerdem erzählte ich ihr von meinem weiteren Plan, auch wenn ich diesen gemeinsam mit ihr gemacht hatte. Aber ihn noch einmal durchzugehen, half mir dabei, mich auf alles vorzubereiten.

Morgen früh würde ich mir als Erstes den Pub ansehen und vielleicht einige Fotos machen, für den Fall, dass ich ein Inserat ins Internet stellen und verkaufen wollte. Nach wie vor wusste ich nicht, was besser war. Einen neuen Mieter zu suchen, den Laden zu verkaufen oder einen Angestellten zu suchen, der den Pub einfach weiterbetrieb, hier die Stellung hielt und mir ab und an Bericht erstattete, wie es lief. Doch da ich außer meinem Kellnerjob keinerlei Gastronomieerfahrung hatte, würde die letzte Variante vermutlich wegfallen. Trotzdem wollte ich so schnell nichts ausschließen. Immerhin wäre es das Einfachste und würde wahrscheinlich schneller vonstattengehen als die Verhandlungen mit einem möglichen Käufer – sofern sich denn einer fand. Womöglich hatte ich ja auch eine totale Bruchbude geerbt. Warum hatte Peter ausgerechnet mir so einen riesigen Klotz ans Bein binden müssen, um den ich überhaupt nicht gebeten hatte?

Kapitel 4

Ich würde hier sterben.

Das war der einzige Gedanke, der mir durch den Kopf ging, seitdem ich mich hinters Steuer gesetzt hatte. Wer bitte kam auf die Idee, das Lenkrad auf der Beifahrerseite zu montieren und dann auch noch auf der falschen Straßenseite zu fahren? Es war fast so, als sollte man einen Unfall bauen. Warum hatte ich mich auch nicht dafür entschieden zu laufen? Wahrscheinlich weil ich ein Stadtkind war und selbst für fünfhundert Meter lieber den Bus nahm, als zu Fuß irgendwo hinzugehen. Vielleicht lag es aber auch daran, dass es regnete und ich im ganzen Haus keinen verdammten Schirm hatte finden können.

Nach meiner ersten unruhigen Nacht in Peters Zuhause war ich heute Morgen etwas verwirrt aufgewacht. Es hatte einen Moment gedauert, bis ich mich wieder daran erinnert hatte, wo ich war, und vor allem, warum. Gestern Abend war ich durchs Haus gelaufen, hatte in jedem Zimmer nach Spuren meines Onkels gesucht, um herauszufinden, was für ein Mann er war. Jetzt wusste ich immerhin, dass er Fan von Manchester City war und eine Sammlung von Flaschen in außergewöhnlichen Formen besaß.

Ich umklammerte das Lenkrad so fest, dass meine Knöchel weiß hervortraten. Meiner Unterlippe ging es nicht besser. Ich biss so fest darauf, als würde es mir dabei helfen, mich besser zu konzentrieren. Zum Glück war es

Vormittag, der Berufsverkehr damit schon durch und die Straßen fast leer, sodass ich immerhin nicht auch noch auf andere Verkehrsteilnehmer achten musste, die vielleicht oder auch nicht in mich reinfahren konnten. Vollkommen auf die nasse Straße konzentriert, verpasste ich fast die Einfahrt auf den Parkplatz vor dem Pub. Er war nicht groß, und es passten gerade einmal acht Autos drauf, aber immerhin musste ich nicht am Bordstein parken. Das fehlte mir gerade noch, auf der falschen Seite sitzend parallel einparken zu müssen.

Ich lenkte den Wagen auf den Parkplatz und stieß geräuschvoll die Luft aus, als das Brummen des Motors verklang und nur noch das gleichmäßige Plätschern des Regens auf der Windschutzscheibe zu hören war. Das nächste Mal würde ich definitiv laufen – Stadtkind hin oder her. Meine Handflächen waren schweißnass, und mein Puls legte einen Gang zu, wenn ich nur daran dachte, dass ich die Strecke wieder zurückfahren musste. Hoffentlich hatte Joseph unrecht, und es fing nicht auch noch an zu schneien. Bei Regen zu fahren, war schlimm, wie sollte das erst werden, wenn ich die Straßenmarkierungen nicht mehr sah?

Ich zog den Schlüssel ab und betrachtete den Pub vor mir. Es war ein frei stehendes Gebäude. Rechts und links führten Straßen entlang, ob noch etwas dahinter lag, wusste ich nicht. Insgesamt wirkte der Pub unscheinbar, aber gemütlich. Zwei Tische sowie Bänke standen davor, die mit einer Kette festgebunden waren. Über der Tür hing ein großes Schild mit dem Namen des Pubs, den mir der Anwalt bereits genannt hatte. In großen schnörkellosen Buchstaben stand er da.

Wagner's.

Unser Familienname.

Angesichts der Tatsache, dass wir Wagners keine großen Familienmenschen waren, überraschte mich das. Vermutlich war das ein Versuch, seinen Namen weiterzugeben, wenn er schon keine Frau oder Kinder hatte. Vielleicht war der Pub so etwas wie ein Baby für meinen Onkel gewesen. Vielleicht interpretierte ich aber auch einfach nur zu viel in die Namenswahl hinein.

Ich schüttelte die Gedanken ab und rannte durch den Regen über den Parkplatz zur Tür. Kurz zögerte ich, als ich den Schlüssel ins Schloss steckte, und betete, dass ich keine Bruchbude dahinter vorfinden würde. Länger konnte ich mich jedoch nicht mehr davor drücken. Außerdem hatte ich eine Aufgabe. Also drehte ich den Schlüssel im Schloss um.

Als ich das Innere betrat, begrüßte mich als Erstes der Duft von Alkohol. Er war nicht stark, aber doch stark genug, um zu wissen, dass das hier ein Pub war. Die Luft war stickig, als hätte hier seit dem Tod meines Onkels vor etwas über einem Monat niemand mehr gelüftet.

Mein Blick schweifte einmal durch den Raum. Es sah genau so aus, wie ich mir einen Pub vorstellte. Auf der linken Seite war eine Theke, hinter der unzählige Flaschen in einem Regal standen. Es gab einen Zapfhahn und Barhocker. Auf der gegenüberliegenden Seite standen Tische, und in der Ecke war sogar ein kleiner Kamin, den man in der kalten Jahreszeit sicher gut gebrauchen konnte. Ob er aber tatsächlich benutzt wurde, konnte ich nicht sagen. Doch alles in allem wirkte es gemütlich und nicht wie eine der hundert Kneipen, die wir in Deutschland hatten. Stattdessen wirkte es wie ein Ort, an den man nicht nur gern kam, um zu trinken, sondern auch, um länger zu verweilen.

An den Wänden hingen unzählige Bilder. Fotos von Peter mit Unbekannten. Sie alle lachten und wirkten sehr vertraut miteinander. Es schien, als würde er das Fehlen der Bilder zu Hause mit einem Überfluss an Fotos hier kompensieren.

Mein Onkel hatte wirklich etwas Schönes erschaffen, und es fiel mir nicht schwer zu glauben, dass er sich hier wohlgefühlt hatte. Erleichtert atmete ich aus, und ein kleiner Teil der Anspannung, die ich seit dem Aufstehen heute Morgen verspürt hatte, fiel von mir ab. Ich hatte mich bereits darauf eingestellt, eine Bruchbude vorzufinden. Doch das hier überraschte mich im positiven Sinne. Eine Müllhalde zu verkaufen, wäre um einiges schwerer gewesen.

Bevor ich weiter ins Innere ging, schloss ich die Tür hinter mir ab, um mich ungestört umsehen zu können und nicht von einem möglichen Kunden gestört zu werden.

Hinter der Theke führte eine Tür in eine kleine Küche, die spärlich, aber ausreichend eingerichtet war. Von dort aus führte eine weitere Tür ins Büro. Langsam betrat ich es und ließ mich auf den Stuhl hinter dem Schreibtisch fallen. Vor mir erstreckte sich das reinste Papierchaos. Überall lagen Unterlagen und Rechnungen herum. Bis ich mich durch das alles durchgearbeitet hatte, würde es einige Zeit dauern. Außerdem war ich mir sicher, nur die Hälfte davon zu verstehen. Ich kannte mich weder mit Alkohol aus noch mit der Gastronomie im Allgemeinen. Ich konnte nur hoffen, dass mein BWL-Studium irgendwelche Früchte trug und ich die Dinge, die ich in der Theorie gelernt hatte, auch in der Praxis umsetzen konnte. Ansonsten musste ich mich schneller an den Anwalt wenden, als ich es geplant hatte.

Mein Blick fiel auf eine Rechnung vor mir. Sie war von

einem Getränkehändler, und wie es aussah, war sie noch nicht beglichen. Ich runzelte die Stirn. Anscheinend hatte ich nicht nur den Pub geerbt, sondern auch die Schulden, die mein Onkel noch hatte.

Die Rechnung betrug fast zweihundert Pfund. Keine Ahnung, ob das eine normale Summe war oder nicht. Was ich aber wusste, war, dass ich das Geld nicht einfach so herumliegen hatte. Ich war Studentin und hielt mich überwiegend mit meinem Kellnerjob über Wasser, für den ich gerade einmal den Mindestlohn bekam. Nach Abzug der Studiengebühren sowie Bücher, die ich mir kaufen musste, blieb da gerade noch genug für die Miete und einen Kinobesuch oder zum Essengehen einmal im Monat. Und das alles gelang mir auch nur, weil meine Mutter mir bis zu meinem fünfundzwanzigsten Geburtstag mein Kindergeld überlassen hatte. Alles in allem war es nicht viel, aber immerhin besser, als BAföG zu beziehen und mich direkt zu verschulden. Außerdem konnte ich so eine kleine Summe ansparen, ohne Angst haben zu müssen, mich im nächsten Monat von Nudeln und Ketchup ernähren zu müssen.

»Was zur Hölle machst du hier?«

Ich schreckte beim Klang der wütenden Männerstimme hoch. In ihr schwang ein leichter schottischer Akzent mit, doch trotzdem verstand ich sie. Mein Blick traf einen dunkelhaarigen Mann mit Dreitagebart, der in der Tür stand und mich aus zusammengekniffenen Augen ansah. Er war groß und trug ein kariertes Hemd. Hätte ich seinen zornigen Blick nicht auf mir gespürt, hätte ich ihn glatt attraktiv finden können. Wie war er hier reingekommen? Ich hatte doch abgeschlossen.

»Wer sind Sie?«, fragte ich. Mein Puls beschleunigte, als

mir bewusst wurde, dass ich allein mit diesem Fremden war, der noch dazu den einzigen Fluchtweg versperrte.

»Wer *ich* bin? Wer bist *du*?« Er kam einen Schritt auf mich zu, und ich rollte instinktiv mit dem Stuhl zurück. Einzig der Schreibtisch trennte uns noch voneinander. Er stützte sich darauf ab und wirkte wie ein bedrohliches Tier, bereit, sich auf seine Beute zu stürzen.

»Ich bin die Inhaberin«, sagte ich. Meine Stimme zitterte leicht, obwohl ich versuchte, es zu unterdrücken.

Seine Augen wurden noch schmaler, als er mich eingehender musterte. Dann schüttelte er den Kopf, richtete sich auf und verschränkte abermals die Arme vor der Brust. »Ganz sicher nicht.« Er lachte abfällig. »Ich kenne den Inhaber, und als ich ihn das letzte Mal gesehen habe, war er noch männlich und einige Jahre älter.« Seine Stimme klang hart, aber ich glaubte, so etwas wie Trauer darin mitschwingen zu hören. Wenn er die Wahrheit sagte, musste er wissen, dass Peter tot war. »Also, wenn du mir nicht sofort sagst, wer du bist und wie zum Teufel du überhaupt hier hereingekommen bist, rufe ich die Polizei.«

»Polizei? Ich könnte dich das Gleiche fragen.« Ich stand auf, um mir nicht mehr so klein vorzukommen, während er auf mich herabschaute. Es half nur bedingt, da der Kerl einen ganzen Kopf größer war als ich. »Aber da uns das nicht weiterbringt, werde ich dir antworten.« Einer von uns musste ja der Vernünftigere sein. »Mein Name ist Vivien Wagner, und ich habe einen Schlüssel.« Ich nahm den Schlüsselbund, den ich auf dem Schreibtisch abgelegt hatte, und hielt ihn ihm demonstrativ vor die Nase.

»Wagner?« Eine tiefe Falte bildete sich auf seiner Stirn.

Ich nickte. »Und jetzt du.«

»Jonah Paton. Und ich habe auch einen Schlüssel.« Er hielt seinen ebenfalls hoch. »Du bist mit Pete verwandt?«

»Ja. Er war mein Onkel.« Es fühlte sich noch immer merkwürdig an, über ihn zu reden. All die Jahre hatte ich nicht an ihn gedacht, hatte seine Existenz nur dann zur Kenntnis genommen, wenn er mir eine Geburtstagskarte geschickt hatte. Ich sah Jonah mit hochgezogenen Augenbrauen an, eine stumme Aufforderung, mir zu erzählen, in welcher Verbindung er zu Peter stand und warum er einen Schlüssel hatte. War er vielleicht sein Sohn? Aber das war nicht möglich. Erstens hatte er einen anderen Nachnamen, und zweitens hätte der Anwalt mir das bestimmt mitgeteilt. Außerdem hätte er den Laden dann vermutlich geerbt und nicht ich.

»Ich arbeite ... habe für deinen Onkel gearbeitet. Hinter der Theke. Die meiste Zeit habe ich mich darum gekümmert, dass vorn alles läuft, während Pete sich um den Papierkram gekümmert hat.«

Mir entging der traurige Ausdruck auf seinem Gesicht nicht, als er sich verbesserte. Es war offensichtlich, dass er sich nicht anmerken lassen wollte, wie er sich fühlte, aber seine Augen logen nicht. In ihnen stand die Trauer deutlich geschrieben. Ich ließ die Schultern etwas sinken. Mir war nicht aufgefallen, wie sehr ich mich seit Jonahs Eintreffen angespannt hatte. Zu wissen, dass er nicht irgendein Fremder war, der hier eingebrochen war und versuchte, den Pub auszurauben, war eine echte Erleichterung. Wenn mein Onkel ihm vertraut hatte, konnte ich das sicherlich auch tun, ohne Gefahr zu laufen, dass er mir etwas tun würde. Oder nicht?

Kurz standen wir schweigend da. Nachdem wir uns nun vorgestellt hatten, schien keiner wirklich zu wissen, was er sagen sollte. Schließlich räusperte sich Jonah. »Es tut mir übrigens leid. Das mit deinem Onkel«, fügte er hinzu, als ich ihn fragend ansah. Ich nickte stumm.

»Mir auch«, sagte ich nach einem Moment. Denn ihn schien der Verlust viel mehr zu treffen als mich. »Wolltest du eigentlich irgendwas Bestimmtes?«

»Jetzt nicht mehr.« Er lachte, doch es klang eher ungläubig. »Das glaube ich einfach nicht ...«, murmelte er kaum hörbar.

»Okay«, sagte ich langsam. »Also ...«

»Du hast den Laden geerbt?«, unterbrach er mich schroff, von seinem einfühlsamen Ton war nichts mehr zu hören. Ich nickte bestätigend. Er musterte mich abermals, und ich spannte mich unter seinem Blick unwillkürlich wieder an. Mit geschürzten Lippen schüttelte er den Kopf. Das schien er gern zu tun. »Das glaube ich einfach nicht«, wiederholte er ebenso leise wie zuvor.

»War der Laden in den letzten Tagen geschlossen?« Ich kannte die Antwort bereits, aber wollte irgendetwas sagen.

Jonah schnaubte. »Natürlich war er dicht. Pete ist gerade erst gestorben. Es wäre ziemlich respektlos, einfach so weiterzumachen, als wäre nichts passiert.« Jetzt lag in seiner Stimme definitiv so etwas wie Verachtung. »Hast du irgendwelche Erfahrung darin, einen Pub zu leiten? Ich meine, jetzt, wo er dir gehört.«

Auf der einen Seite gefiel mir die Art, wie er mit mir sprach, überhaupt nicht, und am liebsten hätte ich ihn angelogen. Auf der anderen Seite wusste ich, dass das nicht richtig war und ich seine Hilfe früher oder später bestimmt noch gebrauchen konnte. Also entschied ich mich für die Wahrheit, auch wenn mich diese ziemlich dumm dastehen ließ.

»Habe ich nicht. Aber ich studiere ...« Kurz überlegte ich, was Betriebswirtschaftslehre auf Englisch hieß. »Business.« Keine Ahnung, ob es eine spezielle Bezeichnung dafür gab, aber etwas anderes fiel mir auf die

Schnelle nicht ein. Ich bezweifelte außerdem, dass Jonah es besonders toll finden würde, wenn ich mein Handy herausholen und es googeln würde. Er erdolchte mich auch so schon mit seinem Blick, da musste ich nicht noch zusätzlich Öl ins Feuer gießen.

»Beste Voraussetzungen also.« Der Spott war deutlich zu hören, und wenn das nicht der Fall gewesen wäre, hätte mir spätestens sein abfälliger Blick gezeigt, was er von mir und dieser ganzen Situation hielt.

»Habe ich dir was getan? Dich falsch angeguckt oder zu laut in deine Richtung geatmet?« Nur weil ich seine Hilfe vielleicht später noch einmal brauchte, bedeutete das nicht, dass ich mir alles von ihm gefallen lassen musste. Und ganz sicher hatte ich nichts getan, was sein Verhalten mir gegenüber rechtfertigte.

Er kniff die Augen zusammen, und ein Schatten legte sich auf sein Gesicht. Ebenso schnell, wie er aufgetaucht war, war er wieder verschwunden und einer ausdruckslosen Miene gewichen. Als hätte er eine Maske der Gleichgültigkeit aufgesetzt. Doch damit konnte er mich nicht täuschen. Auffordernd zog ich die Augenbrauen nach oben. Wenn er ein Problem mit mir hatte, sollte er es mir gefälligst sagen und sich nicht in Gedanken hundert verschiedene Arten überlegen, wie er mich am besten wieder aus dem Weg schaffen konnte. Zumindest war das der Eindruck, den ich von ihm hatte.

Mit verschränkten Armen lachte er. Es war leise und ebenso wie sein Blick abfällig. »Mein Problem ist, dass du hier einfach auftauchst und den Pub übernimmst. Ich habe seit Jahren neben Pete gearbeitet. Er war wie ein Vater für mich. Ich sollte den Pub übernehmen und nicht eine dahergelaufene Nichte, die nie etwas mit ihrem Onkel zu tun hatte und sich jetzt das Erbe unter den Nagel reißt.«

Seine Worte trafen mich wie ein Schlag in die Magengrube. Es war nicht der Kommentar zu dem Erbe, sondern der mit der dahergelaufenen Nichte. Denn im Grunde hatte er recht. Ich hatte nie etwas mit meinem Onkel zu tun gehabt, und nun war ich wegen eines Erbes hier, das mir meiner Meinung nach überhaupt nicht zustand.

»Wenn das deine Ansicht ist, hast du meinen Onkel wohl nicht so gut gekannt, wie du glaubst«, sagte ich schwach.

»Ach, und du schon?« Herausfordernd sah Jonah mich an.

Ich seufzte leise, denn ich hatte keine Lust mehr auf dieses Gespräch.

»Hör zu. Ich bin erst seit gestern in Schottland, um die Angelegenheiten von Pete zu regeln.« Der Spitzname kam mir nur widerwillig über die Lippen. »Ich habe nicht darum gebeten, irgendetwas zu erben, geschweige denn von ihm. Keine Ahnung, warum er mich in seinem Testament bedacht hat. Aber so ist es jetzt nun einmal, und ich wäre dir sehr dankbar, wenn du mir nicht noch unnötig irgendwelche Steine in den Weg legst. Je eher ich alles geregelt habe, desto schneller kann ich wieder verschwinden, und du bist mich los.« Sollte er doch von mir halten, was er wollte. Ich hatte genug von ihm. Und wenn er sich weiterhin wie ein Idiot verhielt, konnte ich auf seine Hilfe genauso gut verzichten.

Schweigend sah er mich an. Auf seinem Gesicht war keine Regung zu erkennen, und ich hatte keine Ahnung, was er dachte. Aber das war mir jetzt auch egal. Ich nahm wieder auf dem Stuhl Platz und widmete mich den Unterlagen, während ich seinen Blick weiterhin auf mir spürte. Ich hatte keine Zeit, um mich unnötig mit Jonah und seinem verletzten Ego auseinanderzusetzen. Es war nicht gelogen. Je schneller ich hier fertig war, desto schneller konnte ich nach Hause, und nach diesem Begrüßungskommando konnte ich es kaum erwarten.

»Hast du vor, den Laden zu verkaufen?«, drang seine angespannte Stimme schließlich wieder an mein Ohr.

Den Blick weiter auf das Dokument vor mir gerichtet, welches ich mehr anstarrte als las, zuckte ich die Schultern. »Mal sehen, was sich ergibt und was am besten ist«, antwortete ich vage. Dabei war mir eigentlich schon klar, dass ich den Pub nicht weiterführen würde. Erstens hatte ich keine Erfahrung in dem Bereich, und zweitens wohnte ich nicht hier.

Er murmelte irgendetwas, dass ich durch seinen schottischen Akzent nicht verstand, ehe er sich umdrehte und ohne ein weiteres Wort verschwand. Ich hörte seine schweren Schritte auf dem Holzboden und dann das Zuknallen der Tür.

Na, das war ja hervorragend gelaufen. Hoffentlich war er der einzige Mitarbeiter. Auf weitere Begegnungen dieser Art hatte ich wirklich keine Lust.

Ich widmete mich wieder den Unterlagen. Sie durchzugehen war schwieriger als gedacht. Mein Englisch war zwar nicht schlecht, aber es war eine komplett andere Sache, als Texte im Unterricht zu lesen, für die man ein Vokabular vorgegeben hatte. Neben unzähligen Rechnungen fand ich auch offiziell wirkende Dokumente von irgendwelchen Behörden. Ich verstand nur die Hälfte und versuchte, den Großteil mit einer Sprach-App zu übersetzen. Hier brauchte ich definitiv die Hilfe von Joseph. Ich konnte das unmöglich alles allein schaffen. Abermals fragte ich mich, warum ich? Warum musste Peter mir diesen Pub vererben? Warum nicht jemand anderem?

Warum, Peter?

Warum?

Kapitel 5

Glücklicherweise erklärte sich Joseph, wie versprochen, sofort bereit, mir zu helfen. Ob er es aus reiner Herzensgüte tat, weil mein Onkel ein guter Freund von ihm gewesen war oder weil ich mich am Telefon wirklich verzweifelt angehört hatte, wusste ich nicht. Es war mir auch egal. Das Einzige, was zählte, war, dass ich mich nicht mehr allein durch den Papierkram quälen musste.

Ich presste die Lippen aufeinander, während Joseph seine Jacke über die Lehne des Stuhls hängte, ehe er sich mir in Peters kleiner Küche gegenübersetzte.

»Wie waren deine ersten beiden Tage?«, fragte er.

Ich zuckte mit den Schultern. »Sie hätten besser sein können.« Ein freudloses Lachen drang über meine Lippen. »Es ist komisch, hier zu wohnen. Peter ist überall und doch nicht da. Ich weiß auch nicht …«

»Ich weiß, was du meinst.« Sein Blick glitt durch den Raum, ein trauriges Lächeln im Gesicht. »Und abgesehen davon?«

»Ich war gestern im Pub und war noch keine halbe Stunde dort, da wollte man mir schon die Polizei auf den Hals hetzen.«

»Was?«

»Als ich im Büro saß, ist der Barmann, Jonah, aufgetaucht und war alles andere als begeistert davon, eine Fremde dort vorzufinden.« Ich schüttelte bei der Erinnerung an den gestrigen Tag den Kopf. »Wirklich verübeln kann ich es ihm nicht. Zumal ich auch gedroht habe, die Polizei zu rufen.«

»Verstehe«, sagte Joseph langsam. »Aber ihr habt die Sache ohne Polizei regeln können?«

»Keine Sorge, ich hab dich nicht angerufen, weil ich einen Anwalt wegen Körperverletzung oder vermeintlichem Einbruch brauche.«

Joseph griff sich an die Brust. »Dann bin ich ja beruhigt. Also, was brauchst du?«

»Ich werde aus den Unterlagen, die ich im Pub gefunden habe, nicht schlau. Außerdem sind es so viele, und auch wenn ich eigentlich ziemlich gut Englisch spreche, habe ich ein paar Probleme mit den ganzen Beamtenformulierungen.«

»Pete hatte da auch immer seine Schwierigkeiten mit. Er hat diesen ganzen Papierkram gehasst.« Er lachte, und auch ich musste über die Gemeinsamkeit mit meinem Onkel lächeln. »Dann zeig mal, was dir Probleme macht.«

Sämtliche Unterlagen, die ich im Pub gefunden hatte, hatte ich mir ins Auto gepackt und hierhergebracht. Unter keinen Umständen wollte ich Jonah noch mal so begegnen wie gestern. Daher hatte ich beschlossen, die Sachen einfach mitzunehmen. Ich zeigte Joseph alles, was ich gefunden hatte, und für die nächsten zwei Stunden gingen wir gemeinsam Papier für Papier durch und sortierten sie. Im Augenblick fühlte ich mich wie auf einem Blindflug. Doch je mehr Joseph mir erklärte und dabei half, mir einen Überblick zu verschaffen, desto sicherer wurde ich.

Als schließlich alles sortiert war, atmete ich geräuschvoll aus. Ein Stapel bestand aus Lieferbescheinigungen, um die ich mich nicht mehr kümmern musste. Aber der Stapel mit den Rechnungen machte mir Sorgen.

»Peter hat es gerne vor sich hergeschoben die Rechnungen zu bezahlen und immer bis auf den letzten Drücker gewartet. Trotzdem ist vieles davon schon bezahlt«, versuchte Joseph mich zu beruhigen.

»Einiges aber noch nicht«, hielt ich dagegen. Ich blickte auf die Rechnung vom Getränkehändler und schluckte. Hoffentlich war das nicht die Rechnung für die wöchentliche Lieferung. Allein bei dem Gedanken, drehte sich mir der Magen um. Das war fast halb so viel, wie ich im Monat an Miete für die WG zahlte.

Joseph tippte nachdenklich mit dem Finger auf den Tisch. »Wie wäre es, wenn wir für heute Schluss machen und das alles«, er deutete auf die Papiere, »erst einmal sacken lassen?«

Ich nickte. »Danke, für deine Hilfe.«

»Brauchst du sonst noch etwas?«, überging er meinen Dank.

»Na ja …« Ich zögerte. Joseph legte den Kopf schief und musterte mich fragend. »Könntest du mir vielleicht zeigen, wo Peters Grab ist? Es fühlt sich komisch an, noch nicht da gewesen zu sein.«

»Natürlich. Ich zeige es dir gern.«

Der Friedhof von Kinmore war nicht weit vom Haus meines Onkels entfernt. Trotzdem machten wir einen kleinen Umweg zu einem Blumenladen, damit ich einen Strauß besorgen konnte. Während Joseph im Auto vor dem Laden wartete, ging ich hinein.

Sobald ich die Tür öffnete, ertönte eine kleine Glocke, und mir schlug der Duft frischer Blumen entgegen. Ich atmete einmal tief ein und nahm die bunte Farbenpracht vor mir in Augenschein.

»Ich bin sofort da«, rief eine weibliche Stimme, die aus einem Zimmer im hinteren Teil des Ladens zu mir drang.

Unschlüssig stand ich im Raum und fragte mich, welche Art von Blumen man auf ein Grab legte. Ich wusste, dass jede Farbe und jede Blume eine bestimmte Bedeutung hatte, allerdings kannte ich die nicht.

»Wie kann ich dir helfen?« Eine ältere Frau mit blonden Locken trat durch die Tür und lächelte mich an. Sie trug ein buntes Kleid, sodass sie fast mit ihrer Umgebung verschmolz.

»Ich suche einen Blumenstrauß. Für ein Grab«, sagte ich.

»Hast du besondere Wünsche, oder soll ich etwas zusammenstellen? Hatte die Person vielleicht eine Lieblingsblume oder -farbe?«

»Das weiß ich nicht.« Ich knetete meine Hände, während die Frau mich neugierig musterte.

»Darf ich fragen, für welches Grab der Strauß sein soll? Ich möchte nicht unhöflich sein, aber ich kenne fast jeden im Ort, und vielleicht kann ich helfen.«

»Peter Wagner. Ich bin seine Nichte, Vivien.«

Die Frau legte sich eine Hand aufs Herz, und ein mitfühlender Ausdruck tauchte auf ihrem Gesicht auf.

»Ach, Pete«, sagte sie. »Er mochte Chrysanthemen. Bis vor ein paar Jahren hat er sie immer in seinem Garten gepflanzt. Er war oft hier und hat nach Pflegetipps gefragt, aber irgendwie sind sie bei ihm immer eingegangen.« Sie lachte bei der Erinnerung. »Ich bin übrigens Barbara, aber alle nennen mich nur Barb. Ich mache dir einen kleinen Strauß.« Während sie sprach, suchte sie die Blumen im Laden zusammen. »Du warst noch nie hier, oder?«, fragte sie und steckte einige rosa Chrysanthemen zusammen.

»Nein. Ich habe seinen Pub geerbt und muss mich nun darum kümmern«, antwortete ich und wartete auf eine ungläubige Reaktion, doch sie nickte nur.

»Der Pub war sein Ein und Alles. Wir alle waren froh, als er ihn eröffnet hat. Er ist der Treffpunkt der Gemeinde. Dort sind viele Dinge passiert, die man heute eigentlich nicht mehr erzählen kann.« Sie lachte. »Einmal wurde Pete von Tom zu einem Wetttrinken herausgefordert – ich weiß gar nicht mehr genau, worum es eigentlich ging«, sagte sie gedankenverloren. »Auf jeden Fall hat Pete die Getränke ausgeschenkt. Während er Tom den stärksten Whisky, den er finden konnte, ausgeschenkt hat, hat er sich selbst unauffällig Cola eingeschenkt. Der arme Tom lag irgendwann völlig fertig unterm Tisch, während es deinem Onkel noch hervorragend ging. Es hat zwei Wochen gedauert, bis Tom ihm verziehen hat, und das auch nur, weil Pete ihm versprochen hatte, dass seine nächsten Bestellungen für eine Woche aufs Haus gingen.«

Ich lächelte. Es war schön, mehr über Peter zu erfahren.

»So, bitte schön.« Barbara hielt mir den fertigen Strauß hin.

»Der ist wunderschön. Vielen Dank.« Ich nahm ihn ihr ab und zahlte.

»Es war schön, dich kennenzulernen«, sagte Barbara zum Abschied.

»Ebenso und danke für die Geschichte über Peter.«

Ich verließ den Laden, stieg wieder zu Joseph in den Wagen und gemeinsam fuhren wir zum Friedhof.

Der Kies knirschte unter unseren Füßen, als wir den Weg zwischen den Grabsteinen entlangliefen. Viele der Gräber wirkten ungepflegt, nur auf vereinzelten lagen frische Blumen.

»Hier ist es«, unterbrach Joseph schließlich die Stille und deutete mit dem Kinn auf einen unscheinbar wirkenden Stein. »Ich warte dort drüben.« Er steckte die Hände in die Jackentaschen und entfernte sich einige Schritte, um mir Raum zu geben.

Unschlüssig betrachtete ich den viereckigen Stein, der Peters Namen zierte. Was machte man auf einem Friedhof? Weinte man? Redete man mit den Toten? All das kannte ich nur aus Filmen, aber nichts davon fühlte sich für mich richtig an. Also legte ich die Blumen vor dem Grabstein nieder und starrte auf die schnörkellose Schrift.

»Warum hast du mir den Pub vererbt?«, fragte ich schließlich doch leise, als die Stille zu erdrückend wurde. »Eine kurze Erklärung wäre hilfreich gewesen.« Ich seufzte kopfschüttelnd. Von ihm würde ich keine Antwort mehr bekommen.

Ein letztes Mal glitt mein Blick über den glatten Marmor, der von Joseph ausgewählt wurde, als er sich um die Beerdigung gekümmert hatte.

»Geht es dir gut?«, fragte er, als ich zu ihm zurückging. Ich nickte. »Soll ich dich wieder nach Hause bringen?«

»Ich glaube, ich gehe noch eine Runde spazieren.«

»Du weißt, wenn du noch etwas brauchst, musst du nur anrufen.«

Nachdem ich mich abermals für seine Hilfe bedankt hatte, fuhr Joseph davon, und ich machte mich zu Fuß auf den Weg zurück zu Peters Haus.

Unterwegs kam ich an einem Schlüsseldienst, einem Reifenhändler und an einem Supermarkt vorbei, den ich bald besuchen musste. Bisher hatte ich mich von Tiefkühlpizza aus Peters Kühltruhe und Dosenravioli ernährt, die ich noch in seiner Vorratskammer gefunden hatte. Doch ewig wollte ich nicht von Tiefkühlkost leben.

Der Ort wirkte gemütlich und ruhig. Fast wie aus einem Katalog und kein Vergleich zu der Frankfurter Innenstadt, die regelmäßig von Touristen überlaufen war. Ich genoss die Ruhe, während ich an einem Café vorbeikam, das unweit des Pubs lag. Das kleine Schild an der Tür sagte mir, dass heute Ruhetag war, sie aber morgen öffnen würden. Als ich wieder am Blumenladen vorbeikam, konnte ich Barbara durchs Schaufenster sehen, wie sie einen neuen Strauß zusammenband.

Schließlich bog ich in Peters Straße ein. Die Häuser hier sahen sich alle recht ähnlich, und doch versprühte jedes seinen eigenen Charme, obwohl sich nur die Haustüren in ihren Farben unterschieden. Die Straße war fast wie ausgestorben, nur vereinzelt fuhr ein Auto an mir vorbei und störte die Stille. Auch wenn ich ein Stadtkind war, konnte ich mich an die Ruhe hier gewöhnen.

Kapitel 6

Ich vergrub das Gesicht in meinem dicken Schal und steuerte auf das kleine Café mit dem Namen *Coffee Bell* am Ende der Straße zu. Von hier aus konnte ich den Eingang zum Pub genau sehen. Nachdem ich gestern von meinem Spaziergang wieder zurück in Peters Haus gewesen war, hatte ich mich noch mal an die Unterlagen gesetzt. Ich musste etwas zu tun haben, da ich mir nach wie vor wie ein Eindringling in Peters Zuhause vorkam. Sicher hätte das anders ausgesehen, wenn ich wenigstens etwas Kontakt zu Peter gehabt hätte. So fühlte ich mich wie der aufdringliche Nebencharakter, der sich wie ein Parasit in das Leben eines anderen drängte, seinen Kaffee trank und in seinem Bett schlief.

Als ich die Tür aufzog, begrüßte mich sofort das Brummen der Kaffeemaschine sowie der vertraute Geruch von süßem Gebäck. Mein Magen zog sich schmerzhaft zusammen, weil ich noch nicht gefrühstückt hatte. Hinter der Theke stand eine junge Frau, die etwa in meinem Alter war, und begrüßte mich mit einem strahlenden Lächeln. Ich nahm an einem der Tische direkt am Fenster Platz und entledigte mich meiner Jacke sowie meines Schals. Zwei Tische weiter saß ein Mann, ansonsten war das Café leer. Vermutlich waren die meisten bereits auf der Arbeit, und ich war dem allmorgendlichen Andrang knapp entgangen. Sofern es so etwas in dieser Kleinstadt überhaupt gab.

»Guten Morgen, was darf ich dir bringen?«, fragte die Frau, die zwei Minuten später immer noch perfekt lächelnd an meinen Tisch trat.

»Einen Cappuccino und …« Ich zögerte, weil ich noch keinen Blick in die Auslage hatte werfen können. »Kannst du irgendwas zum Frühstück empfehlen?«, fragte ich daher. Zur Not würde es auch ein Croissant tun.

»Du kommst nicht von hier, oder?«, fragte sie und schien zu versuchen deutlicher zu sprechen, denn ihr Akzent ließ etwas nach. Ich schüttelte den Kopf. »Hab ich mir gedacht. Das höre ich an deinem Akzent. Wie wäre es dann mit einem schottischen Frühstück?«

Ich runzelte die Stirn. »Und das wäre was?«

»Black pudding, lorne sausages, tattie scones –«

»Stopp, stopp, stopp«, unterbrach ich sie und hob abwehrend die Hände vor mich. »Ich hab keine Ahnung, was auch nur eines dieser Sachen ist. Habt ihr Croissants oder Müsli?« Auch wenn ich zum ersten Mal in einem anderen Land war, musste ich ja nicht gleich zu Beginn die komplette kulinarische Vielfalt kennenlernen. Vorerst blieb ich bei den Dingen, die ich kannte und von denen ich sicher war, dass ich sie auch vertrug. Bauchschmerzen brauchte ich zusätzlich zu dem Knoten in meinem Magen nun nicht auch noch.

»Klar. Wie wäre es mit Porridge? Der ist auch typisch schottisch. Vielleicht mit ein paar Beeren dazu?«

»Gern.« In Gedanken machte ich mir eine Notiz, all das zu googeln, was sie aufgezählt hatte. Ich war mir sicher, Pudding gehört zu haben, was ich zum Frühstück etwas schräg fand. Aber was wusste ich schon. Andere Kulturen, andere Sitten. Trotzdem fand ich die Vorstellung, Schokoladen- oder Vanillepudding zum Frühstück zu essen, absurd.

»Kommt sofort.« Sie schenkte mir ein weiteres Lächeln und verschwand wieder hinter der Theke.

Während ich auf meine Bestellung wartete, warf ich einen Blick aus dem Fenster. Zum Glück regnete es heute nicht, sodass ich hatte herlaufen können. Dafür war es kalt. Aber das war für Ende Oktober eigentlich nichts Ungewöhnliches. Wobei ich mich über ein paar Grad mehr auf dem Thermometer definitiv gefreut hätte.

Mir fiel auf, dass nur wenige Autos auf der Straße fuhren, es aber verhältnismäßig viele Fußgänger gab. Das lag vermutlich daran, dass ein paar Meter weiter die Fußgängerzone anfing und hier ohnehin nur wenige Parkplätze vorhanden waren. Abgesehen von den Stellplätzen vor dem Pub gab es nur noch einen weiteren Laden, vor dem man ebenfalls seinen Wagen abstellen konnte.

Im Hintergrund vernahm ich das Rauschen und Gluckern der Kaffeemaschine. Ich atmete tief ein. Ich liebte diesen Geruch. Insgeheim glaubte ich, dass das der einzige Grund war, warum ich mich noch jeden Sonntag mit meiner Mutter im Café traf. Um einen leckeren Kaffee aus einem Kaffeevollautomaten zu trinken statt den grausigen Filterkaffee aus unserer Maschine in der WG.

Meine Mutter.

Ich seufzte bei dem Gedanken an sie. Morgen würden wir uns eigentlich treffen, und ich hatte ihr noch nicht abgesagt. Ohnehin hatte ich ihr noch nicht gebeichtet, dass Onkel Peter ausgerechnet mir den Pub vererbt hatte und ich nun hier war, um die ganze Angelegenheit zu klären. Es war ein Wunder, dass ich es bisher vor ihr hatte geheim halten können. Mehrmals musste Linnea mir ausreden, den Laden nicht einfach zu verhökern, wie meine Mutter es vermutlich getan hätte, sondern ihn mir erst einmal anzusehen. Wahrscheinlich war genau das der

Grund, warum ich es bisher geschafft hatte, Stillschweigen meiner Mutter gegenüber zu bewahren. Allerdings konnte ich die Sache nicht ewig für mich behalten.

Bevor ich es mir anders überlegen oder mich davor drücken konnte, kramte ich mein Handy aus meiner Tasche und wählte ihre Nummer. Je eher ich es hinter mir hatte, desto besser. Es klingelte ein paarmal, und insgeheim hatte ich die Hoffnung, sie würde nicht abnehmen, doch dann erklang ihre Stimme am anderen Ende der Leitung.

»Hallo?«

»Hey, Mama. Ich bin's.«

»Ich weiß«, schnaubte sie. »Ich hab deinen Namen gelesen.«

Na, das fing ja schon mal gut an. Wenn sie jetzt schon genervt war, war ich immerhin nicht daran schuld, wenn sie in ein paar Minuten noch schlechter drauf war.

»Richtig«, sagte ich und biss mir auf die Unterlippe, weil ich nicht wusste, wie ich jetzt anfangen sollte. Warum hatte ich mir keinen Text zurechtgelegt, den ich nun einfach abspulen konnte?

»Was gibt es denn? Ich habe nicht viel Zeit.«

Vielleicht war jetzt einfach nicht der richtige Moment, es ihr zu sagen.

»Ich kann morgen nicht zu unserem Treffen kommen.«

»Und warum?«, fragte sie. Mir entging ihr leicht erfreuter Ton nicht, auch wenn sie versuchte, ihn zu verbergen.

»Ich bin verreist und weiß auch nicht, ob ich es in nächster Zeit zu unseren Treffen schaffe. Keine Ahnung, wie lange ich hierbleibe.« Es war besser, das gleich loszuwerden. Noch mal wollte ich dieses Gespräch nicht führen.

»So, so. Wo ist *hier*?«

»Kinmore«, sagte ich so leise, dass ich glaubte, sie hätte

es nicht gehört. Meine Mutter schwieg so lange, dass ich schon befürchtete, es noch einmal sagen zu müssen.

»Kinmore?«, fragte sie dann. »Das Kinmore, in dem Peter gewohnt hat?«

»Genau das«, seufzte ich.

»Was machst du da?«

Ich hatte wirklich keine Lust, ihr das alles zu erklären. Zumal sie sich von Anfang an gefragt hatte, wer den Pub und alles andere von ihm erben würde. Es war mir nicht entgangen, dass sie gern ein Stück vom Kuchen abbekommen hätte.

»Peter hat mir den Pub vererbt, und ich musste herkommen, um zu klären, was nun damit passiert«, erklärte ich schnell und riss das Pflaster einfach ab.

Wieder schwieg meine Mutter, lediglich ihre schwere Atmung war noch zu hören, die eher einem aufgebrachten Schnauben ähnelte.

»Auf jeden Fall kann ich deshalb vorerst nicht mit dir Kaffee trinken gehen. Das wollte ich dir nur sagen. Ich muss jetzt los. Es gibt noch viel zu regeln. Bis dann.«

Ich legte auf, bevor sie noch etwas erwidern konnte. Kaum hatte ich das Handy auf den Tisch vor mir gelegt, als wäre es eine heiße Kartoffel, fing es an zu vibrieren. Ich drückte Mamas Anruf weg und atmete tief durch. Eigentlich hatte ich sie nicht direkt abwimmeln wollen, aber allein an ihrem Schweigen hatte ich erkennen können, dass sie sauer war. Sicher wollte sie mir nun eine Standpauke halten oder mir einreden, dass sie mir helfen könnte, nur um so an den Einnahmen des Verkaufs beteiligt zu werden. Doch das würde ich nicht zulassen. Meine Mutter hatte keinerlei Ahnung von Finanzen. Sie lebte nach dem Motto, je mehr, desto besser. Dabei dachte sie nie an längerfristige Anlagemöglichkeiten, um ihr Geld zu vermehren. Für sie zählte nur das Jetzt und das Geld, was sie in diesem Moment ausgeben konnte. Sie gehörte zu der Sorte Mensch, die Banken nicht traute und ihr Geld vermutlich noch in einer Socke unter der Matratze verstaute.

»Hier ist dein Cappuccino.« Die Kellnerin stellte die Tasse vor mir ab. »Und dein Porridge.«

»Vielen Dank.« Ich lächelte sie an, doch statt wieder zu gehen, knetete sie ihre Hände vorm Bauch und starrte mich an. »Ist noch was?«

»Ich wollte nicht lauschen. Das meiste habe ich ja auch gar nicht verstanden, aber Peter und Pub schon. Hast du vom *Wagner's* gesprochen?«

»Ja«, sagte ich unsicher. »Ich habe es geerbt. Peter war mein Onkel. Hast du ihn gekannt?«

»Oh, jeder hier hat Pete gekannt. Der Pub ist ein wichtiger Ort der Gemeinde, und Pete war ein ebenso wichtiger Bestandteil. Jeder hat ihn gemocht. Egal, ob man reden wollte oder Probleme hatte, Pete hatte immer ein offenes Ohr und hat geholfen, wo er nur konnte.« Ein trauriges Lächeln breitete sich auf ihrem Gesicht aus, und sie starrte aus dem Fenster in Richtung Pub, so als würde sie ihn vor sich sehen, wie er hinter dem Tresen stand. »Mein Beileid übrigens«, sagte sie schließlich, nachdem sie sich aus ihren Erinnerungen gerissen hatte.

Ich nickte, da es mir nach wie vor falsch vorkam, mich dafür zu bedanken. Mit der Kellnerin hatte ich nun schon vier Menschen aus Peters Umfeld getroffen, die seinen Tod allesamt mehr mitnahm als mich. Mein schlechtes Gewissen wuchs und wuchs. Warum hatte er den Pub nicht diesem Jonah vermachen können? Er war ganz offensichtlich heiß darauf, so, wie er bei unserer Begegnung reagiert hatte. Mittlerweile konnte ich ihm seine Reaktion auf mich nicht mal mehr übel nehmen. Jetzt zu hören, wie bedeutend Peter und der Pub in der Gemeinde waren, machte die Sache nur noch schlimmer. Wie konnte ich ihn jetzt ruhigen Gewissens verkaufen und damit etwas zunichtemachen, was mein Onkel mühsam aufgebaut hatte und was in der Gemeinde geschätzt wurde? Wenn Jonah so viel an dem Laden lag, konnte er ihn vielleicht kaufen, und ich wäre aus dem Schneider.

»Ich bin übrigens Chloe, und mir gehört das *Coffee Bell.*« Sie machte eine ausladende Geste, die den gesamten Raum einschloss.

»Vivien«, stellte ich mich vor und war froh über den Themenwechsel.

»Darf ich fragen, was jetzt aus dem Pub wird? Hast du vor, ihn weiterzuführen?«

Zu früh gefreut. Natürlich verstand ich, warum sie fragte, trotzdem wäre es schön, wenn ich mir erst einmal selbst Gedanken darüber machen könnte.

»Das weiß ich noch nicht. Ich bin erst vor ein paar Tagen angekommen und muss mir noch einen Überblick über alles verschaffen«, sagte ich ausweichend und doch irgendwie wahrheitsgemäß. Ich hatte Angst, sie würde genauso reagieren wie Jonah, wenn sie erfuhr, dass ich daran gedacht hatte zu verkaufen. Bevor überhaupt irgendetwas feststand, wollte ich mir nicht unnötige Feinde machen.

»Klar, verständlich«, erwiderte Chloe. »Weißt du, seit es den Pub gibt, ist es für uns alle hier zu einer Art zweitem Wohnzimmer geworden. Dort trifft man sich, um zu reden und einfach einen schönen geselligen Abend zu verbringen. Aber es werden auch ernste Themen besprochen, wenn es beispielsweise irgendwelche Unstimmigkeiten oder Probleme in der Gemeinde gibt.«

»Verstehe«, sagte ich, und mit jedem Wort, das Chloe

von sich gab, zog sich mein Magen weiter zusammen. Es war, als wäre ich direkt in einen dieser kitschigen Orte aus dem Fernsehen gefallen, wo jeder jeden kannte und jeder jeden unterstützte. »Wie gesagt, ich bin noch nicht sicher. Ich muss schauen, welche Möglichkeiten ich habe und was sich vielleicht noch ergibt.« Ich zuckte mit den Schultern. Ich wollte nicht zu viel sagen. Wenn in Chloes Worten auch nur ein Funken Wahrheit steckte, würde ich bestimmt schnell das Gesprächsthema Nummer eins im Ort sein. Da war es besser, wenn ich vorerst verschwieg, wie meine Pläne aussahen. Nicht dass ich bisher irgendwelche hatte. Nach wie vor erschien mir ein Verkauf jedoch als die einfachste Variante.

»Okay. Ich lass dich dann mal in Ruhe, bevor dein Kaffee noch kalt wird. Lass es dir schmecken und sag Bescheid, wenn du noch etwas brauchst.« Mit diesen Worten lächelte sie ein letztes Mal und verschwand wieder hinterm Tresen, um sich den Kunden zu widmen, die während unseres Gesprächs hereingekommen waren.

Das traurige Lächeln, das sich beim Klang von Peters Namen auf den Gesichtern der Menschen ausbreitete, schien normal zu sein. Ich befürchtete, dass das bei jeder Person, die ich hier treffen würde, der Fall sein würde.

Ich war ein Stadtkind durch und durch. In Frankfurt geboren und aufgewachsen. Zwar gab es bei uns auch Kneipen, aber noch nie hatte ich die Leute so darüber reden hören, wie es beim *Wagner's* der Fall war. Allein bei dem Gedanken daran, was noch alles auf mich wartete, bekam ich Bauchschmerzen. Bisher hatte ich nur einen Vorgeschmack davon bekommen. Aber es war offensichtlich, dass der Pub unter den Einwohnern hier einen hohen Stellenwert hatte. Ich hatte keine Ahnung, wie ich dem gerecht werden sollte.

Wahrscheinlich würde ich mir Feinde machen, egal, was ich tat. Wenn ich verkaufte, würde es den Menschen nicht recht sein, und wenn ich den Laden selbst führte, bestand eine ziemlich hohe Wahrscheinlichkeit, dass ich ihn gegen die Wand fuhr. So oder so, ich konnte eigentlich nur verlieren.

Was ich aber wusste: Ich musste schnell eine Entscheidung treffen. Die Rechnungen würden nicht weniger werden, und mit jedem Tag, den ich untätig herumsaß, verlor ich mehr und mehr Geld. Geld, das ich nicht besaß. Ich hatte nicht jahrelang auf jeden Cent geachtet, um mein Studium und meine Wohnung zu finanzieren, nur um jetzt durch ein unverhofftes Erbe Schulden anzuhäufen.

Ich nahm einen Löffel von meinem Porridge. Obwohl er gut schmeckte, lag er mir schwer im Magen. Und auch der Cappuccino trug nicht dazu bei, dass ich mich besser fühlte.

Wieder einmal fragte ich mich, was sich mein Onkel nur bei seiner Entscheidung gedacht hatte. Ihm musste viel an dem Pub gelegen haben. Es war mir unbegreiflich, warum er ihn nun ausgerechnet mir vermacht hatte. Mir kam bereits der Gedanke, dass er es nur gemacht hatte, um meinem Vater noch ein letztes Mal einen reinzuwürgen. Sie hatten sich nie gut verstanden. Vermutlich war Peter die Vorstellung, mein Vater könnte sich sein Lebenswerk unter den Nagel reißen und es zerstören, zuwider. Warum er dann ausgerechnet von mir etwas anderes erwartete, verstand ich nicht.

Wie auch immer meine Entscheidung aussehen würde, ich hoffte, die Leute würden sie mir nicht verübeln. Es ging hier um Peters Lebenswerk, und auch wenn ich ihn nie kennengelernt hatte, fühlte ich mich dazu verpflichtet, es nicht zu zerstören. Ich würde alles in meiner Macht Stehende tun, um eine angemessene Lösung zu finden.

Kapitel 7

Ich blies die Backen auf und stieß geräuschvoll den Atem aus. Der Schreibtisch meines Onkels war zwar mittlerweile kein Chaos mehr, trotzdem konnte mich die neu gewonnene Ordnung nicht gänzlich beruhigen. Das Treffen mit Joseph hatte mir nämlich eines klargemacht: Die Situation war zwar noch nicht schlimm, aber besser würde sie durchs Nichtstun auch nicht werden. Wenn ich die Schulden nicht weiter ansteigen lassen wollte, musste ich jetzt handeln.

Das war der Grund, warum ich nun im Pub saß und darauf wartete, dass Jonah endlich auftauchte. Ich hatte seine Nummer in seinem Arbeitsvertrag gefunden und ihm geschrieben, dass ich mich hier mit ihm treffen wollte. Ein nervöses Kribbeln breitete sich in meinem ganzen Körper aus. Bei unserem letzten Aufeinandertreffen waren wir nicht gerade harmonisch auseinandergegangen. Ehrlich gesagt wunderte es mich daher ein bisschen, wie bereitwillig er zugesagt hatte.

Die Uhrzeit auf meinem Handy zeigte 14 Uhr an. Jonah musste jeden Moment eintreffen. Joseph hatte mir angeboten, dabei zu sein, aber ich hatte ihm angemerkt, wie wenig Zeit er hatte. Immerhin hatte er einen Job und war nicht mein persönlicher Assistent.

Ich verließ das Büro und holte mir etwas zu trinken, während ich auf Jonah wartete. Durch das Fenster zur

Straße sah ich, wie der Regen wieder einsetzte. Er war nur schwach, eher ein Nieselregen. Trotzdem ärgerte ich mich, weil ich hergelaufen war und noch immer keinen Regenschirm gefunden hatte. Mittlerweile wünschte ich mir Schnee herbei. Nicht dass er so viel besser gewesen wäre, aber so würde wenigstens etwas weihnachtliche Stimmung aufkommen. Außerdem sah die Welt schöner aus, wenn sie von einer dünnen Schicht Puderzuckerschnee bedeckt war.

Vor meinem Abflug hatte Linnea von Weihnachten in Schottland geschwärmt und mir unzählige Bilder gezeigt. Ich musste zugeben, dass es schön aussah – fast schon heimelig. Doch im Augenblick waren wir von den Postkartenmotiven und kitschigen Filmen noch weit entfernt. Zurzeit war es einfach nur regnerisch und grau. Es war, als würden wir zwischen den Jahreszeiten feststecken. Der Winter wollte den Herbst noch nicht ablösen, aber einen goldenen Herbst mit Unmengen an Sonnenschein gab es auch nicht. Es war trist und dunkel, was zunehmend auf meine Stimmung drückte und obendrein einfach nur nervig war. Keine Ahnung, wie lange ich hierbleiben würde, aber etwas von der weihnachtlichen Stimmung mitzubekommen, wäre sicher schön. Je nachdem, wie das Treffen mit Jonah nun ablief, würde ich entweder schnell wieder nach Hause fliegen, oder die ganze Angelegenheit würde sich in die Länge ziehen.

Ich tippte mit dem Zeigefinger gegen mein Glas und zeichnete Muster in das Kondenswasser, während mein Fuß auf und ab wippte. So langsam könnte Jonah mal kommen. Kaum hatte ich diesen Gedanken zu Ende gebracht, öffnete sich die Tür. Zusammen mit einem Schwall kalter Luft kam er herein. Er war dick eingepackt in eine dunkle Winterjacke. Dazu trug er einen Schal, eine Wollmütze und klobige Stiefel.

Kurz schaute er sich um, dann fiel sein Blick auf mich an einem der Tische. Mit schweren Schritten trat er auf mich zu. »Hey«, sagte er mürrisch, zog sich die Mütze vom Kopf und steckte sie in die Jackentasche, bevor er diese ebenfalls auszog.

»Hallo. Schön, dass du gekommen bist.«

»Ich hab ehrlich überlegt, es nicht zu tun.« Er nahm mir am Tisch gegenüber Platz. Seine Miene war undurchdringlich, trotzdem konnte ich die Abneigung darin noch sehen. Vielleicht war es aber auch einfach Misstrauen. Für beides hatte ich Verständnis.

»Also, warum bin ich hier? Worüber wolltest du sprechen?«, fragte Jonah und musterte mich fast schon gelangweilt.

»Ich habe mit dem Anwalt meines Onkels gesprochen«, fing ich an. So konnte er mir immerhin nicht vorhalten, dass ich alles auf eigene Faust machte, ohne mir professionellen Rat zu holen.

»Und?«

»Als wir die Unterlagen durchgesehen haben, sind uns einige Rechnungen in die Hände gefallen. Rechnungen, die noch nicht bezahlt waren und um die ich mich jetzt kümmern muss. Uns sind glücklicherweise einige Zahlungsbestätigungen in die Hände gefallen, aber trotzdem sind da noch ausstehende Rechnungen.«

»Was genau hat das mit mir zu tun?«, fragte Jonah und schien von Sekunde zu Sekunde genervter.

»Ich kann es mir nicht leisten, noch mehr Schulden zu machen. Ich bin Studentin und halte mich mit einem Kellnerjob über Wasser. Hinzu kommen die monatlichen Fixkosten des Ladens. Das alles kann ich nicht aus eigener Tasche zahlen.«

Mit gerunzelter Stirn betrachtete er mich, und seine Lippen verzogen sich zu einem irritierten Grinsen. »Und was willst du jetzt von mir? Dass ich die Rechnungen übernehme, oder was?«

»Natürlich nicht.« Ich schüttelte den Kopf. »Aber der Pub kann keine weiteren Schulden anhäufen. Mir ist klar, dass er in den letzten Wochen geschlossen war, aber ich möchte ihn gern wieder öffnen, damit wenigstens etwas Geld in die Kassen gespült wird.«

Jonahs Blick lag unablässig auf mir, als er sich vorbeugte und die Unterarme auf dem Tisch ablegte. Ich hielt die Luft an und wartete darauf, dass er etwas gegen meine Entscheidung einzuwenden hatte. Dass er dachte, es sei zu früh, wo Peter doch gerade einmal einen Monat unter der Erde lag.

»Du willst den Laden also nicht verkaufen?«, fragte er stattdessen und überraschte mich mit der Sanftheit seiner Stimme, in der plötzlich so viel Hoffnung lag. Unter anderen Umständen hätte ich ihn attraktiv gefunden. Ach, was redete ich da. Jonah war attraktiv, und sicher war er sich dessen selbst bewusst. Ich konnte ihn mir gut in einem Schottenrock vorstellen. Zusammen mit seinem Dreitagebart, dem dunklen Haar und den sehnigen Unterarmen, die unter seinen hochgerutschten Hemdsärmeln hervorlugten, schien er wie einem Reisekatalog entsprungen.

»Vorerst nicht«, sagte ich, nachdem ich mich aus meiner Träumerei gerissen hatte. »Solange ich noch nicht weiß, was genau ich mit dem Pub mache, will ich, dass es erst einmal so weitergeht wie zuvor. Aber ich will ehrlich sein. Vermutlich führt kein Weg an einem Verkauf vorbei. Du hast selbst gesagt, dass meine Voraussetzungen, solch einen Laden zu führen, nicht vorhanden sind. Auf Dauer kann das also nicht gut gehen. Deshalb werde ich mich auch nach Käufern umsehen.«

Jonah nickte langsam. »Was, wenn ich dir meine Hilfe anbiete und du mir im Gegenzug versprichst, den Pub noch bis zum fünfundzwanzigsten Jahrestag offen zu lassen und nicht zu verkaufen?«

Jetzt war ich es, die ihn stirnrunzelnd musterte. »Wann ist der Jahrestag?«

»Im Februar.«

Meine Augenbrauen schnellten in die Höhe. Bis Februar waren es noch vier Monate. Vier Monate, in denen wir zwar Einnahmen erzielen konnten, denen aber auch einiges an Ausgaben gegenüberstanden. Ich hatte keine Ahnung, was er damit bezwecken wollte. So oder so gab es für den Pub ein Ablaufdatum. Warum er das Unausweichliche unbedingt hinauszögern wollte, verstand ich nicht.

»Warum?«, fragte ich deshalb.

»Weil du mit eigenen Augen sehen musst, was Pete hier aufgebaut hat. Er würde nicht wollen, dass sein Lebenswerk einfach aufgegeben wird.«

»Warum hat er es dann nicht dir vererbt?«

Jonah senkte den Blick und ließ sich zurück in den Stuhl sinken. Nachdenklich kaute er auf seiner Unterlippe, und ich musste mich ermahnen, nicht zu sehr auf seine vollen Lippen und die kantige Kieferpartie zu starren.

»Wahrscheinlich hat er nicht so schnell mit seinem Tod gerechnet. Keiner hat das.« Die letzten Worte waren kaum mehr als ein Flüstern.

Am liebsten hätte ich mich selbst geohrfeigt, diese Frage gestellt zu haben. Der traurige Ausdruck auf Jonahs Gesicht, brach mir fast das Herz. Wieder einmal verspürte ich ein schlechtes Gewissen, weil ich nie so getrauert hatte, wie er es tat, und es auch niemals tun würde. Nach wie vor war mein Onkel ein Phantom für mich.

»Also …« Ich räusperte mich. »Ich lasse den Pub bis Februar geöffnet. Und was dann? Hast du dann kein Problem mehr damit, wenn ich ihn verkaufe?«, fragte ich.

»Nein. Aber bis dahin wird es dir schwerfallen, auch nur an einen Verkauf zu denken. Du wirst all das hier«, er machte eine allumfassende Handbewegung, »ins Herz schließen.« Seine Stimme war fest. Selbstsicher.

Ich schnaubte. »Und warum glaubst du das? Ich meine, es ist ein Pub. Ein Ort, an dem man nach der Arbeit ein oder zwei Bier trinkt.«

»So denkst du vielleicht jetzt noch, aber du wirst sehen, dass es so viel mehr ist. Das werde ich dir beweisen.«

Zum ersten Mal, seit ich Jonah getroffen hatte, umspielte ein selbstsicheres Lächeln seine Mundwinkel. Es war entwaffnend, und ich war mir sicher, dass er alles dafür tun würde, damit ich den Pub genauso sah wie er. In diesem Moment, mit Blick auf sein Lächeln, hätte ich zu allem Ja gesagt.

»Na schön. Und wie willst du das anstellen?« Ich zuckte mit den Schultern und ließ meinen Blick durch den Raum schweifen. »Auch wenn ich zugeben muss, dass es hier wirklich gemütlich aussieht, kann das nicht die Grundlage dafür sein, einen Haufen potenzieller Schulden in Kauf zu nehmen.«

»Es geht nicht nur um den Pub. Es geht um alles. Die Menschen, die Gemeinschaft, das Zusammenleben und die grenzenlose Unterstützung. Pete war immer für alle da, und die Leute haben ihn dafür geschätzt. Ich bin es ihm schuldig, dass ich jetzt für ihn und den Pub da bin.«

Nachdenklich schaute ich ihn an. »Er hat dir viel bedeutet, oder?«, fragte ich sanft. Ich wollte sein trauriges

Gesicht von vorhin nicht erneut sehen, aber ich musste diese Frage stellen.

Jonah nickte. »Ja, das hat er.« Seine Worte waren so leise, dass ich glaubte, sie seien nicht für mich bestimmt gewesen. Ich hakte nicht nach, da ich ihm ansah, wie schwer es ihm fiel, über Peter zu reden. Es war, als würde sich eine dunkle Wolke vor sein Gesicht schieben und ihm die Luft zum Atmen nehmen. Trotzdem gab es da noch eine letzte Sache, die ich von ihm wissen musste, auch wenn sich meine Schuldgefühle lautstark in meinem Kopf bemerkbar machten.

»Kannst du mir von ihm erzählen? Ich habe ihn nie kennengelernt.« Auch wenn ich ihm als Baby begegnet war, hatte ich daran natürlich keinerlei Erinnerung mehr. Bisher hatte jeder, den ich hier getroffen hatte, nur Gutes über meinen Onkel zu sagen. Entweder waren alle der Meinung, dass man nicht schlecht über Tote sprechen durfte, oder er war wirklich ein netter, aufmerksamer und vor allem hilfsbereiter Mensch. Was immer es war, ich wollte ihn kennenlernen. Mir entging nicht, wie sehr mich das zu einer Heuchlerin machte. Immerhin hätte ich mich in all den Jahren bei ihm melden können. Hätte mich zumindest einmal für die Karten zum Geburtstag bedanken können. Doch das hatte ich nicht. Aber genauso gut hätte er versuchen können, einen Kontakt aufzubauen. Es war also nicht allein meine Schuld.

Jonah nickte, sagte jedoch nichts. Es schien, als wäre er noch immer in Gedanken versunken.

»Danke.«

Kurz schwiegen wir. Die Stille, die sich um uns herum ausbreitete, war erfüllt von Trauer und Unsicherheit. Trauer von Jonah, Unsicherheit von mir, da ich nicht wusste, wie ich seine Stimmung ins Gegenteil wenden konnte.

»Wann willst du den Laden wieder aufmachen?«, fragte Jonah irgendwann, und ich atmete erleichtert aus.

»Am liebsten schon gestern«, platzte es aus mir heraus. »Jeder Tag, an dem er geschlossen ist, ist ein Verlustgeschäft. Wenn du aber mehr Zeit brauchst, um alles vorzubereiten, dann musst du mir das sagen. Ich weiß ja nicht, wie das hier alles abläuft und was alles zu tun ist, worauf man achten muss.« Ich redete so schnell, ich war mir nicht sicher, ob er mich überhaupt verstand. Doch zu meiner großen Überraschung grinste Jonah. Es war das komplette Gegenteil von seiner traurigen, in Erinnerung versunkenen Miene, und es war wunderschön. Oh Gott, ich sollte wirklich aufhören, so über ihn zu denken. Aber wenn er grinste, bildete sich ein kleines Grübchen in seiner rechten Wange, und wer konnte Grübchen schon widerstehen?

»So viel ist da nicht zu tun. Klar, es muss mal durchgewischt und alles sauber gemacht werden, aber ansonsten ...« Er warf einen Blick zum Tresen. »Im Lager sind noch einige Getränke. Die nächste Lieferung kommt Anfang des Monats. Das Einzige, was noch gemacht werden muss, ist, den Leuten zu sagen, dass sie wieder herkommen können.«

»Das ist alles?«, fragte ich erstaunt. »Gibt es hier auch was zu essen?«

»Eigentlich schon. Pete hat immer ein paar Kleinigkeiten angeboten, die er auch selbst gekocht hat. Meist Pommes oder Zwiebelringe, nichts Weltbewegendes. Er wollte immer einen Koch einstellen, hat es aber nie getan. Die meisten kommen sowieso nicht zum Essen her, sondern um miteinander zu reden und einfach eine gute Zeit zu haben.«

Ich nickte verstehend und machte mir eine gedankliche Notiz, die wenigen Speisen von der Karte zu nehmen. Zwar kochte ich auch immer mal wieder selbst, aber ich wollte es nicht drauf anlegen, hier noch jemanden zu vergiften. Dann wären die Schulden nämlich meine geringsten Sorgen.

»Kann ich dir da bei irgendwas helfen? Spülen, putzen, Getränke in den Kühlschrank räumen?«, fragte ich.

»Lass nur.« Er machte eine wegwerfende Handbewegung. »Ich krieg das schon hin. Du wärst mir nur im Weg.«

Autsch.

Seine Worte versetzten mir einen Stich. Dass er so wenig von mir oder meinen Fähigkeiten hielt, war nicht fair. Er kannte mich schließlich nicht. Gerade wollte ich etwas erwidern, als er wieder das Wort ergriff.

»Sorry, das war nicht so gemeint. Es ist nur so, dass ich hier vorn das meiste allein gemacht habe. Pete hat sich um die Küche und den Papierkram gekümmert.«

»Klar, schon okay.« Vielleicht war es wirklich besser, wenn ich nicht im Weg herumstand und mir erst einmal anschaute, wie der Ablauf war. Wenn ich verstehen wollte, wie man einen Pub leitete, war es nur richtig, mir alles erst einmal anzuschauen und mir von Jonah alles erklären zu lassen. Sicher würde es noch genug Möglichkeiten für mich geben, etwas zu verändern oder ihm zu helfen. Jetzt hatte ich erst einmal Jonah um Hilfe gebeten, und da würde ich mich hüten, ihm zur Last zu fallen. »Der Pub macht um 17 Uhr auf, oder? Ab wann bist du dann hier?«, fragte ich, bevor er etwas sagen konnte. Eine weitere Entschuldigung oder Erklärung brauchte ich nicht.

»Normalerweise eine halbe Stunde vorher. Wenn ich allerdings noch alles sauber machen muss …« Er neigte abwägend den Kopf hin und her. »Ich schätze, dafür brauche ich ungefähr eine Stunde. So viel ist es ja nicht, und es geht eigentlich recht schnell.«

Ich nickte. »Gut. Einen Schlüssel hast du ja. Dann komme ich morgen Nachmittag etwas später und lass dich in Ruhe alles vorbereiten.«

Kurz musterte Jonah mich, als wollte er noch etwas erwidern, doch er schwieg. Stattdessen hielt er mir seine Hand über den Tisch hin und sah mich abwartend an. »Auf gute Zusammenarbeit«, sagte er, als ich nicht reagierte.

Ein kleines Lächeln schlich sich auf mein Gesicht, und ich ergriff seine Hand. Sie war viel größer als meine, etwas rau, aber warm. Ich schüttelte sie, während der Blick seiner bernsteinfarbenen Augen auf mir lag. Ein leichtes Kribbeln schoss durch meine Hand, meinen Arm hinauf, und es fühlte sich an, als hätte ich mich verbrannt. Als ich ihn wieder losließ, versuchte ich, mir nicht anmerken zu lassen, was ich gerade gespürt hatte.

Das war absurd. Ich kannte Jonah ja nicht einmal richtig.

Als er schließlich aufstand und sich verabschiedete, blieb ich sitzen. Erst jetzt wurde mir bewusst, wozu ich da gerade zugestimmt hatte.

Februar.

Ich würde den Pub bis Februar führen. Das bedeutete, ich musste bis Februar hierbleiben. Wie genau ich das anstellen sollte, wusste ich nicht. Ich hatte eine Masterarbeit zu schreiben. Wie sollte ich das schaffen, während ich mich gleichzeitig um einen Pub kümmern musste? Ich musste in die Universitätsbibliothek, mir Bücher ausleihen, mich eventuell mit meinem Professor treffen, um alles zu besprechen. War es überhaupt erlaubt, im Ausland zu sein, wenn man eigentlich studierte?

Ich rieb mir mit der Hand übers Gesicht und dachte an den Handschlag mit Jonah. Ich hatte seiner Bedingung zugestimmt, also musste ich es jetzt auch durchziehen. Ganz sicher würde ich keinen Rückzieher machen. Irgendwie würde ich schon eine Lösung finden. Immerhin hatte ich mit meiner Masterarbeit bereits angefangen, musste also nicht bei null starten. Trotzdem würde es eine Herausforderung werden. Doch jetzt gab es kein Zurück mehr.

Kapitel 8

Ticktack. Ticktack. Dafür, dass die Wanduhr so klein war, war sie ganz schön laut. Seit zehn Minuten saß ich nun hier und beobachtete, wie sich der Minutenzeiger langsam fortbewegte. Das monotone Ticken trieb mich noch in den Wahnsinn.

Jonah war sicher schon im Pub und bereitete alles für die Wiedereröffnung vor. Währenddessen saß ich hier zu Hause auf heißen Kohlen. Einerseits wollte ich ihn nicht alles allein machen lassen. Andererseits hatte er deutlich gemacht, dass ich ohnehin keine Hilfe für ihn wäre. Also wartete ich, bis es endlich Zeit war, den Pub zu öffnen. Zwar wusste ich nicht, was ich den ganzen Abend über machen würde, schließlich blieb die Küche kalt, und die Unterlagen war ich so weit durchgegangen. Ich traute Jonah durchaus zu, den Laden vollkommen allein zu schmeißen. Ganz raushalten konnte ich mich aber trotzdem nicht.

Keine Ahnung, ob heute überhaupt Leute kämen. Aber denjenigen, die es taten, wollte ich zeigen, dass es weiterging. Dass der Pub noch existierte und sie auch vorerst weiterhin vorbeikommen konnten.

Insgeheim hoffte ich auf Jonah und darauf, dass er nach unserem Gespräch ein wenig Werbung gemacht hatte. Wenn er der Gemeinde erzählt hätte, dass sich die Türen wieder öffneten, wäre das durchaus hilfreich. Ich selbst hatte nichts dergleichen getan. Vermutlich weil ich glaubte, Nachrichten würden sich in einem kleinen Ort wie Kinmore verbreiten wie ein Lauffeuer. Außerdem kannte ich abgesehen von Jonah, Joseph und vielleicht noch Chloe und Barbara niemanden hier, dem ich davon hätte erzählen können.

Nachdem ich noch weitere zehn Minuten Löcher in die Luft gestarrt und das Ticken der Wanduhr ertragen hatte, hielt ich es nicht mehr aus, zog meinen Mantel über und schnappte mir den Regenschirm, den ich durch Zufall im Kofferraum von Peters Wagen gefunden hatte.

Nach wie vor machte mir das Fahren hier Angst. Vielleicht lag es auch daran, dass ich generell keine geübte Autofahrerin war. In Deutschland nahm ich meist Bus oder Bahn. Ich besaß nicht mal ein Auto und hatte den Führerschein damals nur gemacht, weil ich davon geträumt hatte, aus Frankfurt wegzuziehen und nach Berlin zu gehen.

Mittlerweile stand ich dem Fußmarsch nicht mehr so kritisch gegenüber und freute mich sogar auf den kleinen Spaziergang an der frischen Luft. Das sollte schon etwas heißen, wo ich noch nicht einmal eine Woche hier war. Aber in letzter Zeit hatte sich mein Leben enorm auf den Kopf gestellt, da war es nur logisch, dass es auch etwas mit mir machte, mich veränderte. Als ich die Tür hinter mir schloss, atmete ich die kühle Luft ein, die so anders war als in Frankfurt. Sie roch frischer, reiner. Ich konnte förmlich spüren, wie sie sich in meinen Lungen ausbreitete.

Erneut wurde mir bewusst, welchen Deal ich gestern mit Jonah eingegangen war. Wenn ich den Pub tatsächlich bis Februar weiterführte, bedeutete das, ich musste ebenso lange hierbleiben. Eine Tatsache, die ich bis jetzt noch nicht richtig verinnerlicht hatte. Letzte Nacht hatte ich noch eine Weile wach gelegen und mir einen Plan zurechtgelegt, der mein Studium und die Arbeit hier verband. Zu meinem großen Glück konnte es tatsächlich funktionieren. Da ich alle meine Kurse belegt hatte, befand ich mich jetzt im letzten Semester, in dem ich nur noch meine Masterarbeit schreiben musste. Nachdem ich im Bachelor fast verzweifelt war wegen des Workloads, hatte ich für meinen Master beschlossen, ein Semester dranzuhängen, um mich einzig und allein auf die Masterarbeit konzentrieren zu können. Das bedeutete, dass ich keine Seminare mehr besuchen musste. Glücklicherweise hatte ich das Thesisreferat schon hinter mir. Es diente in erster Linie sowieso nur dazu, unseren Kommilitonen zu zeigen, worüber wir schrieben, und gegebenenfalls noch einige Tipps zu bekommen.

Mit den Händen in der Tasche, um sie vor den kühlen Temperaturen zu schützen, lief ich durch die Straßen und genoss die Ruhe. Es herrschte nur wenig Verkehr, kein Vergleich zu dem hektischen Treiben zu Hause. Normalerweise war am späten Nachmittag mehr los, da die meisten Feierabend hatten und sich auf den Weg nach Hause machten.

Über mir hing eine dunkle, Unheil verkündende Wolkendecke. Es war nur eine Frage der Zeit, bis sie aufbrach und sich entlud. Ich beschleunigte meine Schritte, um vor dem einsetzenden Regen anzukommen.

Schon aus der Ferne konnte ich das Licht durch die Fensterscheiben erkennen. Immer wieder nahm ich jemanden wahr, der sich hin und her bewegte. Offenbar war Jonah noch mitten am Putzen. Ich erreichte gerade die Tür, als die ersten Regentropfen zu fallen begannen. Schnell huschte ich hinein und wäre beinahe über Jonahs Besen gefallen.

»Ich dachte, du wolltest mir nicht im Weg herumstehen«, sagte Jonah anstelle einer Begrüßung.

»Ich ... ähm ... sorry«, stotterte ich und trat einen Schritt zur Seite. Jonahs Mundwinkel zuckten leicht nach oben, und ich rollte mit den Augen, als ich bemerkte, dass er es nicht vorwurfsvoll, sondern belustigt meinte. An die teils schroffe Art der Schotten würde ich mich noch gewöhnen müssen.

»Kein Problem. Ich bin sowieso fertig.« Er nahm den Besen und verstaute ihn in der kleinen Abstellkammer hinter dem Tresen. Unterdessen schaute ich mich im Pub um. Einen großen Unterschied konnte ich nicht erkennen. Das lag vielleicht aber auch daran, dass es von Anfang an sauber und aufgeräumt gewirkt hatte. Trotzdem war ich mir sicher, dass sowohl Tresen als auch Boden jetzt nicht mehr klebten, weil irgendjemand mal sein Bier verschüttet hatte.

»Sieht gut aus«, sagte ich, als er zurückkam. Ich zog meinen Mantel aus und nahm auf einem der Barhocker Platz. Es dauerte noch ein paar Minuten, bis die Türen offiziell geöffnet wurden.

Jonah stellte sich hinter die Theke und lehnte sich mit der Hüfte an die Anrichte. Hinter ihm auf den Regalen standen unzählige Flaschen und warfen bunte Schimmer an die Decke.

»Willst du was trinken?«, fragte er, woraufhin ich den Kopf schüttelte.

»Später vielleicht. Hast du eigentlich jemandem gesagt, dass der Pub wieder geöffnet ist?«

Jonah nickte. »Ich hab es George gesagt.«

»Das war's? Nur George?« Ich runzelte die Stirn. Ein zahlender Kunde war besser als keiner, trotzdem noch zu wenig.

Mit einem breiten Grinsen stützte sich Jonah vor mir auf den Tresen. Die Ärmel seines Hemdes waren unordentlich nach oben geschoben. »George ist das größte Plappermaul im Ort. Es gibt nichts, was er nicht weiß. Wenn du etwas wissen willst, gehst du zu ihm. Wenn du sichergehen willst, dass deine Geheimnisse geheim bleiben, solltest du dich von ihm fernhalten. Er ist informierter als die Regenbogenpresse, mit der Ausnahme, dass in seinen Aussagen immer Wahrheit steckt.«

»Wenn ich also all den Klatsch und Tratsch über dich erfahren will, muss ich zu ihm gehen?«, fragte ich und grinste.

Er rollte mit den Augen. »Kannst du gern tun. Du kannst mich aber auch einfach fragen, was du wissen willst. Ich würde meinen, ich bin eine viel verlässlichere Quelle.« Sein Blick ruhte auf mir, als wartete er darauf, dass ich genau das tat. Er war mir so unglaublich nah, dass ich sein Aftershave riechen konnte, das sich mit dem Duft von Putzmitteln und dem Geruch nach Alkohol vermischte. Für einen kurzen Augenblick vernebelte dieser Geruch meine Sinne, und ich konnte ihn nur anstarren, während er mir unverwandt in die Augen schaute. Eine stille Aufforderung oder Herausforderung, ihn zu fragen, was immer ich wissen wollte. Ich räusperte mich und stand auf, um etwas Abstand zwischen uns zu bringen. Ich ertrug seinen Blick nicht, der wirkte, als würde er direkt in meine Seele blicken. Und ich wollte wirklich verhindern, dass Jonah mir ansah, wie attraktiv ich ihn fand. Sein Ego war sicherlich groß genug, da musste ich es nicht noch zusätzlich streicheln.

»Ich bring mal eben meinen Mantel ins Büro.« Bevor er etwas erwidern konnte, war ich auch schon verschwunden. Ich atmete einmal tief durch. Was zur Hölle hatte Jonah nur an sich? Ich reagierte doch sonst nicht so. Ja, er war attraktiv, aber ich durfte nicht vergessen, wie abweisend er bei unserer ersten Begegnung war. Er hatte die Polizei rufen wollen. *Ich* hatte die Polizei rufen wollen.

Jetzt wirkte er wie ausgewechselt. Fast hatte ich das Gefühl, dass er mit mir flirtete. Doch das konnte nicht sein. Es musste Einbildung sein – oder Wunschdenken. Immerhin war ich immer noch die Person, die ihm den Pub, und damit seinen Traum, vor der Nase weggeschnappt hatte und nun darüber entschied, wie es damit weiterging.

»Wenn man vom Teufel spricht«, hörte ich Jonah sagen, und im nächsten Moment fiel die Tür zu. »Das Übliche?«

»Was fragst du denn so dämlich? Natürlich das Übliche«, antwortete eine männliche Stimme. Offenbar war der erste Gast gerade gekommen.

Ich warf einen schnellen Blick auf die Uhr. Zwei Minuten zu früh. Hoffentlich war das ein gutes Zeichen und bedeutete, dass noch weitere Leute kamen.

Jonah stellte dem Mann ein Pint hin, als ich aus der Tür trat. Sofort fiel der Blick des Unbekannten auf mich, und er verengte die Augen.

»Wer ist das? Dein *Lassie*?«, fragte er an Jonah gewandt, als würde ich nicht nur zwei Meter von ihm entfernt stehen und alles hören.

Jonah schnaubte bei seinen Worten, dann lachte er ungläubig. »Gott, nein, ist sie nicht.«

»Ich bin was nicht?«, schaltete ich mich ein, weil es mir erstens nicht gefiel, dass sie über mich redeten, als wäre ich nicht anwesend. Zweitens hatte der Unbekannte einen so starken Akzent, dass ich wirklich Mühe hatte, ihn zu verstehen.

»Sein Mädchen«, klärte der alte Mann mich auf und deutete mit dem Kinn auf Jonah.

Ich spürte, wie mir Hitze in die Wangen schoss. Vor Ärger und Scham. Für einen kurzen Augenblick war ich der Meinung gewesen, Jonah und ich würden uns verstehen. Doch offensichtlich hatte ich mich da getäuscht, wenn er selbst die Vorstellung zum Lachen fand, mit mir etwas zu haben. Es sollte mich nicht ärgern. Immerhin war ich nicht hergekommen, um mich in einen attraktiven Schotten zu verlieben. Trotzdem traf mich seine Reaktion wie ein Stich mit einer heißen Nadel, direkt ins Herz.

»Das ist Petes Nichte. Sie hat das Schmuckstück hier geerbt.« Jonah machte mit dem Zeigefinger eine kreisende Bewegung, die den ganzen Laden umfassen sollte.

Der Alte grummelte irgendetwas vor sich hin, das ich wieder nicht verstand, dann sah er mich mit einem solch missbilligenden Blick an, als hätte ich ihm gerade Wasser als Bier verkauft.

»Hat nie was erzählt von dir. Pete, meine ich«, sagte er, nachdem er mit seiner Musterung fertig war. »Hat aber generell nie viel über seine Familie gesprochen.« Er nahm einen großen Schluck seines Biers, dann legte er den Kopf schief. »Bist du die Einzige, die noch lebt?«

»George!«, ermahnte Jonah ihn scharf und schüttelte kaum merklich den Kopf.

»Was denn? Man wird doch wohl noch fragen dürfen. Es ist nicht gerade üblich, dass die Nichte alles erbt. Normalerweise haben andere Familienmitglieder mehr Anspruch drauf.«

Da hatte er nicht unrecht. Ich nahm neben ihm am Tresen Platz und stützte mich mit den Ellbogen ab. Jonah hielt stumm ein Glas in die Luft, woraufhin ich nickte.

Wenige Sekunden später hatte ich ebenfalls ein Pint vor mir stehen. Nach wie vor war ich keine große Alkoholtrinkerin, aber als Pub-Besitzerin sollte ich wenigstens mal probiert haben, was ich hier verkaufte.

»Meine Familie steht sich nicht besonders nah«, sagte ich schließlich. »Mein Vater und Peter hatten nie viel miteinander zu tun, und auch meine Großeltern schienen nie Interesse an einem harmonischen und liebevollen Familienleben zu haben.«

»Verstehe«, murmelte George. »Aber ihr zwei habt euch verstanden?«, wollte er weiter wissen.

Bevor ich antwortete, nahm ich einen Schluck des Biers. Ich verzog das Gesicht, als die bittere Flüssigkeit sich erst in meinem Mund ausbreitete und dann meine Speiseröhre hinunterfloss. An meinem Pokerface musste ich definitiv noch arbeiten, denn ich sah, wie Jonah versuchte, ein Grinsen zu unterdrücken. Nein, Bier und ich würden in diesem Leben keine Freunde mehr werden.

Ich räusperte mich. »Ehrlich gesagt nicht wirklich. Ich habe ihn eigentlich nie kennengelernt. Er ist hierher ausgewandert, als ich quasi noch ein Baby war.«

George verzog seine buschigen Augenbrauen, und tiefe Falten bildeten sich auf seiner Stirn. Er musste in seinen Sechzigern sein. Seine ganze Körperhaltung ließ darauf schließen, dass er früher schwerer, körperlicher Arbeit nachgegangen war. Und sein Körperbau darauf, dass er gern aß.

»Verstehe«, wiederholte er.

Am liebsten hätte ich gefragt, was genau er denn verstand. Warum mein Onkel ausgerechnet mir den Pub vererbt hatte? Dann wäre ich wirklich froh, wenn er es mir erklären würde. Statt jedoch etwas zu sagen, schwieg ich.

Glücklicherweise ging in diesem Moment die Tür auf,

und es traten zwei Gäste ein. Ich erkannte Chloe aus dem Café gegenüber und war erleichtert, heute Abend wenigstens ein paar Leute zu kennen. Neben ihr stand ein hochgewachsener Mann mit dunkelblondem Haar. Er trug eine Polizeiuniform, und sofort schaute ich alarmiert zu Jonah. Hetzte er mir jetzt doch die Polizei auf den Hals? Jonah nickte den beiden zur Begrüßung zu.

Mein Blick glitt wieder zu ihnen, und ich musterte sie genauer. Ich hätte sie für ein Paar gehalten, doch ihre Gesichtsformen und Nasen ähnelten sich zu sehr, um nicht miteinander verwandt zu sein.

»Hallo, Vivien«, begrüßte Chloe mich, wieder hatte sie ihr strahlendes Lächeln aufgesetzt.

»Hey. Schön, dass du gekommen bist«, sagte ich und nickte ihrem Begleiter ebenfalls dankbar, wenn auch verunsichert, zu.

»Das ist mein Bruder Bram«, stellte sie ihn vor. »Bram, das ist Vivien, Petes Nichte.«

»Freut mich«, erwiderte dieser.

»Bram? Wie Bram Stoker?«, fragte ich und im nächsten Moment verschwand Chloes Lächeln. Sie biss die Zähne aufeinander und schüttelte kaum merklich den Kopf. Unterdessen hörte ich Jonah und George leise lachen. Nur Bram schaute mich mit stoischer Miene an.

»Wie der irische Schriftsteller, ganz genau.« Seine Stimme klang monoton, und ich kam nicht umhin zu glauben, dass er dieses Gespräch schon Tausende Male geführt hatte.

»Unsere Mutter ist ein großer *Dracula*-Fan. Zum Glück konnte mein Vater ihr bei meiner Geburt ausreden, mich Wilhelmina zu nennen«, fügte Chloe leiser hinzu.

»Tut mir leid«, sagte ich an Bram gewandt. Ob ich mich für die Namenswahl seiner Eltern entschuldigte oder dafür, ganz offensichtlich ins Fettnäpfchen getreten zu sein, konnte er sich jetzt aussuchen.

»Was wollt ihr trinken?«, fragte Jonah und sorgte damit für Ablenkung. Die beiden bestellten und nahmen dann an einem der Tische Platz.

Es dauerte nicht lange, bis weitere Gäste kamen, und es erstaunte mich, dass irgendwann schließlich jeder Tisch und jeder Stuhl belegt waren. Jonah hatte hinter der Theke alle Hände voll zu tun, doch als ich ihm meine Hilfe anbot, wollte er davon nichts wissen. Ich fühlte mich fehl am Platz. Ich arbeitete selbst als Kellnerin, wusste also, was zu tun war. Er schaffte es, obwohl viel los war, Ruhe zu bewahren und sich mit jedem zu unterhalten. Es schien fast so, als wären alle nur gekommen, um mit ihm zu reden.

Hier und da schnappte ich immer wieder einige Wortfetzen auf.

Pete. Tragisch. Unfassbar.

Jeder hier trauerte um meinen Onkel, und ich hörte sie eine Anekdote nach der anderen erzählen. Bisher hatte ich nur Gutes über ihn gehört, und wieder einmal fragte ich mich, ob Peter wirklich ein Heiliger gewesen war oder ob hier einfach niemand schlecht über ihn sprechen wollte.

»Weiß du noch, als Pete gerade erst hergezogen war?«, sagte George an Richard, den Besitzer des örtlichen Supermarkts, gewandt. »Kaum zu glauben, dass wir ihn bei uns aufgenommen haben.« Die beiden lachten, woraufhin ich mich interessiert vorbeugte.

»Was hat er denn gemacht?«, fragte ich, nachdem George einen Schluck Bier getrunken hatte.

»Er ist hier angekommen und hat groß verkündet, dass er den besten Pub eröffnet, den Schottland jemals gesehen hat«, erzählte George.

»Ganz so überheblich war er nun auch nicht«, warf Richard augenrollend ein. »Aber er hat uns wirklich viel versprochen.«

»Und er hat es gehalten. Das *Wagner's* ist der beste Pub im Ort«, mischte sich nun eine Frau hinter uns ein.

»Das ist ja auch nicht schwer gewesen, Anne. Immerhin hatte er keine Konkurrenz.« Jetzt war George es, der mit den Augen rollte.

Anne machte eine wegwerfende Handbewegung. »Wie dem auch sei. Pete war in vielerlei Hinsicht eine Bereicherung für uns.« Sie lächelte mich an, ehe sie sich an einen der Tische setzte, um sich mit den anderen Gästen zu unterhalten.

»Habt ihr ihm das Leben schwer gemacht?«, fragte ich, woraufhin George lachte.

»Das kannst du aber glauben, *Lassie.*«

»Die Alten hier tun sich mit Veränderungen immer etwas schwer«, sagte Jonah leise, der sich über den Tresen zu mir gelehnt hatte. Er hatte die Hemdsärmel wie immer hochgekrempelt, und eine Strähne seines dunklen Haares fiel ihm in die Stirn.

»Hey! Wen nennst du hier alt, Junge?«, beschwerte sich George, der ihn offenbar gehört hatte.

Jonah hielt abwehrend die Hände vor sich. »Entschuldige, aber jeder der älter ist als ich, ist in meinen Augen alt.« Er grinste frech und stellte George als Friedensangebot ein neues Bier vor die Nase. Dieser musterte erst Jonah böse, dann das Bier. »Das geht natürlich auf mich.«

Das reichte offenbar vorerst, um George zu besänftigen, und ich grinste.

»Vivi?« Eine Hand legte sich auf meine Schulter, und als ich mich umdrehte, schaute ich in Chloes freundliches Gesicht. »Kommst du mit an meinen Tisch? Ich würde dir gern ein paar Leute vorstellen.«

»Klar.« Ich folgte ihr zu einem Tisch, an dem zwei weitere Frauen saßen. Sie waren älter als Chloe und ich, vermutlich in ihren Dreißigern, und lächelten, als sie mich sahen.

»Das ist Vivi«, stellte Chloe mich vor und setzte sich. »Und das sind Isobel und Ally.«

»Freut mich, euch kennenzulernen«, sagte ich und setzte mich auf den letzten leeren Stuhl am Tisch.

»Das mit deinem Onkel tut uns leid. Wir mochten ihn sehr gerne«, sagte Ally.

»Er wird wirklich fehlen. Er hat unheimlich viel für das Kinderkrankenhaus drüben in Edinburgh getan«, fügte Isobel hinzu, und auf ihrem Gesicht erschien das gleiche traurige Lächeln wie bei jedem, der über Peter sprach.

»Inwiefern?«, fragte ich. Ich wollte so viel wie möglich über ihn erfahren, damit er nicht länger ein Phantom für mich blieb.

»Er war oft zu Besuch und hat den Kindern Spielsachen mitgebracht und sie zum Lachen gebracht. Er hat immer furchtbar schlechte Witze gemacht, aber trotzdem hat er es jedes Mal aufs Neue geschafft, die Kinder zu begeistern«, erklärte Isobel.

»Ich kann immer noch nicht glauben, dass er dem Krankenhaus so viel Geld vererbt hat«, warf Ally ungläubig ein. »Ich beschwere mich nicht, immerhin brauchen sie das Geld. Aber er hat schon so viel für sie getan …«

»Ally und Isobel sind Krankenschwestern auf der Kinderstation«, klärte Chloe mich auf.

Nachdem die drei mir erzählt hatten, wie Peter in einem Jahr den Weihnachtsmann für die Kinder gespielt hatte, wobei sein falscher Bart verrutscht war und er einigen Kindern damit einen Schrecken eingejagt hatte, setzte ich mich wieder zurück an die Bar. Ich brauchte einen

Moment, um all die Dinge, die ich heute erfahren hatte, zu verarbeiten.

»Alles in Ordnung?«, fragte Jonah und fuhr in typischer Barmann-Manier mit einem Tuch über den Tresen, um das Kondenswasser aufzuwischen.

»Ja.« Es war kaum mehr als ein Flüstern und über das Gemurmel der anderen fast nicht zu verstehen. Jonah beugte sich vor und musterte mich, als wartete er darauf, dass ich noch etwas hinzufügte. Ich zuckte unschlüssig mit den Schultern. »Jeder hier hat eine Geschichte über meinen Onkel zu erzählen«, sagte ich schließlich. »Mir wird nur gerade einmal mehr bewusst, dass ich ihn gern gekannt hätte.«

Er legte eine Hand auf meine, und ich zuckte bei dem unerwarteten Körperkontakt zusammen. Eine Berührung, mit der ich nicht gerechnet hatte. Offenbar glaubte er, es wäre mir unangenehm, denn er zog sich sofort zurück.

»Du wirst ihn kennenlernen«, versprach er, und ich glaubte ihm.

Ich erkannte, wie sehr mein Onkel in dieser Gemeinschaft verankert gewesen war. Dass er ein fester Bestandteil und nicht nur ein Pub-Besitzer gewesen war, zu dem die Leute nach der Arbeit kamen, um sich ein Feierabendbier zu gönnen. Er war ein Freund für sie, fast schon ein Familienmitglied in dieser Gruppe vollkommen unterschiedlicher Menschen. Trotzdem verband sie alle etwas miteinander.

Ich hoffte, Jonah hatte recht, und ich lernte meinen Onkel kennen. Erfuhr, warum er sich ausgerechnet für Schottland, für Kinmore entschieden hatte. Warum er sich nie gemeldet hatte und ob es ihm hier gut gegangen war. Letzteres konnte ich mir eigentlich schon denken. Er wäre nicht all die Jahre geblieben, wenn es nicht so gewesen wäre. Vielleicht hatte er hier gefunden, was er bei uns in Deutschland nie gehabt hatte. Ein bisschen beneidete ich ihn um seinen Mut, alles hinter sich zu lassen und sich in einem fremden Land etwas Neues aufzubauen.

»Ich hoffe, du hast recht«, sagte ich und schenkte Jonah ein dankbares Lächeln, ehe ich meine Aufmerksamkeit wieder auf die wenigen Wortfetzen, die ich verstand, lenkte und die immer wieder zu mir herüberwehten und mir neue Einblicke in das Leben meines Onkels gewährten.

Kapitel 9

Nach allem, was ich gestern erfahren hatte, war mein Onkel offenbar ein richtig geselliger Typ gewesen. Nicht eine Person, die gestern Abend anwesend gewesen war, hatte etwas Schlechtes über ihn zu sagen. Er war für alle da gewesen, und sein Pub war ein beliebter Rückzugsort für die gesamte Gemeinde. Zwar hatte man mir das bereits mehrfach gesagt, aber jetzt hatte ich es auch mit eigenen Augen sehen können. Ich war immer davon ausgegangen, dass man in einer Familie wie unserer irgendwann abstumpfte, sich nicht mehr für andere interessierte. Peter war das komplette Gegenteil.

Offenbar gab es also zwei Möglichkeiten, mit seinem eigenen Leben, in dem Liebe und Wärme, nie eine Rolle gespielt hatten, umzugehen. Peter setzte sich für die ein, die wie er unter schwierigen Verhältnissen aufwuchsen, und wollte ihnen zeigen, dass es Menschen gab, die für sie da waren. Es war offensichtlich, dass er sein Leben nicht nur hatte ändern wollen, sondern es hier auch geschafft hatte. Er ist respektiert und vor allem geliebt worden.

Mir blieben noch ein paar Stunden, bis Jonah den Pub wieder öffnen würde. Vorher wollte ich ein paar Besorgungen machen. In meinen Mantel eingepackt, schnappte ich mir die Autoschlüssel und setzte mich hinters Steuer. Nach wie vor jagte mir der Linksverkehr Angst ein, aber da ich keine Lust hatte, meine Einkäufe durch die halbe

Stadt zu schleppen, musste ich wohl oder übel das Auto nehmen.

Ich hatte extra gewartet, bis bei den meisten die Mittagspause vorbei war, damit die Straßen nicht so voll waren. Mein Plan ging einigermaßen auf, und ich kam wenige Minuten später beim Supermarkt an.

Der Laden gehörte zu keiner großen Kette, sondern wirkte eher wie ein kleiner Tante-Emma-Laden. Neben der Tür standen einige Körbe, von denen ich mir einen nahm.

»Hallo, Barbara«, sagte ich, als ich um die Ecke bog und die Blumenverkäuferin entdeckte. Sie strahlte mich an und kam einen Schritt auf mich zu.

»Bitte nenn mich Barb«, erwiderte sie und schaute mich gespielt streng an. »Wie geht es dir? Hattest du gestern einen schönen Abend?«

»Ja, es war schön, mehr über meinen Onkel zu erfahren und alle kennenzulernen.«

Barb lachte. »Das waren noch lange nicht alle.«

»Ich habe leider keinen Apfelsaft mehr, aber ich bestelle ihn dir«, sagte ein Mann vom anderen Ende des Gangs. Er war gestern ebenfalls im Pub gewesen.

»Hallo, Vivi«, grüßte er. »Suchst du etwas Bestimmtes?«

Er hatte neben George am Tresen gesessen. Im Kopf ging ich schnell alle Namen durch, die ich gestern gehört hatte. Sein Name müsste Richard sein.

»Ich komme schon klar.« Ich lächelte dankbar.

»Wenn du irgendetwas nicht findest, scheu dich nicht davor, es mir zu sagen.« Er deutete mit dem Finger auf mich, als wäre es ein Befehl, und ich nickte gehorsam. Ein Kunde rief ihm von der Kasse aus etwas zu, und er verschwand, um ihn abzukassieren.

»Er findet es unerträglich, wenn seine Kunden bei ihm

nicht fündig werden. Einmal habe ich ihn nach Waschbärseife gefragt«, sagte sie lachend.

»Was ist das?« Fragend runzelte ich die Stirn.

Barbara zuckte mit den Schultern. »Keine Ahnung. Das habe ich mir ausgedacht, weil ich wissen wollte, wie lange er danach sucht, bevor ihm klar wird, dass ich ihn nur veräpple.«

Ich schüttelte lachend den Kopf. »Wie lange hat es gedauert?«

»Drei Wochen, dann habe ich ihn erlöst.«

Ein paar Minuten unterhielten wir uns noch, ehe sie zurück in ihren Laden musste und ich meine Einkäufe ebenfalls erledigte.

Bevor ich im Pub sein musste, wollte ich mir noch einen Kaffee gönnen. Mittlerweile war es so kalt, dass ein Tag ohne ein Heißgetränk einfach unmöglich war.

Das *Coffee Bell* eignete sich dafür besonders gut. Zum einen, weil ich früh dran war und mir die Zeit noch vertreiben musste, zum anderen, weil ich von hier schnell im Pub war.

»Hallo, Vivien«, begrüßte mich Chloe, als die Tür hinter mir ins Schloss fiel. Wie immer lächelte sie. »Wieder einen Cappuccino?«

»Hey. Ja, bitte.«

»Kommt sofort.«

Sie kassierte die Frau vor mir ab, die ihrer Tochter gerade ein Gebäckstück reichte. Das Mädchen nahm einen viel zu großen Bissen, wirkte aber überaus glücklich.

»Schatz, mach langsam, sonst verschluckst du dich noch.« Die Frau fuhr ihrer Tochter durch die Haare und schüttelte amüsiert den Kopf, als sie einen weiteren Bissen herunterschlang.

Ich lächelte traurig, denn mir wurde schmerzlich bewusst, dass ich so eine Situation nie erlebt hatte. Klar, ich hatte immer genug zu essen gehabt, aber die Momente, in denen meine Mutter mit mir auswärts essen gegangen war, konnte ich an einer Hand abzählen. Genauso wie die Momente, in denen sie mir liebevoll die Haare aus dem Gesicht gestrichen hatte.

»Wie hast du dich bisher eingelebt?«, riss Chloe mich aus meinen Gedanken, als die Frau mit ihrer Tochter gegangen war.

Ich zuckte mit den Schultern. »Ich bin hier«, sagte ich schlicht. Von eingelebt konnte noch nicht die Rede sein. Bisher war ich überwiegend damit beschäftigt gewesen, die Unterlagen durchzugehen und irgendwie zu verarbeiten, was mein Onkel mir da aufgehalst hatte. »Wirklich viel habe ich noch nicht von Schottland gesehen«, gestand ich. »Und vermutlich wird sich das vorerst auch nicht ändern. Ich stecke mitten in der Schreibphase meiner Masterarbeit.«

»Das läuft besser, hoffe ich.« Sie betätigte den Knopf des Kaffeevollautomaten, und im nächsten Moment erwachte dieser gluckernd zum Leben.

»Es geht. Ich habe heute Morgen versucht, etwas daran zu arbeiten, aber irgendwie ist es schwer, mich im Büro meines Onkels zu konzentrieren. Ständig schweifen meine Gedanken ab, weil ich einfach nicht begreife, warum er mir den Pub vermacht hat.«

Chloe nickte verstehend. »Er hat sich sicher etwas dabei gedacht.«

»Wäre schön gewesen, wenn er mir mitgeteilt hätte, was«, murmelte ich.

»Hast du schon mal überlegt, woanders zu schreiben? Wie wäre es hier? Ich versorge dich auch ständig mit Kaffee und leckerem Kuchen«, schlug sie schelmisch grinsend vor.

Das war tatsächlich eine Möglichkeit, über die ich bereits nachgedacht, dann jedoch schnell wieder verworfen hatte. Von hier aus hatte ich direkte Sicht auf den Pub. Meine Gedanken konnten hier also auch wunderbar abschweifen.

»Ich überlege es mir«, antwortete ich ausweichend. Chloe stellte den Cappuccino vor mir ab, und ich nahm dankbar einen Schluck. Die heiße Flüssigkeit brannte, als sie meine Kehle hinunterlief, aber sie wärmte mich auch, und das brauchte ich gerade am meisten.

»Was verschlägt dich denn hierher?«, fragte Chloe, und es dauerte einen Moment, bis ich realisierte, dass sie mit jemandem hinter mir sprach. Ich drehte mich um und stand Jonah gegenüber.

»Ich habe Hunger. Hast du Zimtschnecken da? Hey, Vivi«, fügte er hinzu, als sein Blick auf mich fiel.

»Hey.«

Jonah lehnte sich an mir vorbei und warf einen Blick in die Auslage.

»Sorry, die gibt es erst Ende November. Ein paar Tage wirst du dich also noch gedulden müssen. Wie wäre es stattdessen mit einem Croissant?«

Er atmete geräuschvoll aus. »Na schön. Aber sobald du sie wieder anbietest, bin ich dein erster Kunde.« Er sagte es in einem solch ernsten Ton, dass ich mich unweigerlich fragte, was das wohl für außergewöhnliche Zimtschnecken waren. Als hätte er meine Gedanken gehört, drehte er sich zu mir. »Chloes Zimtschnecken sind das Beste an der Weihnachtszeit.«

»Jonah kommt jedes Jahr täglich vorbei, um sich eine zu kaufen«, erklärte Chloe und reichte ihm mit einem Lächeln, dass gleichzeitig Stolz und Zufriedenheit ausdrückte, sein Croissant »Einen Kaffee dazu?«

»Keine Zeit. Ich muss den Laden aufmachen, sonst bekomme ich noch Ärger mit meiner Chefin.« Er warf mir ein schelmisches Grinsen zu, woraufhin ich die Augen verdrehte.

»Mach ihm schon einen Kaffee. Der geht auf mich«, sagte ich und hob die Hand, als er widersprechen wollte. »Ob wir jetzt um 17.02 Uhr statt um 17 Uhr öffnen, wird das Geschäft schon nicht negativ beeinträchtigen.«

»Wenn du es sagst.« Jonah zuckte mit den Schultern.

Wenig später überreichte Chloe Jonah seinen Kaffee to go, und ich zahlte.

»Wir sehen uns«, verabschiedete sie uns. Jonah hielt mir die Tür auf, und gemeinsam traten wir nach draußen und gingen in Richtung Pub.

»Hast du dich von gestern erholt?«, fragte er, nachdem er an seinem Kaffee genippt hatte.

»Erholt?«, fragte ich verwirrt. Es war ein Abend in einer Kneipe gewesen und kein Halbmarathon durch die Stadt.

Er zuckte mit den Schultern. »Na ja, du hast viel über Pete erfahren, oder? Bestimmt war das ... nicht ganz einfach.«

»Es war schön, mehr über ihn zu erfahren. Für mich ist er zwar immer noch so etwas wie ein Phantom, aber langsam, mit jeder Geschichte, die ich über ihn höre, nimmt er mehr Gestalt an«, antwortete ich nach kurzem Zögern. »Du hast mir noch gar keine Geschichte über ihn erzählt. Ich habe das Gefühl, dass ich gestern jedem zugehört habe außer dir.«

»Das liegt vielleicht daran, dass ich gestern nicht über ihn gesprochen habe«, erwiderte er. Als ich ihn abwartend ansah, schluckte er. »Pete war ... Ich kann nur immer wieder sagen, dass er wie ein Vater für mich war. Mein Dad ist vor neun Jahren gestorben. Damals war ich achtzehn. Daraufhin hab ich mich ziemlich verloren gefühlt und kam auf die grandiose Idee, meine Sorgen in Alkohol zu ertränken.«

»Das tut mir leid«, sagte ich leise und meinte es so. Nach wie vor hatte ich keine Ahnung, wie es sich anfühlte, einen geliebten Menschen zu verlieren, aber ich konnte Jonah ansehen, wie sehr der Verlust ihn noch immer mitnahm. Es war nicht das erste Mal, dass er Peter als Vater bezeichnete, und bisher hatte ich immer geglaubt, er übertrieb. Doch jetzt zu hören, dass er seinen Vater verloren hatte, rückte diese Aussage in ein anderes Licht.

»Ich bin also ins *Wagner's* – das war etwa zwei Wochen nach Dads Beerdigung –, habe mich an den Tresen gesetzt und ein Bier bestellt. Pete hat einen Blick auf mich geworfen und beschlossen, dass ich etwas Stärkeres brauche. Im nächsten Moment hat er mir einen Schnaps hingestellt und mit mir getrunken.« Ein Lächeln schlich sich bei der Erinnerung auf sein Gesicht. »Natürlich war jedem bekannt, was passiert war.« Ich nickte und musste an George denken, den er als Plappermaul betitelt hatte. »Auf jeden Fall hat er mit mir getrunken und mir im Anschluss angeboten, bei ihm zu arbeiten. Er meinte, das sei eine gesündere Variante, sich abzulenken. Da ich nicht wusste, was ich mit meinem Leben anstellen sollte – ich hatte gerade erst die Schule beendet –, habe ich zugestimmt. Seitdem arbeite ich hier.«

Mittlerweile waren wir am Pub angekommen, und bevor ich überhaupt dazu kam, hatte er schon seinen Schlüssel herausgeholt und steckte ihn ins Schloss.

»Ehrlich gesagt war es das Beste, was mir passieren

konnte. Nicht nur weil Pete mich aufgefangen hat, sondern auch weil er mir etwas zu tun gegeben hat.«

»Je mehr ich über ihn erfahre, desto mehr frage ich mich, ob er wirklich mit mir verwandt war. Es scheint, als hätte er sich hier richtig Mühe gegeben, Teil der Gemeinschaft zu sein.« Ich trat ein, als Jonah mir abermals die Tür aufhielt. Sofort schlug mir die warme Luft entgegen, und ich zog meinen Schal aus.

»Es tut mir leid, dass du ihn nie kennengelernt hast. Ich bin mir sicher, du hättest ihn gemocht.«

Ich nickte stumm. Mittlerweile glaubte ich das auch. Gleichzeitig machte mich sein Handeln aber auch wütend. Er war nach Schottland gegangen, um einen eigenen Pub zu eröffnen, und hatte dabei seine Familie zurückgelassen. In all den Jahren hatte er sich nicht gemeldet und schien kein Interesse an uns zu haben, während er hier ein geliebtes Mitglied der Gemeinschaft war.

»Musst du noch irgendetwas vorbereiten?«, wechselte ich das Thema, als ich Jonah dabei zusah, wie er über den sauberen Tresen wischte. Sosehr ich auch mehr über meinen Onkel wissen wollte, ich hatte in Jonahs Stimme gehört, dass es ihm nicht leichtfiel, darüber zu reden. Außerdem wusste ich nun, wie die beiden zueinander gestanden hatten. Mehr hatte ich gar nicht wissen wollen. Mein schlechtes Gewissen meldete sich zum hundertsten Mal, seit ich aus dem Flugzeug gestiegen war und schottischen Boden betreten hatte. Ich konnte davon ausgehen, dass Jonah meinen Onkel nicht nur als Vaterersatz angesehen hatte, sondern dass es andersherum ähnlich gewesen sein musste. Ich rechnete es Peter hoch an, dass er sich Jonah angenommen hatte.

Dass ich den Pub geerbt hatte, ergab mit jeder neuen Erzählung über ihn weniger Sinn. Am einfachsten wäre es, wenn ich den Laden an Jonah überschrieb. Er hing daran, und ich war mir sicher, dass er in der Lage war, ihn in Peters Sinne weiterzuführen.

Doch sobald der Gedanke kam, verscheuchte ich ihn auch schon wieder. Ich hatte mir die Zahlen angesehen und wollte ihn nicht mit Schulden belasten. Es würde eine Herausforderung werden, den Laden nicht nur am Laufen zu halten, sondern auch alle ausstehenden Rechnungen zu bezahlen. Ich hoffte inständig, dass ich es nicht bereuen würde, mich auf Jonahs Vorschlag eingelassen zu haben. Bis Februar konnte noch viel passieren. Im Endeffekt gab es aber auch nichts mehr zu verlieren. Sobald der Februar da war, würde ich verkaufen. Vermutlich konnte ich die Schulden mit dem Verkauf sowie dem Verkauf des Hauses meines Onkels begleichen und machte dabei dann hoffentlich sogar etwas Gewinn.

»Ich muss noch ein paar Getränke aus dem Lager holen und die Tische abwischen. Das habe ich gestern Abend nicht mehr geschafft«, holte mich Jonah zurück ins Hier und Jetzt.

»Okay. Ich übernehme die Tische«, sagte ich und ging bereits in den Abstellraum, um einen Eimer und einen Lappen zu holen.

»Du musst das nicht tun«, erwiderte Jonah halbherzig und trat hinter den Tresen, um einen Blick in den Kühlschrank zu werfen.

»Das weiß ich. Aber da ich der Boss bin, wie du eben so schön gesagt hast, kann ich machen, was ich will.« Ich funkelte ihn überlegen an, was mir ein belustigtes Augenrollen einbrachte.

Während Jonah sich um die Getränke kümmerte und dann sein Croissant aß, machte ich einen Tisch nach dem anderen sauber und wischte anschließend noch feucht durch. Die Arbeit war nicht anspruchsvoll, hatte aber eine beruhigende Wirkung auf mich. Es war ein Stück Normalität, etwas, das ich auch in meinem Kellnerjob tun musste. Für einen Augenblick konnte ich so tun, als wäre ich zu Hause, und meine größte Sorge wäre meine Masterarbeit, nicht der Pub oder die offenen Rechnungen. Ich ließ keine Gedanken daran zu und konzentrierte mich einfach auf die Arbeit. Die Realität würde mich früh genug wieder einholen.

Kapitel 10

Mit einem Kaffee in der Hand stand ich am Fenster von Peters Küche und sog die seltenen und letzten Sonnenstrahlen ein, die sich heute einen Weg durch die dicke Wolkendecke gebahnt hatten. In weniger als einem Monat begann der Dezember, dann war definitiv Schluss damit. In den letzten Tagen war es deutlich kälter geworden, und ich war froh, meinen dicksten Mantel mitgenommen zu haben.

Trotz der Umstände und der teils nervenaufreibenden Situation, in der ich mich befand, lief die Arbeit an meiner Masterarbeit ausgesprochen gut. Dennoch hatte ich mich mit meiner Ansprechpartnerin im Prüfungsamt in Verbindung gesetzt und um eine Verlängerung der Abgabefrist gebeten. Nachdem sie erfahren hatte, dass ein Familienmitglied gestorben war, war das kein Problem gewesen.

Gerade als ich einen weiteren Schluck nehmen wollte, sah ich eine Person aus den Augenwinkeln auf meine Haustür zulaufen.

Nicht irgendeine Person.

Jonah.

Was machte der denn hier?

In den letzten Tagen hatten wir uns nur im Pub gesehen, um zu arbeiten. Ihn jetzt hier zu sehen, ließ mein Herz höherschlagen. Nicht vor Freude, sondern vor Sorge.

Es dauerte keine zwei Sekunden, bis es an der Tür klingelte. Noch mit der Tasse in der Hand lief ich in den Flur und öffnete die Tür. Breit grinsend stand er davor und musterte mich einmal von oben bis unten. Unwillkürlich folgte ich seinem Blick und fluchte innerlich, weil ich meine geliebte graue Jogginghose trug, die so alt war, dass sie nicht nur kleinere Löcher hatte, sondern auch einen Fleck, den ich nicht mehr herausgewaschen bekam und von dem ich nicht wusste, woher er stammte.

»Was machst du hier?«, fragte ich und riss mich damit von den Gedanken über mein Outfit los. Immerhin grinste Jonah. Das bedeutete dann wohl nicht, dass irgendwo gerade ein Feuer ausgebrochen war und er mich holen wollte, um ihm beim Löschen zu helfen.

»Dir auch einen wunderschönen guten Morgen. Du bist kein Morgenmensch, was?«

»Nein, bin ich nicht. Vor allem wenn ich unerwartet Besuch bekomme. Also?« Ich zog die Brauen in die Höhe und wartete auf eine Antwort.

»Magst du Überraschungen?«, fragte er stattdessen. Seine Hände steckten in seinen Jackentaschen, und sein Grinsen erhellte sein Gesicht.

»Nein.« Irgendwie schaffte ich es, dieses eine Wort tonlos und gleichzeitig genervt von mir zu geben.

Jonah seufzte theatralisch. »Na schön. Ich habe mir gedacht, dass ich dir Schottland heute etwas näherbringen könnte. Du weißt schon, damit du dir ein Bild davon machen kannst, warum Pete hergekommen ist.«

Keine Ahnung, ob es ihm bewusst war, aber allein den Namen meines Onkels zu hören, führte dazu, dass ich nicht ablehnen konnte. Ohnehin hatte ich nicht viel Lust, den ganzen Tag im Haus zu verbringen und meine Masterarbeit zu schreiben und mich dann heute Abend wieder in den Pub zu setzen. Bisher waren meine Tage in Kinmore recht monoton gewesen und hatten sich überwiegend auf Petes Zuhause, den Pub und das Café beschränkt. Sicher würde es guttun, endlich mal rauszukommen und mehr vom Land zu sehen. Ich musterte Jonah noch einen Augenblick, dann seufzte ich. Wem wollte ich denn hier etwas vormachen? Es war doch schon längst beschlossene Sache, dass ich mit ihm ging.

»Komm rein. Ich muss mich noch umziehen.« Jonah trat ein, und ich schloss die Tür, sperrte die kalte Novemberluft aus. »Willst du einen Kaffee? Ich habe gerade erst eine Kanne gekocht.«

»Gern«, sagte er, als er mir in die Küche folgte.

Ich goss ihm eine Tasse ein und verschwand dann nach oben, um mich umzuziehen. Gerade an der Haustür hatte ich schon einen kleinen Vorgeschmack vom Wetter bekommen, daher entschied ich mich für einen dicken Pullover und eine Jeans.

Als ich wieder nach unten ging, fand ich Jonah im Wohnzimmer auf dem Sofa sitzend vor. Er war so in Gedanken vertieft, dass er zusammenzuckte, als ich eintrat.

»Sorry, wollte dich nicht erschrecken. Ist alles in Ordnung?«, fragte ich, woraufhin er nickte, seine Tasse abstellte und hastig aufstand.

»Ja. Es ist nur ... Es ist ungewohnt, hier zu sein, wo Pete nicht mehr ...« Er brachte den Satz nicht zu Ende, aber das musste er nicht. Ich verstand ihn auch so.

»Ich weiß, was du meinst. Mir geht es ähnlich. Nur dass ich zusätzlich noch das Gefühl habe, eine illegale Hausbesetzerin zu sein.«

»Hast du das Haus nicht geerbt?«

Ich seufzte. »Doch. Ein weiterer Punkt auf der Liste an Dingen, die ich so schnell wie möglich regeln muss, weil ich keine Ahnung habe, wie ich die Stromrechnungen zahlen soll. Ich würde wirklich gern wissen, was sich mein Onkel dabei gedacht hat.« Fragend schaute ich Jonah an, als würde er die Antwort darauf kennen. Natürlich tat er es nicht. »Also, wohin willst du mich jetzt entführen?«, wechselte ich das Thema. Es war unverfänglicher, weniger traurig, weniger deprimierend und mit wesentlich weniger Fragezeichen behaftet.

Jonah zögerte. »Eigentlich will ich es dir gar nicht sagen. Aber da du Überraschungen ja nicht magst …«

»Warte«, unterbrach ich ihn und hob eine Hand. »Sag es mir nicht.« Keine Ahnung, warum ich darauf bestand. Vielleicht weil er vorhin wie ein Häufchen Elend auf der Couch gesessen hatte und ich ihm jetzt eine Freude machen wollte.

»Bist du sicher?«

Ich nickte. Offenbar hatte ich die richtige Entscheidung getroffen, denn seine Mundwinkel zogen sich nach oben, und er strahlte.

»Dann los!« Er klatschte in die Hände und lief voller Elan an mir vorbei.

Ich zog mir im Flur schnell meine Stiefel und meinen Mantel an, dann folgte ich Jonah nach draußen zu seinem Auto. Wie ein Gentleman hielt er mir die Tür auf, worüber ich froh war, da ich schon wieder verdrängt hatte, dass ich auf der anderen Seite einsteigen musste.

Wir sprachen nicht viel, während Jonah den Wagen tausendmal sicherer, als ich es jemals gekonnt hätte, durch den Straßenverkehr lenkte.

Auch wenn ich nicht wusste, wo es hinging, sah ich die Beschilderung, als wir das Ortsschild von Kinmore passierten.

Richtung Edinburgh.

Eigentlich hätte ich es mir denken können. Schottlands

Hauptstadt war der perfekte Beginn, um Land, Leute und Kultur besser kennenzulernen. Insgeheim freute ich mich darüber, da ich die Stadt sowieso hatte besuchen wollen. Allerdings hatte ich gehofft, es mit einem Besuch auf dem Weihnachtsmarkt verbinden zu können. Sicherlich würde er erst Ende des Monats mit Beginn der Adventszeit seine Türen öffnen.

»Gibt es im Pub eigentlich auch einen Ruhetag?«, fragte ich, weil ich mir darüber tatsächlich noch keine Gedanken gemacht hatte.

»Montags, aber es kommt auch ein bisschen darauf an, ob da ein Feiertag ist. Wenn ja, dann ist meistens geöffnet und der Dienstag danach Ruhetag.«

»Das heißt, du hast letztens gearbeitet, obwohl eigentlich geschlossen war?«

Jonah zuckte mit den Schultern. »Ja, aber das war in Ordnung. Ich weiß ja, was auf dem Spiel steht. Und so schlimm ist es nun auch wieder nicht.«

»Du hast aber ein Recht auf deinen freien Tag, und ich will, dass du ihn auch nimmst«, sagte ich streng.

»Geht klar, Chefin.« Er salutierte, was ihm ein Augenrollen meinerseits einbrachte.

»Ich meine es ernst. Und wenn es noch irgendwelche anderen Regelungen gibt, von denen ich nichts weiß, musst du mir das sagen. Nur weil ich jetzt das Ruder übernehme, bedeutet das nicht, dass sich irgendetwas ändern muss.«

Jonah musterte mich von der Seite, ehe er den Blick wieder auf die Straße vor uns richtete. »Geht klar«, sagte er abermals, ein kleines Lächeln auf dem Gesicht.

Je weiter wir fuhren, um so mehr wichen die weiten Felder um Kinmore herum kleinen charmanten Ortschaften. Es wirkte alles so belebt, aber nicht heruntergekommen. Die alten Gebäude schienen aus einer anderen Zeit zu stammen, und trotzdem passten sie ins Hier und Jetzt. Es war so anders als in Frankfurt, wo sich Bürogebäude an Bürogebäude reihte. Da konnte auch die neu gebaute Altstadt nicht mithalten.

Wenig später kamen wir in Edinburgh an. Jonah parkte den Wagen in einer kleinen Seitenstraße, was mich darauf schließen ließ, dass er sich hier gut auskannte.

»Wir sind da«, verkündete er und warf mir ein schelmisches Grinsen zu. »Vielleicht muss ich dir vorneweg noch sagen, dass wir heute nicht das Touristenprogramm machen.«

»Okaaaay«, sagte ich gedehnt. Mein Blick aus dem Fenster gerichtet, schaute ich mich um. Allerdings erkannte ich nur die Hinterausgänge von irgendwelchen Geschäften.

»Ich weiß ja, dass du eigentlich in Deutschland an der Uni sein müsstest wegen deiner Masterarbeit. Deshalb habe ich mir für heute etwas dazu überlegt.«

Ich runzelte die Stirn und wollte gerade nachfragen, was er damit meinte, als er auch schon ausgestiegen war. Kurz darauf hielt er mir die Tür auf.

Ich bedankte mich und stieg aus.

»Von hier müssen wir ein bisschen laufen.«

Jonah setzte sich in Bewegung, und ich folgte ihm, während ich mich umsah. Ich konnte nicht anders, als von der Architektur beeindruckt zu sein. Moderne Gebäude waren in der Unterzahl, und ich liebte es. Es wirkte wesentlich heimeliger und einladender und nicht so kalt und geschäftsmäßig wie in Frankfurt.

Wir liefen ungefähr fünf Minuten, dann hielt Jonah vor einem *Waterstone's*.

»Unser erster Stopp«, verkündete er und machte eine ausladende Geste in Richtung Eingang.

»Ein Buchladen?«, fragte ich irritiert.

»Nicht irgendein Buchladen. Komm schon. Du wirst es gleich sehen.«

Wir betraten den Laden, und Jonah steuerte zielsicher auf die Treppe zu. Abermals blieb mir nichts anderes übrig, als ihm zu folgen. Als wir oben ankamen, stellte ich fest, dass er mich ins Café geführt hatte. Das war nichts Außergewöhnliches. Auch in Deutschland hatten einige Buchläden ein eigenes Café. Erst als er weiterlief und ich mich etwas umsah, verschlug es mir für einen Augenblick den Atem. Jetzt sah ich, worauf er hinauswollte.

Vor uns erstreckte sich ein großes Erkerfenster mit einem unglaublichen Blick auf ein Schloss.

»Edinburgh Castle«, flüsterte Jonah, als würde er mir gerade ein Geheimnis verraten, welches nur für meine Ohren bestimmt war. Er stand schräg hinter mir, schaute mir über die Schulter und war mir so nah, dass seine Brust mein Schulterblatt streifte. Ich glaubte, die Wärme seines Körpers durch meinen dicken Mantel hindurch fühlen zu können. »Gefällt es dir?«, fragte er, und ich spürte seinen Atem an meiner Wange. Als ich ihm den Kopf zuwandte, wich er nicht zurück. Stattdessen lag ein zufriedenes Grinsen auf seinem Gesicht, als hätte er genau mit meiner Reaktion gerechnet.

Unwillkürlich musste ich schlucken und trat einen Schritt nach vorn. Gab vor, so besser nach draußen blicken zu können. Doch in Wahrheit überforderten mich seine plötzliche Nähe und die Tatsache, dass sie ihm offenbar nicht so zusetzte wie mir.

»Es ist wunderschön«, brachte ich schließlich hervor.

»Gut. Hier lässt sich bestimmt gut an deiner Masterarbeit schreiben. Es gibt nicht nur eine schöne Aussicht, sondern auch Kaffee und Kuchen. Außerdem bist du umgeben von Büchern.«

Ich drehte mich vom Fenster weg und lächelte. Er hatte recht. Ich konnte mir wirklich gut vorstellen, hier zu sitzen und zu arbeiten. Gemütlicher als der Schreibtisch in Peters Büro war es allemal. Auch wenn ich bezweifelte, hier die nötigen Fachbücher zu finden.

»Willst du dir noch etwas kaufen, bevor wir weitergehen? Was zu essen, zu trinken oder ein Buch?«

»Nein, ich brauche nichts.« Es fiel mir ungemein schwer, einen Buchladen zu verlassen, ohne ein Buch gekauft zu haben. Aber ich würde stark bleiben. Schließlich wollte ich meine Einkäufe nicht den ganzen Tag mit mir herumtragen, und ich musste auf mein Geld achten.

»Na dann, machen wir uns auf zur nächsten Station.«

Die nächsten Stunden führte mich Jonah durch ganz Edinburgh und zeigte mir ein Café nach dem nächsten. In jedem konnte ich in Ruhe schreiben. Er schien von seiner Idee so begeistert zu sein, dass ich gar nicht anders konnte, als seine Begeisterung zu teilen. Es war unglaublich aufmerksam von ihm, mir all die Orte zu zeigen, an denen ich vielleicht würde arbeiten können. Bisher war meine Masterarbeit noch nicht wirklich zur Sprache gekommen. Ich hatte sie lediglich einmal ihm gegenüber erwähnt, als ich überlegt hatte, mich abends in den Pub zu setzen und dort zu arbeiten. Doch schnell wurde mir klar, was für eine schlechte Idee das war. Es gab einfach zu viel Ablenkung.

Während wir weiter durch die Straßen schlenderten, erzählte mir Jonah immer wieder interessante Fakten, wenn wir an Denkmälern oder besonderen Gebäuden vorbeikamen. So bekam ich doch noch ein kleines Touristenprogramm geboten und fand immer mehr Gefallen an der Stadt.

»Unser letzter Programmpunkt ist der vielleicht beste für deine Arbeit.« Wir steuerten auf ein unscheinbar wirkendes Gebäude aus Stein und Glasfronten zu. Im Vergleich zu allen anderen bisherigen Gebäuden wirkte es fehl am Platz. Zu modern. Zu kantig.

»Was ist das?«, fragte ich und schaute mir den riesigen Kasten vor mir an.

»Die Main Library der Universität. Hier hast du nicht nur Ruhe, sondern findest vielleicht sogar das ein oder andere Fachbuch, was hilfreich für dich sein könnte. Auf jeden Fall hilfreicher als ein Fantasyroman im *Waterstone's.*« Er zwinkerte mir zu, und ich fragte mich, seit wann ich Zwinkern attraktiv fand.

Ich richtete den Blick auf das Gebäude vor mir, ehe ich Jonah wieder ansah. »Warum machst du das? Glaubst du, ich finde Gefallen an Schottland, weil du mir unzählige Cafés zeigst?«, fragte ich mit einem kleinen Lächeln auf den Lippen.

»Ehrlich gesagt …« Er rieb sich den Nacken. »Ich habe einfach Angst, dass du den Pub schließt, um früher abzureisen, weil du deine Masterarbeit nicht richtig schreiben kannst.«

»Also diente der ganze Tag nur dazu, mir mögliche Arbeitsplätze zu zeigen und sicherzustellen, dass du bis Februar einen Job hast?« In meiner Stimme klang kein Vorwurf mit, nur ehrliche Neugier.

»In gewisser Weise schon«, gestand er. »Hat dir trotzdem gefallen, was du gesehen hast?«

Ich nickte. Natürlich hatte mir die Stadt gefallen. Wie könnte sie auch nicht. Wo ich auch hingesehen hatte, es hatte etwas Royales, Altmodisches, aber wirkte trotzdem nicht eingestaubt. Außerdem hing vereinzelt schon die Weihnachtsdekoration, die sich perfekt ins Straßenbild einfügte. Ich konnte es gar nicht erwarten, die Stadt in ihrem kompletten weihnachtlichen Kleid zu sehen.

»Mit einem Besuch auf dem Weihnachtsmarkt hättest du den Tag noch perfekter machen können. Aber es hat mir auch so gefallen. Danke.« Ich lächelte leicht, was Jonah zu erleichtern schien.

»Weihnachtsmarkt lässt sich einrichten, sobald er geöffnet ist.« Er warf einen Blick auf seine Uhr. »Wir sollten zurückfahren. Wir sind schon spät dran. Wenn wir den Laden pünktlich öffnen wollen, müssen wir uns jetzt beeilen.«

Wir liefen zurück zum Wagen. Abermals kommentierte Jonah alles, was er auf dem Weg sah und von Bedeutung sein konnte. Ich lauschte seinen Worten und genoss die kühle Luft. Ohne es zu wollen, hatte ich mich heute tatsächlich ein kleines bisschen in Edinburgh verliebt. Die Stadt war so viel schöner als meine Heimatstadt, und ich hatte mich dabei erwischt, mir vorzustellen, hier zu leben. Mittlerweile hatte ich mich sogar an den schottischen Akzent gewöhnt, auch wenn ich nach wie vor nicht alles verstand und nachfragen musste. Besonders bei den älteren Bewohnern, beispielsweise bei George, hatte ich so meine Probleme, auch wenn sie sich bemühten möglichst deutlich zu sprechen. Gott sei Dank sprach Jonah nicht mit einem allzu starken Akzent, sodass ich ihn ohne Probleme verstand. Generell schien der Akzent der jüngeren Generation nicht so ausgeprägt zu sein wie der von den Älteren.

Erst als wir wieder im Auto saßen und Jonah die Sitzheizung anmachte, wurde mir bewusst, wie kalt mir war. Meine Finger waren ganz steif, weil ich keine Handschuhe getragen hatte. Langsam schloss ich die Hand zur Faust und öffnete sie wieder. Doch es brachte nichts, sie fühlten sich einfach kalt und unbeweglich an.

Jonahs Blick fiel auf die Bewegung. »Kalte Hände?«, fragte er. Ich nickte. Bevor ich ihn davon abhalten konnte, hatte er meine Hände in seine genommen und rieb sie sanft. Obwohl seine eigenen Hände ebenfalls kalt waren, bildete ich mir ein, dass sie bereits wärmer wurden. Vielleicht lag das aber auch einfach an der Geste. Er hob unsere Hände zu seinem Mund und hauchte sanft darauf.

Ich war so perplex, dass ich es einfach geschehen ließ. Ich ließ es zu, obwohl es sich zu intim anfühlte und sich etwas in meinem Innersten zusammenzog. Wusste er, was für eine Wirkung er auf mich hatte?

Langsam kam wieder Leben in meine Fingerspitzen.

»Geht schon wieder. Danke«, sagte ich mit kratziger Stimme.

Jonah blickte auf, und seine Augen weiteten sich, als würde ihm erst jetzt bewusst, was er da gerade getan hatte. Er ließ meine Hände los und räusperte sich. »Gut, dann wollen wir mal wieder.« Er startete den Motor, setzte den Blinker und fädelte sich wortlos in den Straßenverkehr ein.

Auf der ganzen Fahrt zurück nach Kinmore schwiegen wir. Einzig das Radio und die Klimaanlage, die warme Luft ins Auto blies, waren zu hören. Es war, als hätten wir eine unsichtbare Grenze überschritten, und jetzt wusste keiner mehr, wie er sich verhalten sollte.

»Soll ich dich zu Hause absetzen, oder willst du direkt mit in den Pub?«, unterbrach Jonah schließlich die Stille, als wir am Ortsschild von Kinmore vorbeifuhren.

»Nach Hause.« Ich unterdrückte bei meinen Worten ein Schnauben. Es war nicht mein Zuhause. Es war Peters

Zuhause. Zwar war neben dem Pub auch das Haus an mich gefallen, trotzdem klang es in meinen Ohren falsch, es als mein Zuhause zu bezeichnen. Genauso wie es immer noch falsch klang, das *Wagner's* als meinen Pub zu bezeichnen.

»Danke für den schönen Tag und dass du mir alles gezeigt hast«, sagte ich aufrichtig, als wir am Straßenrand hielten.

»Gern. Das nächste Mal dann mit Weihnachtsmarkt.« Er lächelte, und es schien, als wäre diese komische Stimmung zwischen uns wieder wie weggeblasen. Ich hoffte wirklich, dass es so war. Auch wenn wir einen ungünstigen Start gehabt hatten, war Jonah eine der wenigen Personen, die ich hier kannte. Ich wollte nicht, dass sich daran etwas änderte, nur weil er aus einem Impuls heraus meine Hände in seine genommen und sie gewärmt hatte. Es war einfach eine nette Geste gewesen. Mehr nicht. Und mehr sollte ich da auch nicht hineininterpretieren. Meinem Kopf war das klar, aber mein Körper schien die Nachricht noch nicht bekommen zu haben, wenn er bei jeder flüchtigen Berührung anfing, freudig zu kribbeln. Und auch jetzt, wenn ich daran dachte, breitete sich wieder Wärme auf meinen Wangen aus.

Wir verabschiedeten uns voneinander, und ich versicherte ihm, später in den Pub nachzukommen. Ich sah ihm einen Moment nach, wie er davonfuhr, dann huschte ich ins Haus, um mich vollständig aufzuwärmen. Ich hörte geradezu eine Tasse Tee meinen Namen rufen, und wer war ich, wenn ich dem Ruf nicht nachgehen würde?

Kapitel 11

Heute Morgen hatte ich meinen Augen nicht trauen wollen, als ich aus dem Fenster blickte. Es hatte über Nacht angefangen zu schneien, und die Straßen und Dächer waren von einer dünnen Schicht Puderzucker überzogen. Wie Joseph vorhergesagt hatte, sah es wunderschön aus. Während ich den Flocken auf ihrem Weg nach unten zusah, wurde mir bewusst, dass ich nun schon fast einen Monat in Schottland war.

Ich hatte mir den Pub angesehen, hatte einige Leute hier kennengelernt, war mit Jonah in Edinburgh gewesen und war meinem Plan, eine geeignete Lösung für den Laden zu finden, noch kein Stück näher gekommen.

Von Minute zu Minute wurde die Schneedecke immer dichter, und damit stand auf jeden Fall schon einmal fest, dass ich das Auto heute wieder stehen lassen und zu Fuß zum Pub gehen würde.

Nach dem Besuch in Edinburgh mit Jonah spürte ich, dass sich etwas in mir verändert hatte. Ich hatte mich tatsächlich etwas in Schottland verliebt. Trotzdem umgab mich nach wie vor die Sorge um den Pub. Außerdem saß meine Mutter mir im Nacken. In letzter Zeit hatte sie unverhältnismäßig oft versucht, mich zu erreichen. Ihre Anrufe hatte ich allesamt ignoriert, weil ich auch dank der Nachrichten, die sie schickte, wusste, was sie von mir wollte. Der Pub war ihr zwar ein Dorn im Auge, gleichzeitig wollte sie aber auch selbst davon profitieren. Sie wollte, dass ich ihn so schnell wie möglich verkaufte, weil sie hoffte, ich würde das Geld mit ihr teilen.

Insgeheim hatte ich mir schon überlegt, mit dem Verkaufserlös zum einen die offenen Rechnungen zu zahlen und zum anderen das übrig gebliebene Geld an das Kinderkrankenhaus zu spenden. Zwar hatte Peter ihnen schon Geld vermacht, aber ich glaubte immer noch nicht, dass mir irgendetwas von ihm zustand. Dafür kannte ich ihn einfach nicht. Vielleicht würde ich mich anders fühlen, wenn er seine Gründe in seinem Testament benannt hätte, doch dem war nicht so. Also würde ich mich weiterhin wie ein Fremdkörper fühlen.

Anders als meine Mutter hatte sich mein Vater überhaupt nicht bei mir gemeldet, worüber ich insgeheim ganz froh war. Auf meine Nachricht, in der ich ihm die Situation erklärt hatte, hatte ich keine Antwort bekommen. So kamen von ihm auch keine Forderungen, etwas vom Pub abhaben zu wollen. Wie alle anderen in der Familie, hatte er auch nichts von Peter vermacht bekommen. Ich hatte Joseph extra danach gefragt, und er hatte mir erzählt, dass Peter alle Familienmitglieder, mit Ausnahme von mir, ausdrücklich aus seinem Testament gestrichen hatte und sich stattdessen dafür entschieden den Großteil seins Geldes an wohltätige Organisationen zu spenden.

Vielleicht hatte er bei mir noch die Hoffnung, ich würde mich anders entwickeln. Dass ich, wie er, die Familie hinter mir ließ und mir Menschen suchte, die für mich da waren. Die eine familiäre Beziehung zu mir hatten, ungeachtet des Blutes, das durch unsere Adern floss.

Nachdem ich gesehen hatte, was Peter sich hier aufgebaut und gefunden hatte, wurde der Wunsch danach tatsächlich größer. Zuvor hatte ich immer geglaubt, allein klarzukommen, andere nicht zu brauchen. Doch ich konnte nicht bestreiten, dass die grenzenlose Liebe und Unterstützung der Gemeinde für meinen Onkel unglaublich gewesen war und ich einen Stich der Eifersucht gespürt hatte, weil mir selbst so etwas noch nie zuteilgeworden war.

Um mir die Zeit zu vertreiben, bis der Pub wieder geöffnet wurde, und um mich von meinen Gedanken abzulenken, beschloss ich, mich ein wenig im Haus umzusehen. Vielleicht fand ich noch wichtige Unterlagen oder Gegenstände, die ich zu Geld machen konnte.

Ich stieg die Treppe nach oben ins Dachgeschoss, welches mehr einer Rumpelkammer als einem Dachboden glich. Es war der einzige Ort im Haus, den ich mir noch nicht genauer angeschaut hatte, weil ich mich überwiegend auf die Wohnräume fokussiert hatte. Überall standen Kartons herum, und unzählige Gegenstände waren achtlos in die Ecken gestellt worden. Es war das reinste Chaos. Ich zog die erste Kiste zu mir heran und öffnete sie. Darin waren einige Töpfe und Pfannen, die Peter offenbar nicht mehr gebraucht hatte. In der Küche hatte ich mehr als genug gefunden. Ich machte den Karton wieder zu und widmete mich dem nächsten. Hierin waren einige Aktenordner. Ich stöhnte, als ich den ersten herauszog. Er war nicht beschriftet, aber ich wusste, dass ich ihn ohnehin durchschauen musste, bevor ich ihn wegwerfen konnte.

Mein eigentlicher Plan war es gewesen, einige Dinge von hier oben zu verkaufen, um damit einen Teil der Rechnungen begleichen zu können. Doch jetzt war ich mir nicht so sicher, ob mir das gelang. Kauften Mensch gebrauchte Töpfe und Pfannen? Oder alte Teppiche?

Mit jeder weiteren Kiste, die ich öffnete, wuchs mein schlechtes Gewissen. Zwar war mir bewusst, dass mein

Onkel nichts mehr dagegen sagen konnte, wie ich in seinen persönlichen Sachen herumwühlte, trotzdem fühlte es sich wie eine Verletzung seiner Privatsphäre an.

Ich fand nicht viele wertvolle Gegenstände. Es war mehr Kleinkram, den man überall kaufen konnte. Offenbar war er vor der Eröffnung seines Ladens oft verreist, denn ich fand Souvenirs aus einigen Metropolen dieser Welt.

Auch wenn er viel zu jung gestorben war, war es schön zu wissen, dass er sein Leben gelebt und anders als ich seine Träume verwirklicht hatte. Er hatte Frankfurt verlassen und einfach gemacht, was immer er wollte. Dabei hatte er nie zurückgesehen. Wenn mir all die Dinge vor mir eines zeigten, dann dass Peter ein erfülltes und glückliches Leben gelebt hatte. Eines, auf das man mit Freude zurückblicken konnte und von dem es sich lohnte, es seinen Kindern und Enkeln zu erzählen. Leider war ihm Letzteres verwehrt geblieben. Wie ich aus all den Erzählungen über ihn herausgehört hatte, war er ohnehin nie in einer Beziehung gewesen.

In einer weiteren Kiste fand ich schließlich Weihnachtsdekoration. Neben unzähligen Christbaumkugeln, die teils klassisch, teils kitschig waren, fand ich auch Lichterketten. Ich stellte die Kiste an den Rand für später. Vielleicht konnte ich das Haus ein bisschen schmücken. Denn so, wie es im Moment aussah, würde ich die Weihnachtsfeiertage hier verbringen. Auch wenn ich nie Wert auf das gemeinsame Feiern mit der Familie gelegt hatte, liebte ich die Dekoration zu dieser Jahreszeit.

Andererseits war es vermutlich überflüssig, das Haus nur für mich zu schmücken. Ich wusste nicht einmal, ob ich mir einen Weihnachtsbaum besorgen sollte. Es war schließlich nicht so, dass irgendwelche Geschenke darunter liegen würden. Selbst würde ich mich nicht beschenken, und von anderen würde ich auch nichts bekommen, dafür kannte mich hier niemand gut genug.

Für Jonah wäre es sicherlich ein gutes Geschenk, wenn ich ihm den Pub überschrieb. Doch er wäre sicher nicht lange glücklich. Sobald er die unbezahlten Rechnungen sah, würde ihm das Lachen vergehen. Es widerstrebte mir nach wie vor, ihm diese Bürde aufzuhalsen. Nicht nachdem ich am eigenen Leib erfahren hatte, wie es war, wenn einem ein Haufen Schulden einfach so vor die Füße geworfen wurde.

Bei dem Gedanken an den Pub arbeitete es in meinem Kopf. Vielleicht wäre es eine gute Idee, die Dekoration dort aufzuhängen, damit sie dort weihnachtliche Stimmung verbreiten konnte. Ich machte mir in Gedanken eine Notiz, Jonah danach zu fragen, wie Peter es all die Jahre zuvor gehandhabt hatte. Vielleicht war ihm Weihnachten nie wichtig gewesen, und es war eine Zeit wie jede andere für ihn.

Trotz meiner Bedenken war ich mir sicher, Peter hatte seinen Pub noch ein bisschen gemütlicher gemacht, als er ohnehin schon war. Und wenn nicht, wäre es dieses Jahr eben das erste Mal – und das letzte Mal, wenn nicht noch ein Weihnachtswunder geschah.

Den restlichen Nachmittag verbrachte ich damit, die ganzen Kisten auf dem Dachboden zu durchsuchen. Doch meine Suche blieb erfolglos. Peter hatte nichts von besonderem Wert.

Mein Blick fiel wieder auf die Weihnachtsdekoration, die ich neben die Tür gestellt hatte. Ich zog mein Handy aus der Tasche und wählte Jonahs Nummer. Er nahm bereits nach dem zweiten Klingeln ab.

»Vivien? Alles in Ordnung?«, fragte er und klang alarmiert, was mich irritierte.

»Alles bestens«, sagte ich. »Warum klingst du so besorgt?«

»Es gab einen Autounfall etwa fünf Kilometer vor Kinmore. Es hieß, eine junge Frau und dass sie Ausländerin sei, da habe ich …«

»Gedacht, das wäre ich«, beendete ich seinen Satz. Seine Sorge rührte mich.

»Ja.«

»Mir geht es gut. Ich war den ganzen Tag zu Hause.«

»Dann ist gut. Sehr gut«, hauchte er, sichtlich erleichtert.

»Weshalb ich eigentlich angerufen habe … Hat Peter den Pub zur Weihnachtszeit geschmückt?«

»Du meinst mit Lichterketten, Weihnachtsbaum und allem Drum und Dran?«

»Genau.« Ich nickte, auch wenn er es nicht sah.

»Hat er. Das war immer ein riesiger Aufwand, bis wir alles so hergerichtet hatten, dass es ihm gefiel. Jede Kugel musste an der richtigen Stelle hängen, und die Lichterketten mussten so aufgehängt sein, dass sie den ganzen Pub in diesem warmen Licht erstrahlten. Es waren immer so viele, dass wir das große Licht nicht mehr brauchten.« Ich konnte das Lächeln in seiner Stimme deutlich hören.

»Ich habe gerade auf dem Dachboden Dekoration gefunden und dachte, dass wir die im Pub aufhängen könnten.«

»Das wäre schön. Pete hat die Weihnachtszeit immer geliebt. Hat sogar die Karte angepasst und Glühwein und heiße Schokolade verkauft.«

Ich grinste. »Heiße Schokolade? Ein bisschen ungewöhnlich für einen schottischen Pub, oder?«

»Ja, aber er meinte, dass es das auf jedem deutschen

Weihnachtsmarkt geben würde und er so ein Stückchen Heimat in seinen Laden bringen konnte. Außerdem hat er sie auch mit Schuss angeboten.« Er lachte, was mich zum Schmunzeln brachte.

»Wenn das so ist, sollten wir die Tradition ein letztes Mal fortsetzen.«

Jonah schwieg einen langen Moment, einzig sein gleichmäßiges Atmen zeigte mir, dass er nicht aufgelegt hatte. Erst jetzt wurde mir bewusst, was ich gesagt hatte. Ein letztes Mal.

»Also, die Dekoration ...«

»Ich kann gleich bei dir vorbeikommen, dann laden wir sie in meinen Wagen, und ich hänge sie auf«, sagte er schnell, als könnte er sein Zögern so überspielen, doch natürlich war es mir nicht entgangen. »Aber im Keller im Pub müsste auch noch was liegen.«

»Ich dachte, wir könnten das gemeinsam machen. Also nur wenn du nichts dagegen hast.«

»Klar, können wir auch. Ich dachte nur ... Na ja, egal. Lass es uns gemeinsam machen.«

»Bist du sicher? Es ist in Ordnung, wenn du mich nicht dabeihaben willst.«

»Nein, ich bin mir sicher. Außerdem kann ich den Laden unmöglich allein schmücken. Dafür ist er zu groß.« In seiner Stimme klang zwar noch immer die Traurigkeit mit, die sich seit meinem unbedachten Kommentar dort festgesetzt hatte, doch gleichzeitig klang er aufrichtig.

»Okay.«

»Ich hole dich dann in einer Stunde ab. Ist das in Ordnung? Ich muss vorher nur noch was besorgen.«

Ich warf einen schnellen Blick auf die Uhr und stimmte zu, ehe wir uns voneinander verabschiedeten und ich mir frische Kleidung anzog, die nicht mit Staub übersät war.

Kapitel 12

Seit einer halben Stunde stand ich am Fenster und klebte bei jedem vorbeifahrenden Auto mit der Nase an der Scheibe, doch es war nie Jonah. Er war bereits eine Stunde zu spät. Mit jedem weiteren Anruf, der sofort auf der Mailbox landete, wuchs meine Sorge um ihn. Vor allem, weil er zuvor von einem Autounfall gesprochen hatte und ich mir nun die wildesten Szenarien ausmalte. Hoffentlich war ihm nichts passiert. Aber warum ging er dann nicht ans Telefon? Oder meldete sich nicht, zumindest um Bescheid zu sagen, dass es später wurde?

Erneut hörte ich den Motor eines Wagens in meine Straße einbiegen und nahm meine Position am Fenster wieder ein. Mir fiel ein ganzer Berg von den Schultern, als Jonah am Straßenrand parkte.

Ich rannte zur Haustür und riss sie auf, gerade als Jonah klingeln wollte.

»Oh mein Gott, es geht dir gut.« Ohne mich davon abhalten zu können, fiel ich ihm um den Hals und drückte ihn. Zaghaft erwiderte er die Umarmung. Er hatte die Hände gerade auf meinen Rücken gelegt, als ich mich auch schon wieder von ihm löste und ihm gegen die Schulter boxte.

»Aua! Was soll das?« Er hielt sich die Stelle, auf die meine Faust getroffen war. Verwirrung stand ihm ins Gesicht geschrieben.

»Ich hab mir Sorgen gemacht. Ich dachte, dir sei etwas passiert. Du hättest vor einer Stunde hier sein sollen, und ans Telefon bist du auch nicht gegangen. Ich dachte, du liegst irgendwo im Straßengraben oder hast dich um einen Baum gewickelt oder sonst irgendwas.«

Er fuhr sich durch die dunklen Haare, und sein Blick wurde sanfter, als er meine Hände ergriff und sie leicht drückte. »Ich hätte dir Bescheid sagen sollen. Tut mir leid«, entschuldigte er sich. Ihm war sein schlechtes Gewissen anzuhören, und die kleine Falte zwischen seinen Augenbrauen machte es nur noch deutlicher.

»Schon okay«, sagte ich und atmete einmal tief aus, weil ich einfach nur froh war, ihn unversehrt vor mir stehen zu sehen.

»Das nächste Mal rufe ich an, aber irgendwie habe ich die Zeit nicht im Blick gehabt, und dann habe ich mich noch verquatscht, und mein Akku war leer.«

»Es ist wirklich in Ordnung, Jonah.«

»Nein, es ist nicht in Ordnung. Nicht wenn ich schuld daran bin, dass du dir so große Sorgen gemacht hast.« Er schaute mir tief in die Augen, als wollte er sich versichern, dass ich seine Worte verstand und ich mich wieder beruhigt hatte.

Ich nickte. »Okay. Danke.« Er hielt noch immer meine Hände, und ich entzog sie ihm mit einem Räuspern. Es gab keinen Grund dafür, sich noch weiterhin anzufassen. Ich hatte mich wieder beruhigt. Trotzdem musste ich mir eingestehen, dass diese kleine fürsorgliche Geste etwas mit mir machte.

»Wollen wir dann?«, fragte er und zeigte mit dem Daumen hinter sich.

Ich ließ ihn rein, und gemeinsam trugen wir die Kisten von Dachboden nach unten in seinen Wagen. Nachdem wir alles eingeladen hatten, machten wir uns auf den Weg in Richtung Pub.

Der Schnee hatte mittlerweile wieder etwas nachgelassen, trotzdem fielen noch immer vereinzelte Flocken. Die Straßen waren weitestgehend frei, und von der weißen Pracht war nur noch in den Vorgärten, auf den Dächern und den Gehwegen etwas zu sehen. Jonah schienen die Wetterverhältnisse nichts auszumachen, denn er wirkte sicher, als er sich in den Straßenverkehr einfädelte, der immer dichter wurde, je weiter wir in die Stadt fuhren.

»Für das Wochenende ist heftiger Schneefall angekündigt«, sagte Jonah, der meine Gedanken gelesen zu haben schien. »Wenn wir Glück haben, bleibt er bis Weihnachten liegen. In den letzten Jahren war das leider nie der Fall. Aber ich hätte wirklich richtig Lust auf weiße Weihnachten.«

»Ja, es wäre schön, das mitzuerleben.«

»Habt ihr in Deutschland zur Weihnachtszeit viel Schnee?«, fragte Jonah.

»Manchmal. Da ich in der Stadt lebe, ist es meistens eher Schneematsch und alles andere als ansehnlich. Aber ich bin gern bei uns auf dem Weihnachtsmarkt. Zwar gibt es da auch keinen unberührten Schnee, aber ich mag die Lichter, den riesigen Weihnachtsbaum, über den sich jedes Jahr aufgeregt wird, weil er einfach nur hässlich aussieht, und die vielen verschiedenen Stände, durch die man sich durchfuttern kann.«

Jonah runzelte die Stirn. »Warum stellt ihr einen riesigen Baum auf, wenn ihr ihn hässlich findet?«

»Da musst du die Stadt Frankfurt fragen. Ich habe keine Ahnung, wie der Baum immer ausgewählt wird. Aber sobald er an Ort und Stelle steht, wird meistens deutlich, dass er zu kahl ist oder zu klein oder zu unförmig. Ich glaube, mittlerweile ist das schon Tradition. Meistens macht die Dekoration es auch nicht besser. In einem Jahr haben sie unzählige Schleifen daran befestigt. Klar, sie haben die kahlen Stellen verdeckt, aber schöner hat es den Baum auch nicht gemacht. Lichterketten und Kugeln wären viel schöner gewesen.« Ich merkte erst, wie viel ich geredet hatte, als ich Jonahs belustigtes Gesicht sah. »Was?«

»Ein hübscher Baum scheint dir wirklich wichtig zu sein, was?«, meinte er und warf mir einen flüchtigen Blick zu.

»Stimmt. Immerhin stellt man ihn sich nur einmal im Jahr in die Wohnung. Da sollte er auch gut aussehen, sonst kann man es auch einfach sein lassen.«

»Verstehe. Dann hoffe ich, dir gefällt der Baum für den Pub.«

»Welcher Baum?« Ich bekam keine Antwort, denn in diesem Moment fuhr er auf den Parkplatz, stellte den Motor ab und stieg aus dem Wagen.

Vor der Tür stand bereits ein älterer Mann und blickte durch das Fenster nach innen. Ich warf einen Blick auf meine Uhr. Es war fast halb sechs. Eigentlich hätte der Pub vor einer halben Stunde öffnen sollen.

»Hallo, Tom«, grüßte Jonah den Mann. »Tut mir leid, ich musste noch etwas besorgen und hab die Zeit vergessen. Komm rein.« Er schloss die Tür auf, und Tom folgte ihm nach drinnen. Ich trat hinter den beiden in den Pub, und sofort machte Jonah sich daran, alles für heute Abend vorzubereiten, während ich meine Jacke auszog und sie an die kleine Garderobe neben der Tür hängte.

»Was macht die Hüfte?«, fragte Jonah, während er das Licht hinter dem Tresen anschaltete, das die Regale beleuchtete.

Tom machte eine wegwerfende Handbewegung. »Könnte besser sein. Könnte aber auch schlimmer sein. Also alles beim Alten«, grummelte er.

»So lange es sich nicht verschlechtert, ist doch alles gut«, sagte Jonah und stellte ihm ein Bier vor die Nase.

»Danke, mein Junge.« Er nahm einen großen Schluck und wirkte sichtlich erleichtert. »Sag mal«, meinte er dann. Seine Stimme war leiser geworden, und er beugte sich verschwörerisch über den Tresen. Jonah kam ihm ein Stück entgegen und warf mir über Toms Schulter einen amüsierten Blick zu. »Wer ist das?« Auch wenn Tom versuchte zu flüstern, konnte ich ihn hören. Ich musste ein Schmunzeln unterdrücken, ließ mir aber nicht anmerken, dass ich ihn gehört hatte. Denn ganz offensichtlich wollte er das nicht.

»Vivien Wagner.«

Toms Augen wurden groß. »Wagner? Ist sie Petes Tochter?« Mit jedem Wort war er lauter geworden, was ich als Anlass nahm, mich ins Gespräch einzuklinken.

»Ich bin … war seine Nichte. Freut mich, Sie kennenzulernen, Tom.« Ich trat einen Schritt auf ihn zu und hielt ihm die Hand hin. Er musterte erst sie, dann mich, ehe er mir schließlich die Hand schüttelte.

»Ja, mich auch. Und mein Beileid.«

»Danke«, murmelte ich. Nein, es wurde einfach nicht angenehmer, diese Worte zu hören. Ich tat, was ich am besten konnte, wenn man mir sein Beileid aussprach, und wechselte das Thema. »Eigentlich habe ich gedacht, meine Anwesenheit hätte sich schon herumgesprochen. Hast du nicht gesagt, Geheimnisse sind hier nicht lange geheim?«, fragte ich an Jonah gewandt und setzte mich neben Tom an den Tresen. Gerade nach dem ersten Abend, als fast die komplette Gemeinde hier gewesen war und Geschichten über Pete erzählt hatte, war ich davon ausgegangen, dass jedem hier klar war, wer ich war und in welcher Beziehung ich zu Peter stand.

»Eigentlich schon. Keine Ahnung, warum er nichts davon mitbekommen hat.« Jonah sah Tom mit hochgezogenen Augenbrauen an.

»Da besucht man einmal die Tochter und ist ein paar Wochen nicht in der Stadt, und schon bekommt man nichts mehr mit«, beschwerte sich Tom.

»Wie geht es Leslie?«, fragte Jonah. »Arbeitet sie noch bei diesem Vermögensberater?«

Tom nickte und begann, von seiner Tochter zu erzählen. In jedem seiner Worte klang so viel Stolz mit. Ich konnte mich nicht daran erinnern, dass meine Eltern jemals so über mich gesprochen hatten. Andererseits gab es auch nichts, worauf sie stolz sein konnten. Dass ich mein Abitur bestand, hatten sie vorausgesetzt. Meinen Bachelorabschluss ebenfalls. Mein freiwilliges Masterstudium hingegen war nichts, was sie unterstützen wollten. Ihnen wäre es lieber gewesen, wenn ich Geld verdient hätte. Vermutlich weil sie sich ebenfalls erhofften, davon etwas abzubekommen.

Jonah hörte aufmerksam zu und stellte Nachfragen. Ich beneidete ihn, weil es ihm überhaupt keine Schwierigkeiten zu bereiten schien, eine Unterhaltung zu führen, ganz egal, mit wem er sprach. Vermutlich war das eine dieser Sachen, die man als Allererstes lernte, wenn man als Barmann anfing. Für viele waren sie auch Therapeuten, die sich ihre Sorgen und Probleme anhörten.

Ich zog mich etwas zurück und überließ die beiden ihrem Gespräch. Stattdessen fragte ich Jonah nach den Autoschlüsseln, damit ich die Kisten reinholen konnte. Nur widerwillig überreichte er sie mir. Nicht weil er mir nicht mit seinem Wagen traute, sondern weil er mir lieber beim Tragen geholfen hätte. Schließlich gewann ich unser stilles Blickduell, und er überreichte mir die Schüssel mit einem Seufzen.

»Sie ist ein hübsches Mädchen, nicht?«, hörte ich Tom sagen, ehe die Tür hinter mir ins Schloss fiel. Am liebsten wäre ich noch einmal reingegangen, um Jonahs Antwort zu hören, doch ich verkniff es mir. Stattdessen holte ich die Kisten aus dem Auto.

»Warte, *Lassie*. Ich mach dir die Tür auf.«

Ich schaute zur Seite und sah George schnellen Schrittes auf mich zukommen. »Danke, George.« Er öffnete die Tür und trat nach mir ein.

»Sag mal Jonah, warum hilfst du dem armen Mädchen nicht? Lässt sie einfach allein die schweren Kisten tragen.«

Ich unterdrückte ein Grinsen.

»Sie wollte keine Hilfe«, verteidigte er sich.

»Red doch keinen Unsinn.« Kopfschüttelnd setzte er sich neben Tom.

»Vivi?«, wandte er sich Hilfe suchend an mich. Mittlerweile hatte ich die Kiste neben der Tür zur Küche abgestellt und atmete einmal tief durch, da sie doch schwerer gewesen war, als erwartet. Ich zuckte unschuldig mit den Schultern. Klar, hätte ich ihm helfen und die Sache klarstellen können, aber irgendwie gefiel es mir, ihn ein bisschen zu ärgern.

»Tom?«, fragte er nun, als ich nichts erwiderte.

Als auch der still blieb und bloß mit den Schultern zuckte, schüttelte Jonah ungläubig den Kopf. »Das ist also der Dank dafür, dass ich mich so gut um dich kümmere und du nie auch nur nach einem neuen Bier fragen musst.« Es war ihm deutlich anzuhören, dass er nicht sauer war, doch offenbar fand er Gefallen daran, auch Tom ein bisschen auf den Arm zu nehmen.

George war der Einzige, der nicht mitzubekommen schien, dass alles nur ein Witz war, denn er schüttelte den Kopf. »Hätte Pete damals auf dich gehört, als du gesagt hast, dass du keine Hilfe brauchst, wärst du heute nicht hier.«

»Ich habe seine Hilfe wirklich abgelehnt und ihm keine Wahl gelassen«, mischte ich mich schnell ein, weil ich nicht dafür verantwortlich sein wollte, dass die Stimmung umschlug. »Ich kann manchmal ziemlich stur sein. Außerdem bin ich es nicht gewohnt, nach Hilfe zu fragen.« Ich zuckte entschuldigend mit den Schultern und grinste frech. »Kann ich dir was zu trinken anbieten?«, fragte ich nun und trat an Jonahs Seite hinter den Tresen. Mein Ablenkungsmanöver gelang mir, denn George bestellte ein Bier, das jedoch nicht ich zapfte, sondern Jonah.

»Das wollte ich doch machen«, beschwerte ich mich.

»Du hast recht. Du bist stur.« Ein Grinsen lag auf seinem Gesicht, als er das sagte.

»Hat mein Onkel dir eigentlich nicht beigebracht, wie man ein Bier ordentlich ausschenkt?« Ich betrachtete das Glas, das er vor George gestellt hatte.

»Warum?«

»Bei uns in Deutschland ist es normal, dass ein Bier viel Schaum hat. Das da«, ich deutete auf das Glas, das nur von einer dünnen weißen Schicht überzogen war, »würde bei uns niemand annehmen.«

»Dein Onkel hat es mir genau so beigebracht. Vermutlich weil er sich über die unterschiedlichen Gepflogenheiten informiert hatte. Ein Bier, das zur Hälfte aus Schaum besteht, würde *hier* niemand annehmen.«

Ich schnaubte. »Ein Glück für dich, dass Peter keine

deutsche Kneipe eröffnet hat. Ansonsten könnte ich das nicht durchgehen lassen.« Fehlte nur noch, dass Jonah einmal mit einem Bierdeckel über das Glas fuhr, um überschüssigen Schaum wegzuwischen. Jedes Mal wenn ich das in einem britischen Film sah, wurde ich fast verrückt. Auch wenn ich selbst kein großer Fan von Bier war, kam mir diese Angewohnheit der Briten immer falsch vor.

»Ist das so?«, fragte er, trat einen Schritt auf mich zu und sah mich mit schief gelegtem Kopf an. Er stand so dicht vor mir, dass wir uns fast berührten.

»Das ist so.«

»Jetzt küss sie doch einfach, und das Argument ist beendet«, grummelte Tom.

Jonah schloss für einen Moment die Augen und atmete genervt aus. Unterdessen spürte ich, wie Hitze in meine Wangen schoss. Schnell trat ich einen Schritt zur Seite, um Abstand zwischen uns zu bringen.

»Das war so was von unangebracht, Tom«, sagte Jonah schließlich.

»Ganz unrecht hat er nicht. Selbst ich kann die sexuelle Spannung zwischen euch spüren«, warf George ein. »Und das will schon was heißen. Seit Tagen scharwenzeln sie schon umeinander rum. Selbst nach Edinburgh hat er sie gebracht.«

»Woher weißt du das jetzt schon wieder?«, fragte Jonah und machte gleichzeitig eine wegwerfende Handbewegung. Offensichtlich war ihm klar, was für eine absurde Frage das war.

Als die Tür zum Pub aufgestoßen wurde, atmete ich erleichtert durch. Ablenkung war jetzt genau das, was wir brauchten.

Ich war Jonah dankbar für seinen Kommentar und dafür, dass er die Situation beendet hatte. Es fehlte mir gerade noch, dass ich mit dem einzigen Mitarbeiter und der einzigen Person, die mir hier im Laden helfen konnte, etwas anfing. Zumal da niemals etwas draus werden konnte. Sobald der Februar da war und ich mein Versprechen Jonah gegenüber eingehalten hatte, würde ich zurück nach Deutschland gehen, und Jonah würde tun, was auch immer er tun wollte. Unsere Wege würden sich trennen, und sicher wollte ich nicht so enden wie meine Eltern, die nur geheiratet hatten, weil ich auf dem Weg gewesen war. Liebe war in meinem Leben so präsent wie eine intakte Familie. Von beidem hatte ich keine Ahnung. Letzteres war schon immer so gewesen und ließ sich nicht mehr ändern, und bei Ersterem würde es nicht anders werden. Ich konnte ja nicht einmal richtig beurteilen, was Liebe überhaupt war. Zwischen meinen Eltern hatte ich sie nie gesehen. Bei Freunden hatte ich so häufig Trennungen mitbekommen, dass ich mir sicher war, sie wussten selbst nicht, was Liebe bedeutete. Und das, was ich zwischen meiner besten Freundin und Mitbewohnerin Linnea und ihrem Freund sah, schrie auch nicht gerade nach Liebe, auch wenn ich sie immer sagen hörte, wie viel sie einander bedeuteten.

Jonah kümmerte sich um die Neuankömmlinge, währenddessen wühlte ich mich ein bisschen durch die Dekorationen und verschaffte mir einen ersten Überblick, wo was hingehängt werden könnte.

Neben dem kleinen Kamin würde wunderbar ein Weihnachtsbaum hinpassen. Mir fiel wieder ein, dass Jonah vorhin angedeutet hatte, er hätte bereits einen besorgt. Ich machte mir eine gedankliche Notiz, ihn danach zu fragen.

»Ich muss los. Habe morgen früh einen Arzttermin«, hörte ich Tom sagen. Er rutschte von seinem Stuhl.

»Willst du anschreiben lassen?«, fragte Jonah, woraufhin Tom nickte.

»Wie immer, mein Junge.«

»Moment«, mischte ich mich ein. »Wie immer? Zahlst du deine Rechnung nie sofort?«

Tom machte eine wegwerfende Handbewegung. »*Nay*, ich habe selten Geld dabei, und im Moment bin ich sowieso ein bisschen knapp bei Kasse.«

»Das geht aber nicht. Du musst zahlen, was du trinkst.«

»Vivi«, sagte Jonah sanft. »Pete hat das auch immer so gehandhabt.«

»Das ist mir egal. Was getrunken wird, wird auch bezahlt. Und zwar sofort und nicht erst einen Tag später oder in einer Woche oder in Monaten. Sofort!« Ich war immer lauter geworden, sodass mich auch die restlichen Gäste gehört hatten und mich nun anstarrten. Doch das war mir im Augenblick egal. Ich hatte jetzt Rechnungen zu bezahlen. Rechnungen, die ich mit dem Geld, das die Gäste jeden Abend dalassen sollten, eigentlich begleichen konnte. Wenn aber jeder anschreiben ließ, funktionierte das nicht.

»Schön.« Tom gab ein freudloses Lachen von sich, ehe er ein paar Scheine aus seinem Geldbeutel zog und auf den Tresen knallte. »Das sollte für heute reichen«, sagte er an Jonah gewandt. Mir entging nicht, dass er nur von der heutigen Rechnung sprach. Sicher hatte er noch weitere Abende offen. Ich hielt mich zurück, auch noch das andere Geld zu verlangen. Zum einen, weil ich bereits eine Szene gemacht hatte, und zum anderen, weil ich Tom nicht in Verlegenheit bringen wollte, sollte er jetzt wirklich nicht alles zahlen können.

»Man sieht sich.« Erneut redete er nur mit Jonah und warf mir keinen Blick mehr zu, als er sichtlich verärgert ging. Dafür spürte ich die Blicke der anderen auf mir. Wahrscheinlich wäre es besser gewesen, die Sache ruhiger zu klären. Jetzt hatte es jeder mitbekommen. Immerhin wussten nun alle Bescheid, dass sie ihre Rechnung heute begleichen mussten und nicht erst in Zukunft. Trotzdem hätte ich die Situation anders handhaben können.

Den restlichen Abend saß ich an einem der Tische an der Wand und redete kein Wort mehr. Ohnehin hatte niemand Interesse daran, sich mit mir zu unterhalten. Immer wieder bekam ich mit, wie einige der Gäste wieder anschreiben lassen wollten und Jonah sie überzeugen musste, sofort zu zahlen. Dabei war er weitaus diplomatischer als ich und verärgerte die Leute nicht so sehr. Trotzdem entgingen mir ihre missbilligenden Blicke nicht, als sie den Pub verließen.

Erst als alle gegangen und Jonah und ich allein waren, traute ich mich, wieder durchzuatmen, meinen Platz in der hintersten Ecke des Pubs aufzugeben und mich an einen der Barhocker zu setzen. Dieser Abend war überhaupt nicht so gelaufen wie erhofft.

»Lernt man das in deinem Business-Studium?«, fragte Jonah, als er sich neben mich an den Tresen setzte.

Auch ohne genau auszuführen, was er meinte, wusste ich, worauf er hinauswollte. Es war wenig förderlich fürs Geschäft, wenn ich die Kunden verärgerte und vergraulte.

»Ich habe keine andere Wahl«, sagte ich also. »Ich muss Rechnungen bezahlen. Das sollte auch in deinem Interesse sein, wenn du nicht willst, dass ich ab morgen schließe.« Jonah sah mich nachdenklich an, sagte aber nichts, also stellte ich die Frage, die mir schon den ganzen Abend auf der Seele brannte. »Glaubst du, sie kommen zurück?«

Sofort nickte er. »Das hier ist das *Wagner's*, natürlich

kommen sie zurück. Pete war wie ein Familienmitglied für jeden von uns. Und hier bedeutet Familie, dass man sich gegenseitig unterstützt, egal, was passiert.«

»Aber Pete ist tot und ich kein Teil der Familie«, sagte ich leise. Ich konnte sehen, wie schmerzhaft meine Worte für Jonah waren, doch ich hatte es aussprechen müssen. Wenigstens ein Mal.

»Du warst Petes Familie. Also bist du auch Teil unserer Familie. Ob du willst oder nicht. So läuft das bei uns nun mal.«

Ich wusste nicht, wie viel es tatsächlich wert war, ein Teil davon zu sein, und ob jeder so empfand wie Jonah. Hoffentlich hatte er recht. Denn wenn die Gäste nun ausblieben, weil ich sie eigenhändig vertrieben hatte, wäre das eine absolute Katastrophe.

»Ich hoffe, du hast recht«, sprach ich meine Gedanken aus. Jonahs Hand fand meine, die auf dem Tresen lag, und er drückte sie leicht. Sofort strömte seine Wärme in mich, begleitet von einem wohligen Kribbeln. Seine Hand verharrte noch einen Augenblick auf meiner, ehe er sie langsam wegzog und sich räusperte.

»Wie sieht es denn aus mit den Rechnungen? Wie viel musst du noch zahlen? Ich kann dir das Geld leihen.«

»Auf gar keinen Fall«, protestierte ich sofort. Ich wollte ihm den Pub nicht überschreiben, weil ich ihm die Schulden nicht aufhalsen wollte, da würde ich ihn sicher nicht die offenen Rechnungen zahlen lassen. Einmal ganz davon abgesehen, dass sich mein Problem dadurch nicht in Luft auflöste. Es verlagerte sich nur, und ich war mir nicht sicher, ob es mir gefallen würde, bei Jonah fast dreitausend Pfund Schulden zu haben.

»Warum nicht? Ich habe etwas Geld, und es würde dir nicht nur mehr Zeit verschaffen, sondern auch ein bisschen Seelenfrieden«, sagte er, seine Augen fest auf mich gerichtet.

»Das ist wahnsinnig lieb von dir, aber das kann und werde ich nicht annehmen. Wie sollen wir das überhaupt regeln? Ich muss dir ja auch noch dein Gehalt zahlen.«

»Dann setz es eben so lange aus, bis die Rechnungen beglichen sind.«

»Auf gar keinen Fall. Ich lass dich nicht umsonst hier arbeiten. Keine Widerrede. Ich schaffe das schon irgendwie.«

Jonah wollte widersprechen, doch ich warf ihm einen warnenden Blick zu. Er atmete geräuschvoll aus, dann nickte er kaum merklich. »Okay. Aber du gibst mir Bescheid, wenn es gar nicht mehr geht und du Hilfe brauchst.«

Es war keine Frage, sondern ein Befehl. Ich nickte trotzdem, auch wenn ich wusste, dass ich ihn niemals um Geld anpumpen würde.

Ich trank mein Bier leer, an dem ich mich den ganzen Abend festgehalten hatte. Nach wie vor war ich weder Fan von dem Zeug noch von Alkohol im Allgemeinen.

»Sag mal, wie viele Leute hat Pete anschreiben lassen?«, fragte ich und hatte gleichzeitig Angst vor der Antwort.

Jonah zog einen Zettel unter dem Tresen hervor und überflog ihn kurz, dann legte er ihn mir vor.

»Es sind noch gut fünfhundert Pfund offen.«

»Fünfhundert Pfund? Wie konnte Pete den Laden so lange am Laufen halten, wenn er die Leute nie hat bezahlen lassen?«

Jonah zuckte mit den Schultern. »Irgendwie hat es funktioniert.«

Ich seufzte und starrte auf die ganzen Namen von

Stammkunden, die noch Schulden hatten. Die fünfhundert Pfund würden meine Geldprobleme zwar nicht lösen, aber es wäre immerhin ein Anfang.

»Die anderen werden wiederkommen«, sagte Jonah irgendwann in die Stille. »Das verspreche ich dir.« Er klang so sicher, dass ich versucht war, ihm zu glauben. Aber er konnte es nicht wissen. Ich hatte Tom ziemlich vor den Kopf gestoßen, weil ich übers Ziel hinausgeschossen war und die Sache ruhiger hätte angehen sollen. Außerdem war ich mir sicher, dass morgen schon jeder Bescheid wusste. Immerhin hatte George alles mitbekommen. Ich verschwieg meine Bedenken und nickte bloß. Mehr als hoffen konnte ich nun ohnehin nicht mehr.

Kapitel 13

Ich hatte die ganze Nacht kaum ein Auge zugemacht. Ständig waren meine Gedanken wieder zu dem letzten Abend gewandert und hatten es mir unmöglich gemacht, mich zu entspannen und in einen ruhigen Schlaf zu gleiten. Den Rest des Tages hatte ich dann versucht, mich abzulenken, hatte gekocht, die Küche aufgeräumt und ein Buch gelesen, dass ich im Wohnzimmer gefunden hatte. Doch die Gedanken an den letzten Abend ließen sich nicht vollkommen verdrängen. Rückblickend war das wohl ein Hinweis, eine Warnung, eine Vorahnung.

Der Pub hatte seit einer Stunde geöffnet, und bisher war niemand aufgetaucht. Nicht eine einzige Person.

»Das ist ganz normal. Manche Tage sind einfach ruhiger«, sagte Jonah, der ein Glas nach dem anderen polierte. Sein Versuch, mich zu beruhigen, gelang ihm nicht besonders, denn ich konnte ihm ansehen, dass er selbst nicht glaubte, was er da sagte. Sicher war es noch nie vorgekommen, dass der Pub, eine Stunde nachdem er aufgeschlossen worden war, leer war. Warum sonst war seine Stirn von tiefen Sorgenfalten gezeichnet? Ich hatte es vermasselt. Und zwar so was von. Warum hatte ich auch so reagieren müssen?

Gerade wollte ich Jonah vorschlagen dichtzumachen, da öffnete sich die Tür. Erleichterung machte sich in mir breit, als ich Chloe und ihren Bruder Bram hereinkommen sah. Bram trug wie immer seine Uniform.

»Abend«, trällerte Chloe gut gelaunt. Ihr breites Lächeln verrutschte jedoch, als sie sich umsah und die gähnende Leere betrachtete. »Was ist denn hier los? Habt ihr noch nicht geöffnet?« Ihr Blick glitt zu ihrer Armbanduhr, und ihre Brauen zogen sich noch weiter zusammen.

Aus den Augenwinkeln sah ich Jonah kaum merklich den Kopf schütteln, als könnte er Chloe so dazu bringen, nichts Falsches zu sagen. Aber dafür war es bereits zu spät.

»Doch, aber offenbar habe ich die komplette Gemeinde gegen mich aufgehetzt.« Ein freudloses Lachen entfuhr mir.

»Wegen der Sache mit Tom gestern?«, fragte Bram.

Na super, er hatte davon gehört. Also konnte ich davon ausgehen, dass sich der gestrige Abend tatsächlich schon herumgesprochen hatte.

Ich nickte stumm. Unterdessen stellte Jonah zwei Gläser für die beiden auf den Tresen.

»Das legt sich wieder«, sagte Chloe und warf Jonah ein dankbares Lächeln zu. »Ich bin mir sicher, morgen haben alle vergessen, was vorgefallen ist, und kommen wieder.« Es war nett von ihr, mich aufzumuntern, doch so recht wollte ich nicht daran glauben. Konnte ich gar nicht. Wenn die Gemeinde wirklich so eingeschworen war, wie alle sagten, dann würde sich die Sache nicht einfach unter den Teppich kehren lassen.

»Vielleicht sollten wir es für heute einfach gut sein lassen.« Wenn sowieso niemand mehr kam, mussten wir uns auch nicht die Beine in den Bauch stehen. »Ihr könnt natürlich noch in Ruhe austrinken«, fügte ich schnell hinzu, als Bram sein Glas fast in einem Zug leerte.

»Ich rede mal mit Tom und den anderen. Sie werden schon einsehen, dass ihr Verhalten daneben ist«, sagte Chloe.

»Das musst du nicht. Nicht dass sie dann auch noch wütend auf dich sind und auch nicht mehr ins *Coffee Bell* kommen.«

Chloe machte eine wegwerfende Handbewegung. »Lass das mal meine Sorge sein. Wenn es wirklich so kommt, ist es ohnehin egal. Ich will niemanden bedienen, der sich so mies verhält, nur weil er eingeschnappt ist.«

Ich wollte widersprechen, doch sowohl Bram als auch Jonah schüttelten kaum merklich den Kopf. Sie kannten Chloe besser und waren wohl der Meinung, dass Widerstand zwecklos war.

»Außerdem hast du ja recht. Sie können ihre Bestellungen nicht bis in die Unendlichkeit anschreiben lassen. Grenzt das nicht schon an Diebstahl?«, fragte sie an ihren Bruder gewandt. Dieser zuckte mit den Schultern.

»Nicht unbedingt, schließlich hat Pete es ja zugelassen. Aber vielleicht wäre es sinnvoll, einen Zeitpunkt festzulegen, wann die Schulden bezahlt sein müssen«, schlug er vor.

»Ich merk es mir für das nächste Mal. Sofern es denn überhaupt dazu kommt«, erwiderte ich trotzig.

»War nur ein Vorschlag.« Bram hob entschuldigend die Hände.

»Tut mir leid. Ich bin mies drauf, und es ist ganz allein meine Schuld. Ich sollte meine schlechte Laune nicht an dir auslassen.«

»Schon in Ordnung.«

Das war es nicht, und das wussten wir beide, trotzdem ließ ich die Sache auf sich beruhen und wandte mich an Jonah. »Wenn heute sowieso niemand mehr kommt, können wir den Laden ja endlich schmücken. Nicht dass es irgendjemand sieht, wenn alle wegbleiben.«

»Es werden wieder Leute kommen«, sagte er bestimmt. »Und können wir machen.«

»Sollen wir euch helfen?«, bot Chloe sofort an. Ich wollte bereits zusagen, zögerte jedoch. Das Schmücken war eine gemeinsame Tradition von Jonah und meinem Onkel gewesen. Es war schon ungewöhnlich genug, dass ich hier war. Ich wollte Jonah ein bisschen Normalität verschaffen. Keine Ahnung, wie wichtig es ihm war, doch ich wollte Außenstehende nicht dazu einladen.

»Nicht nötig. Wir schaffen das. Aber danke für das Angebot.« Ich lächelte die Geschwister an. Chloe wollte erneut etwas sagen, doch Bram legte ihr die Hand auf die Schulter und hielt sie davon ab.

»Dann wollen wir euch mal nicht länger bei der Arbeit stören. Viel Spaß.« Er legte ein paar Scheine auf den Tresen. Mir entging nicht, dass es mehr waren, als sie uns schuldeten. Ob es Absicht war, weil er ein schlechtes Gewissen hatte, oder ob es als Trinkgeld gedacht war, wusste ich nicht. Ich nickte ihm dankbar zu, doch er schüttelte nur den Kopf.

Chloe umarmte mich zum Abschied. Ich wirkte vollkommen steif, weil ich mit so viel Herzlichkeit überhaupt nicht gerechnet hatte.

»Falls ihr doch Hilfe braucht, sagt einfach Bescheid. Und falls du mal reden möchtest oder einfach eine Auszeit von ihm brauchst«, sie deutete auf Jonah, der irritiert die Stirn runzelte, »kannst du dich jederzeit bei mir melden.«

»Das werde ich«, erwiderte ich mit einem dankbaren Lächeln.

Die beiden verließen den Pub, und Jonah und ich waren wieder allein. Plötzlich war die Stille unglaublich laut.

»Dann mal an die Arbeit«, sagte ich und versuchte, mir nicht anmerken zu lassen, dass ich immer noch niedergeschlagen war. Doch selbst ich konnte hören, wie schlecht mir das gelang.

Jonah musterte mich einen Moment, dann grinste er. »Ich glaube, ich kann dich ein bisschen aufmuntern. Warte hier.«

Kapitel 14

»Überraschung.« Jonah strahlte bis über beide Ohren, als er mit einem Tannenbaum unterm Arm mitten im Pub stand. Der Baum war noch in ein Netz gewickelt, doch so, wie Jonah ihn festhielt, konnte ich sehen, dass er nicht nur die perfekte Höhe hatte, sondern auch ordentlich dick war.

»Du hast tatsächlich einen Baum besorgt«, sagte ich kopfschüttelnd.

»Deshalb war ich gestern so spät. Es war gar nicht so leicht, den perfekten Baum zu finden. Entweder er war zu klein oder zu kahl. Nachdem du mir von dem in deiner Heimat erzählt hast, hoffe ich, dass ich keinen Fehler gemacht habe und er dir gefällt.«

Wärme breitete sich in meinem Körper aus, als ich Jonahs Blick bemerkte. Er schien wirklich stolz auf seine Wahl zu sein. Gleichzeitig wirkte er unsicher, als ob er Angst vor meinem Urteil hätte.

»Ich bin mir sicher, er ist perfekt«, sagte ich und lächelte. Zum ersten Mal an diesem Tag fühlte es sich echt an. Ein kurzer Moment, in dem ich nicht zweifelte oder mir selbst Vorwürfe machte. Er hatte es wirklich geschafft, mich abzulenken. »Danke.«

Jonah lächelte als Antwort, und es war ein so strahlendes Lächeln, dass mir noch wärmer ums Herz wurde. »Ist in einer der Kisten auch ein Ständer? An den habe ich nämlich nicht gedacht.«

Ich öffnete einen Karton und wühlte mich hindurch, bis ich am Boden fündig wurde. Zusammen mit Jonah stellte ich den Baum an die gewünschte Stelle. Er schnitt das Netz auf, und langsam entfaltete der Baum seine Äste.

Wir traten einen Schritt zurück, um ihn in seiner vollen Pracht betrachten zu können. Zwar würde es noch ein bisschen dauern, bis er seine Starre komplett gelöst hatte, aber schon jetzt erkannte ich, dass es der schönste Baum war, den ich je gesehen hatte.

»Perfekt«, sagte ich.

»Freut mich, dass er dir gefällt.«

»Danke«, sagte ich abermals. Ich schaute zu Jonah, der neben mir stand, und warf ihm ein aufrichtiges Lächeln zu. Ich konnte mich nicht daran erinnern, wann das letzte Mal jemand etwas so Nettes für mich getan hatte.

»Gern.« Er erwiderte meinen Blick, und für einen Moment schauten wir uns einfach nur an. Sein Blick glitt von meinen Augen über mein Gesicht, bis er schließlich an meinen Lippen hängen blieb. Unwillkürlich befeuchtete ich sie mit meiner Zunge, und Jonah schluckte.

»Es tut gut, dich wieder lächeln zu sehen.« Seine Stimme war kaum mehr als ein Flüstern, und ich war mir nicht sicher, ob er diese Worte hatte aussprechen wollen.

»Na dann.« Ich räusperte mich und klatschte einmal in die Hände, ehe ich mich vor den Karton kniete, um die Lichterkette auseinanderzuknoten. »Auf ans Schmücken.«

Mittlerweile war ich mir sicher, dass Jonah diese Spannung zwischen uns auch fühlen konnte. Fühlen musste. Doch ich konnte nicht zulassen, dass wir uns näherkamen. Es war nicht professionell, und ich musste in erster Linie an den Pub denken. Wenn ich es mir nun auch noch mit Jonah verscherzte, stand ich allein da, und ich wusste wirklich nicht, was ich dann machen sollte. Zwar hatte Joseph mir seine Hilfe ebenfalls angeboten, doch auch er musste seiner anwaltlichen Tätigkeit nachgehen und konnte nicht ständig meinen persönlichen Assistenten spielen.

»Ich würde sagen, wir heben uns den Baum bis zum Schluss auf. Dann kann er sich noch ein bisschen strecken«, meinte Jonah, und ich stimmte ihm zu.

Unschlüssig stand ich im Raum und schaute mich um. Ich hatte keine Ahnung, wo wir anfangen sollten oder womit. Jonah war der Profi, der das hier schon mehrere Male gemacht hatte.

»Hast du dir schon überlegt, wie es aussehen soll?«, fragte Jonah, der meinen fragenden Blick offenbar falsch interpretierte.

»Du hast das Sagen, da du der Profi bist. Du weißt, wie es hier letztes Jahr aussah und das Jahr davor und das Jahr davor.«

»Bist du sicher? Wir können es auch anders machen.«

»Ich bin mir sicher. Ich will alles ganz genauso machen wie Peter.«

Jonah schaute mich einen langen Moment an. »Okay«, sagte er schließlich. »Wir haben immer zuerst die Lichterketten aufgehängt. Hinter dem Tresen an den Regalen entlang, um die Bilder an der Wand, an den Fensterrahmen entlang. Eigentlich hingen überall Lichterketten.«

Gemeinsam machten wir uns also daran, die Lichter anzubringen. Während Jonah sie hielt, klebte ich sie mit einem Stück durchsichtigem Klebeband fest. Als wir mit den Regalen hinter dem Tresen fertig waren, schaltete ich das Licht dort aus, um einen ersten Eindruck zu bekommen. Das warme Licht der Lichterketten verströmte bereits eine angenehme Atmosphäre. Ich konnte mir bereits vorstellen, wie es aussehen würde, wenn wir fertig waren. Wenn der Pub nur von dem Schein der Lichterketten erhellt wurde.

Während ich noch damit beschäftigt war, unsere Arbeit zu bewundern, hörte ich die leisen Klänge von Musik. Im nächsten Moment vernahm ich die Stimme von Michael Bublé. Ich schaute zu Jonah, der sein Handy mit einem Grinsen in der Hand hielt. Er verband es mit den Bluetooth-Lautsprechern, und dann war der Pub erfüllt von Weihnachtsmusik.

»Ich dachte, ich sorge noch ein bisschen für die richtige Stimmung«, meinte Jonah und wirkte fast verlegen. »Ich kann etwas anderes anmachen, wenn du willst.«

»Nein«, sagte ich schnell. »Es ist perfekt.«

So wie alles, was Jonah zu tun schien. Sei es die Musik oder der Baum. Er war sogar hervorragend darin, mich aufzumuntern. Es fiel mir immer schwerer, meinen Widerstand aufrechtzuerhalten. Ja, Jonah war in gewisser Weise mein Mitarbeiter und ich seine Chefin. Trotzdem konnte ich nicht abstreiten, dass wir uns seit unserer katastrophalen ersten Begegnung nähergekommen waren und wir uns mittlerweile echt gut verstanden. Es wäre ein Leichtes gewesen, mich meinen Gefühlen einfach hinzugeben. Wenn ich Jonah richtig einschätzte, ging es ihm genauso wie mir. Dennoch könnte eine Beziehung zwischen uns nie funktionieren. Sobald ich eine Lösung für den Pub gefunden hatte, würde ich nach Deutschland zurückkehren.

Trotzdem verspürte ich gerade nicht den Drang, alles so schnell wie möglich zu klären. Es gefiel mir hier. Eine Tatsache, die ich selbst niemals für möglich gehalten hatte.

Während Weihnachtsmusik durch den Pub schallte,

arbeiteten Jonah und ich weiter Hand in Hand. Eine Lichterkette nach der anderen fand ihren Platz. Die an den Fenstern hängten wir zum Schluss auf.

»Manchmal haben wir die Fenster auch mit Kunstschnee besprüht. Aber eigentlich nur, weil es nie geschneit hat.«

»Das ist dieses Jahr definitiv nicht nötig«, sagte ich und schaute nach draußen, wo bereits wieder dicke Flocken vom Himmel fielen. Passend dazu lief gerade »Let It Snow«, was mich zum Lächeln brachte. »Am Anfang habe ich wirklich geglaubt, dass es mir hier nicht gefallen würde«, gestand ich.

»Warum?«

Ich zuckte mit den Schultern. »Ich bin in einer Großstadt aufgewachsen. Für mich ist Kinmore schon fast ein Dorf. Dazu kommt, dass ich noch nie im Ausland war, meinen Onkel nicht gekannt habe und ich keine Ahnung hatte, was mich hier erwartete.«

»Und dann triffst du hier als Erstes auf einen Typen, der dir die Polizei auf den Hals jagen will«, fügte Jonah hinzu. Er rieb sich verlegen den Nacken. »Sorry noch mal dafür.«

»Ist schon in Ordnung. Es ist tröstlich zu wissen, dass es jemanden gibt, der hier ein Auge auf alles hatte. Also sollte ich dir wohl eher danken. Ich würde sagen, wir sind quitt.« Ich hielt ihm die Hand hin, und er schlug lächelnd ein. Abermals durchströmte mich Wärme bei seiner Berührung. Diesmal war es jedoch Jonah, der die Verbindung unterbrach und meine Hand wieder losließ.

»Bereit für die größte Herausforderung?«, fragte er und deutete mit dem Kinn auf den Baum. Ich wollte schon fragen, warum es eine Herausforderung war, bis mir wieder einfiel, dass ich keinerlei Erfahrung im Schmücken eines

Weihnachtsbaums hatte. Zu Hause hatten wir zwar auch immer einen gehabt, aber dort wurden die Kugeln und Lichterketten einfach nur schnell aufgehängt, um fertig zu werden.

Mit jeder Kugel, die wir an den Baum hängten, spürte ich, wie sich ein weihnachtliches Gefühl nach dem anderen in meiner Brust ausbreitete. Ich hatte noch nie einen Baum geschmückt und stellte fest, wie viel Spaß es machte.

Jonah lachte leise, als ich eine der Kugeln wieder abhängte, weil sie mir dort nicht gefiel, nur um sie zwei Zentimeter weiter nach links zu hängen.

»Was?«, fragte ich irritiert.

»Du bist genauso perfektionistisch wie dein Onkel. Bei ihm musste auch jede Kugel akkurat sitzen.«

Ich biss mir auf die Innenseite meiner Wange und dachte über seine Worte nach. Sie waren ein weiterer kleiner Einblick in den Charakter meines Onkels. Langsam stellte ich fest, dass er nicht dem Bild entsprach, das meine Mutter all die Jahre von ihm gezeichnet hatte.

Selbstsüchtig. Egoistisch. Unzuverlässig.

Das alles war Peter nicht. Im Gegenteil. In den letzten Wochen hatte ich erfahren, dass er sich nicht nur wohltätig engagiert hatte, sondern auch Jonah eine Zukunft geboten hatte, als der keine für sich gesehen hatte. Er hatte unterstützt, wo er nur konnte, und war für andere da gewesen.

»Es muss ja auch gut aussehen. Selbst wenn es wahrscheinlich niemand sehen wird«, fügte ich leiser hinzu.

Jonah verstand es trotzdem. »Hör auf, so viel darüber nachzudenken. Ich habe dir doch erzählt, dass Pete auch Startschwierigkeiten hatte. Es dauert eben einfach ein bisschen, bis die Leute sich hier an Veränderung gewöhnen.«

Ich ließ zu, dass Jonah mich ablenkte, während wir den

Baum weiter schmückten. Es gelang ihm außerordentlich gut, denn ich konzentrierte mich nur noch auf ihn, seine Witze, den Baum und die Musik. Als wir schließlich fertig waren, traten wir gemeinsam einen Schritt zurück und betrachteten unser Werk. Der ganze Pub erstrahlte im warmen Licht der Lichterketten, die überall funkelten. Der Weihnachtsbaum kam neben dem Kamin hervorragend zur Geltung, und ich liebte ihn.

»Und?«, fragte ich Jonah. »Ist er so geworden wie die Jahre zuvor?«

Er überlegte kurz, legte den Kopf von der einen Seite zur anderen, als müsste er den Baum aus jedem Blickwinkel betrachten, um es beurteilen zu können.

»Nein.« Meine Schultern sanken bei diesem einen Wort nach unten. »Er ist besser.« Er lächelte, und mein Herz fing wieder an, schneller zu schlagen, nachdem es für einen Moment vor Enttäuschung ausgesetzt hatte. »Aber eine Sache fehlt noch.« Jonah ging zu der Kiste und zog einen Stern heraus

»Die Spitze«, sagte ich und wartete darauf, dass Jonah sie auf den Baum setzte. Doch dieser zögerte und sah mich auffordernd an. »Ich bin zu klein. Ich komme da nicht ran.«

»Gemeinsam«, sagte er schlicht und überreichte mir den Baumschmuck. »Darf ich?« Er streckte seine Hände auf Höhe meiner Taille, und es dauerte einen Augenblick, bis ich verstand, was er vorhatte.

»Ähm ... okay«, murmelte ich und nahm vor dem Baum Stellung. Jonah umfasste meine Taille, und im nächsten Moment verließen meine Füße den Boden, und er hob mich hoch. Vorsichtig streckte ich mich und setzte die Spitze auf, ohne dabei den restlichen Schmuck wieder herunterzureißen. Als ich wieder festen Boden unter den

Füßen spürte, atmete ich tief durch. Warum hatte Jonah sich nicht einfach einen Stuhl genommen, um die Spitze aufzusetzen? Seine Hände lagen noch immer an meiner Taille, und mein Rücken presste sich an seine Brust.

»Hast du das mit Pete auch immer so gemacht?«, fragte ich heiser, in einem Versuch, das Schweigen zwischen uns zu brechen.

Jonah lachte, und ich konnte seinen heißen Atem an meiner Schläfe spüren. »Er war definitiv zu schwer dafür. Außerdem hatte ich nie das Bedürfnis, ihn so anzufassen.« Bei seinen Worten riss ich den Kopf zu ihm herum. Ein verlegenes Lächeln hatte sich auf sein Gesicht geschlichen, als könnte er selbst nicht glauben, dass er das gerade wirklich gesagt hatte. Unsere Lippen waren wenige Zentimeter voneinander entfernt. Würde er den Kopf nur ein bisschen senken dann ... Abermals schoss mir bei dem Gedanken von seinen Lippen auf meinen Hitze in die Wangen. Als wüsste Jonah ganz genau, woran ich gerade dachte, fiel sein Blick auf meine Lippen, und er schluckte hart. Dann räusperte er sich, senkte den Blick und ließ meine Taille los. Enttäuschung machte sich in mir breit, als er einen Schritt zurücktrat und die Kisten ineinanderstellte, um sie wegzuräumen.

Es war besser so. Wir konnten nichts miteinander anfangen, sosehr wir es auch wollten. Es wäre nicht richtig. Das redete ich mir zumindest ein, während ich Jonah hinterherschaute, wie er mit den leeren Kartons in der kleinen Abstellkammer verschwand.

Kapitel 15

»Die Gemeinde hasst mich«, sagte ich und rieb mir über die Nasenwurzel.

»Ach, Vivi.« In Linneas Stimme schwang Mitleid mit. Etwas, das im Augenblick ziemlich guttat. »Ich bin mir sicher, dass es nicht so schlimm ist, wie du denkst.«

»Ich denke es nicht nur, ich weiß es. Jonah und ich haben den Laden geschmückt. Du weißt schon, damit er weihnachtlich aussieht und die Leute dazu animiert vorbeizukommen. Genau so, wie Peter es immer gemacht hat. Doch es ist fast niemand aufgetaucht.«

»Aber das liegt bestimmt nicht an dir. Vielleicht haben die Leute im Moment nur keine Zeit.«

Ich schüttelte den Kopf, auch wenn sie es nicht sehen konnte. »Ich habe es ziemlich vermasselt, als ich verkündet habe, dass man seine Getränke nicht mehr anschreiben darf. Die Gemeinde scheint mit Veränderungen nicht klarzukommen. Vielleicht liegt es daran, dass ich eine Außenseiterin bin, die einfach aufgetaucht ist und nun alles ändert.« Zumindest konnte ich es mir nicht anders erklären. Schließlich konnten sie doch nicht davon ausgehen, dass sie ihre Getränke bis in alle Ewigkeiten anschreiben konnten. Wie sollte ein Geschäft funktionieren, wenn nie Einnahmen hereinkamen?

Linn schwieg am anderen Ende der Leitung so lange, dass ich schon befürchtete, die Verbindung wäre abgebrochen. »Gib ihnen einfach etwas Zeit. Veränderungen sind immer beängstigend. Vor allem, wenn sie so unerwartet kommen. Peter war ihr Freund, und der Pub war ein Teil von ihm. Wahrscheinlich haben sie Angst, diesen letzten Teil von ihm nun auch noch zu verlieren.«

Ich dachte über ihre Worte nach. So hatte ich das bisher noch nicht gesehen. Dabei spürte ich bei Jonah doch auch, wie sehr er an dem Pub hing und dass er ihn nicht aufgeben wollte.

»Wahrscheinlich hast du recht.« Ich seufzte. »Ich wünschte einfach, Peter hätte die ganzen offenen Rechnungen gleich bezahlt.« Die Situation wäre nur halb so schlimm, wenn er mir noch etwas Geld vererbt hätte, mit dem ich seine Schulden hätte begleichen können. Stattdessen hatte er es dem Krankenhaus vermacht und mich mit einem verschuldeten Pub zurückgelassen, weil er seine Rechnungen nie sofort beglichen hatte. Immerhin hatte ich mit dem Getränkehändler reden und etwas Zeit aushandeln können. Er hatte sich nur darauf eingelassen, weil Peter immer ein guter Kunde von ihm gewesen war oder weil ich ihm einfach leidgetan hatte.

»Das wird schon. Glaub mir, du schaffst das.« Linns Zuversicht war ihr deutlich anzuhören. »Was macht eigentlich deine Masterarbeit?«

Angesichts des abrupten Themenwechsels musste ich lächeln. »Ich kann mich gerade nicht darauf konzentrieren. Mein Kopf ist voller Gedanken, und keiner davon dreht sich um die Uni.«

»Du solltest einfach mal einen Tag abschalten«, schlug sie vor. »Geh spazieren, shoppen oder einen Kaffee trinken. Egal was, aber denk einmal nicht an die ganze Situation.«

Wenn das so leicht wäre. Aber vielleicht war es genau

das, was ich jetzt brauchte. Ein Tag, an dem ich alle meine Probleme für eine Weile vergaß.

»Es hat gutgetan, mich bei dir ausheulen zu dürfen«, gestand ich, woraufhin Linn lachte.

»Jederzeit. Und das meine ich ernst. Ruf an, wenn irgendetwas ist, okay?«

»Okay.« Wir verabschiedeten uns voneinander, und ich saß eine Weile einfach nur auf dem Sofa und starrte ins Leere.

Spazieren, shoppen oder Kaffee trinken.

Um shoppen zu gehen, fehlte mir das Geld, und beim Spazierengehen oder Kaffeetrinken war die Wahrscheinlichkeit, einem beleidigten Pub-Besucher über den Weg zu laufen, zu groß. Also setzte ich mich doch vor meinen Laptop und öffnete das Dokument, das darüber entscheiden sollte, ob ich meinen Masterabschluss nun bekam oder nicht.

Nachdem ich den halben Nachmittag einfach nur auf den Bildschirm gestarrt hatte, ohne auch nur ein Wort zu schreiben, seufzte ich genervt und beschloss, die Sache für heute gut sein zu lassen. Ich klappte gerade meinen Laptop zu, als es an der Haustür klingelte. Stirnrunzelnd ging ich zur Tür. Außer Joseph und Jonah war bisher niemand hier gewesen, und ich glaubte kaum, dass irgendjemand anderes aus der Gemeinde zu einem kleinen Plausch bei mir vorbeikam.

»Hast du heute irgendetwas vor?«, fragte Jonah, sobald die Tür geöffnet war. Er trug wieder seine Mütze, unter der einige dunkle Strähnen hervorlugten, und trat von einem Fuß auf den anderen.

»Dir auch einen wunderschönen guten Tag«, erwiderte ich trocken.

»Ja, ja, hallo. Also? Hast du was vor?«

Mit zusammengezogenen Augenbrauen musterte ich ihn. »Hast du vor, mich wieder zu entführen?«

Jonah lachte. »Vielleicht, aber ich verspreche dir, du wirst es lieben.« Er sagte es mit solch einer Überzeugung, dass ich gar nicht daran zweifeln konnte. Abwartend schaute Jonah mich an. Während ich in sein aufrichtiges Gesicht blickte, wurde mir bewusst, dass ich ihm vertraute. Ich trat zur Seite, um ihn hereinzulassen.

»Sollte ich vorher irgendwas wissen, bevor du mich wieder in dein Auto packst und mich irgendwohin fährst?«

»Zieh dich warm an.«

»Warum klingt das wie eine Drohung?«, fragte ich.

Abermals lachte Jonah. Ich mochte dieses Geräusch. Sehr sogar. Vor allem, wenn ich der Grund dafür war.

»Keine Drohung. Versprochen. Aber es ist kalt, und da wir uns überwiegend draußen aufhalten werden, wäre dicke Kleidung nicht schlecht.«

»Okay. Bin gleich wieder da. Mach es dir ruhig bequem.« Ich verschwand die Treppe nach oben und zog meine dickste Kleidung hervor, die ich finden konnte. Da es vor allem abends enorm kalt wurde, entschied ich mich für den guten alten Zwiebellook. Sicher war sicher. Nachdem ich meine drei Lagen an Oberteilen angezogen hatte, schlüpfte ich noch in eine Jeans und lief die Treppe wieder nach unten. Dort zog ich Stiefel, Mantel und Schal an. Jonah hatte im Flur gewartet und lehnte an der Wand.

»Gut, ich bin so weit.«

Er musterte mich kurz und runzelte die Stirn.

»Was ist? Nicht warm genug?« Ich schaute unsicher an mir herunter.

»Hast du keine Mütze?« Er deutete auf seine eigene, als wüsste ich nicht, was eine Mütze war.

Ich schüttelte den Kopf. »Das wird schon gehen. Außerdem bedecken meine Haare ja meine Ohren und halten sie ein bisschen warm.«

Jonah musterte meine schulterlangen braunen Haare und nickte skeptisch. »Handschuhe?«, fragte er weiter.

Ich schüttelte abermals den Kopf.

Jonah verzog unzufrieden den Mund, erwiderte aber nichts mehr. »Die können wir dir später besorgen. Also dann. Nach dir.« Er ging zur Tür und hielt sie mir auf. Wir stiegen in Jonahs Wagen, und sobald der Motor lief, machte er die Sitzheizung an. Wenn ich ein Auto besäße, wäre das eine der Funktionen, die es definitiv haben musste. Ich liebte die wohlige Wärme, die sich hinter und unter einem ausbreitete. Es war wie eine warme Decke, wie eine Umarmung.

Während wir Kinmore verließen, sprachen wir nicht viel. Bald fiel mir jedoch auf, dass wir den gleichen Weg einschlugen, wie beim letzten Mal.

»Wir fahren nach Edinburgh?«, fragte ich und bekam als Antwort nur ein unverschämt gut aussehendes Lächeln. »Hast du noch ein paar Cafés gefunden?«

»Kein Café. Ich habe mir gedacht, heute Abend vergessen wir einfach mal alles. Kein Pub, keine Masterarbeit, keine Geldprobleme. Nichts. Einfach nur Spaß.« Jonah warf mir einen flüchtigen Blick zu, ehe er sich wieder auf die Straße konzentrierte. »Mehr sage ich nicht. Du musst dich noch ein bisschen gedulden.«

Ich gab einen genervten Laut von mir, der Jonah zum Schmunzeln brachte. Heute war er ziemlich gut drauf.

»Hör auf damit«, sagte er irgendwann.

»Womit?«

»Ich kann dich denken hören. Wenn du dir wenigstens Gedanken darüber machen würdest, welche Art von Spaß wir gleich haben, wäre das kein Problem, aber du hüpfst schon wieder von einer Baustelle in deinem Leben zur nächsten. Es ist Feierabend. Lass die kleinen Bauarbeiter da oben endlich nach Hause gehen und sich entspannen.«

Ich schnaubte belustigt angesichts dieser Metapher. »Bauarbeiter? Wirklich?«

»Wäre dir ein tierischer Vergleich lieber? Bienen vielleicht? Also, hör auf, deinen Kopf mit negativen Gedanken zu bestäuben, und flieg zurück in deinen Bienenstock.«

»Wow«, sagte ich ehrlich beeindruckt. »Das ist das Schrägste, was ich seit Langem gehört habe.«

»Aber es hat dich abgelenkt. Ziel erreicht.« Er sah ziemlich selbstgefällig aus, als er das sagte, und ich konnte es ihm nicht einmal übel nehmen. Ich schüttelte grinsend den Kopf.

In diesem Moment hielt er an, und ich schaute mich um. Auch wenn es draußen dunkel war, konnte ich erkennen, dass wir in der gleichen Straße geparkt hatten wie bei unserem letzten Besuch in der Stadt.

Wir stiegen aus, doch statt den gleichen Weg wie beim letzten Mal einzuschlagen, führte mich Jonah in die entgegengesetzte Richtung. Mittlerweile waren die Lichter der Schaufenster beleuchtet und funkelten in allen Farben. Überall war es weihnachtlich dekoriert, und hier und da hörte man sogar Weihnachtslieder. Wir kamen an einem Straßenmusiker vorbei, der gerade »White Christmas« spielte, während Schneeflocken um ihn herum vom Himmel fielen.

Statt stehen zu bleiben und zuzuhören, führte Jonah mich weiter. Er sprach nicht und ließ mich stattdessen die Umgebung in mich aufnehmen. Abends war Edinburgh genauso schön, wie ich es mir vorgestellt hatte. Edinburgh Castle wurde angestrahlt und war von der Straße gut zu erkennen. Bereits bei Tageslicht sah es beeindruckend aus, jetzt sogar noch ein bisschen mehr.

Je weiter wir gingen, desto weihnachtlicher wurde es. Als ich die erste Bude sah, blieb ich stehen, denn mir wurde schlagartig klar, wo Jonah mit mir hinwollte. Er bemerkte erst zwei Meter später, dass ich angehalten hatte und nicht mehr an seiner Seite war.

»Alles in Ordnung?«

»Du gehst mit mir auf den Weihnachtsmarkt …«

»Ich dachte, ich bringe dir ein bisschen Heimat her.« Er rieb sich verlegen den Nacken. »Du hast so von dem Weihnachtsmarkt in Frankfurt geschwärmt, da dachte ich, Edinburgh wäre auch einen Besuch wert. Außerdem habe ich es dir ja versprochen.«

Kaum hatte er den Satz beendet, war ich bei ihm und schlang die Arme um ihn. Er taumelte einen Schritt zurück, fing sich dann aber und erwiderte die Umarmung mit einem Lachen. Am liebsten hätte ich vor Freude geweint, aber das wäre dann doch zu viel des Guten gewesen.

Jonah hatte mir zugehört. Es war eine Kleinigkeit, aber bedeutete mir so viel. Ich wusste nicht, ob das allein der Grund war, warum ich plötzlich so emotional reagierte, oder ob es an der Atmosphäre hier lag. Den Lichtern, der Musik, dem Schnee. Was es auch war, ich war dankbar. So dankbar, dass ich nicht darüber nachdachte, dass Jonah mein Mitarbeiter war, dass ich mir permanent einredete, dass zwischen uns nichts laufen konnte, und dass ich schon bald wieder zurück nach Deutschland fliegen würde. An nichts davon dachte ich, während Jonah mich hielt.

Wir waren noch keine fünf Minuten hier, und schon hatte er sein Ziel erreicht. Ich dachte nicht mehr nach.

Stattdessen machte sich Begeisterung und Vorfreude in mir breit.

»Danke«, sagte ich, als ich mich wieder von ihm löste. Seine Hände verharrten noch einen Augenblick auf meiner Taille, dann ließ er mich los. Sofort vermisste ich seine Berührung.

»Gern. Wie wäre es, wenn wir mit einem Glühwein anfangen? Das ist doch typisch deutsch, oder?« Bei dem Klang des deutschen Wortes aus seinem Mund musste ich schmunzeln, da es eher wie *Gluwein* klang.

Ich nickte begeistert. Auch wenn ich keine große Trinkerin war, freute ich mich auf den Abend und darauf, alle Sorgen wirklich für ein paar Stunden zu vergessen und unter weihnachtlichen Köstlichkeiten zu begraben.

Jonah führte mich weiter, und je näher wir dem Weihnachtsmarkt kamen, desto lauter und heller wurde es. Überall standen Buden, die mit funkelnden Lichterketten und Kugeln geschmückt waren. Musik strömte durch die großen Lautsprecher, und unzählige Menschen lachten, tranken heiße Getränke oder stöberten an den Verkaufsständen nach einzigartigen Weihnachtsgeschenken.

Der Duft von Zimt und Schokolade lag in der Luft, und mein Magen zog sich vor Verlangen zusammen. Am allerliebsten aß ich gebrannte Mandeln. Für mich gehörten sie genauso zu Weihnachten dazu wie ein Baum und Geschenke.

Wir blieben vor einer Bude stehen, an der Glühwein, heiße Schokolade und Würstchen verkauft wurden. Bevor ich Jonah davon abhalten konnte, hatte er uns schon etwas zu trinken geholt.

»Ich hoffe, er schmeckt genauso wie bei dir zu Hause«, sagte er, als er mir die Tasse reichte. Ich hatte bisher erst ein paarmal Glühwein getrunken und war nie wirklich ein Fan davon geworden. Normalerweise hatte ich mir immer Kinderpunsch oder eine heiße Schokolade geholt. Am liebsten hätte ich Jonah das gesagt, doch er sah mich so hoffnungsvoll an, dass ich es nicht tat. Stattdessen nahm ich einen winzigen Schluck. Sofort benetzte das leicht fruchtige Aroma, dass durchsetzt von Gewürzen war, meine Zunge. Unwillkürlich verzog ich das Gesicht, als noch eine leicht bittere Note mitschwang.

»So schlimm?«

»Nein, er ist okay.« Ich stellte die Tasse vor mir auf dem Tisch ab.

»Okay? Das klingt nicht gerade besonders überzeugt«, meinte Jonah und runzelte die Stirn.

»Ich trinke eigentlich keinen Glühwein«, gestand ich nun doch. Wem sollte ich etwas vormachen? Jonah wollte, dass wir heute Abend Spaß hatten, und den würde ich sicher nicht haben, wenn ich die komplette Tasse herunterwürgen musste.

»Warum hast du denn nichts gesagt? Hier, nimm meine Tasse«, sagte er und drückte sie mir in die Hand. »Das ist heiße Schokolade«, klärte er mich auf, als ich ihn fragend ansah.

»Du trinkst nicht?«, fragte ich überrascht.

»Ich muss noch fahren. Normalerweise ist es kein Problem, wenn ich nur ein Glas trinke, aber da die Wetterverhältnisse heute eher ungünstig zum Fahren sind, will ich es nicht darauf anlegen. Außerdem habe ich wertvolle Ware an Bord«, fügte er leise hinzu, und ich war mir nicht sicher, ob die Worte für meine Ohren bestimmt waren. »Ich hole mir noch schnell eine neue Tasse.«

Ich sah ihm einen Moment lang nach, wie er zu der Bude zurückging. Ein Schmunzeln breitete sich auf meinem Gesicht aus, als ich an unsere erste Begegnung denken musste. Wie sehr sich unser Verhältnis doch geändert hatte. Erst hatte er mir die Polizei auf den Hals hetzen wollen, dann war er sauer gewesen, weil ich den Pub geerbt hatte, und nun war er mit mir auf den Weihnachtsmarkt nach Edinburgh gefahren, damit ich einmal einen Abend eine Pause von all meinen Sorgen und Problemen einlegen konnte. Nicht zu vergessen diese Funken sprühende Anziehung zwischen uns, die mit jeder Sekunde, die wir gemeinsam verbrachten, stärker zu werden schien. Die Unwissenheit darüber, was passierte, wenn sie zu stark wurde und sich entlud, machte mir Angst, doch ich weigerte mich, heute Abend darüber nachzudenken.

Keine Sorgen. Keine Probleme. Einfach nur Spaß.

Das war das heutige Motto, und daran würde ich mich festklammern. Komme, was da wolle.

Kapitel 16

Eine heiße Schokolade später, fühlte sich mein Inneres wohlig warm an. Das hier war genau das, was ich gebraucht hatte. Edinburgh war zwar nicht Frankfurt, und der Weihnachtsmarkt kam nicht an die deutschen Weihnachtsmärkte heran, trotzdem überkam mich das typisch weihnachtliche Gefühl.

»Jetzt brauche ich unbedingt gebrannte Mandeln«, sagte ich, nachdem wir unsere Tassen zurückgegeben hatten.

Jonah und ich liefen zu der nächsten Bude ein paar Meter weiter, deren Duft mir bereits das Wasser im Mund zusammenlaufen ließ, und kauften uns ein paar. Mit einem vorfreudigen Grinsen im Gesicht nahm ich die Papiertüte entgegen und öffnete sie sogleich, um mir eine Mandel in den Mund zu stecken.

»Oh Gott ist das gut«, gab ich stöhnend von mir und schloss genüsslich die Augen. Als ich sie wieder öffnete, musterte mich Jonah belustigt.

»Schmecken die wirklich so gut?«, fragte er und deutete mit dem Kinn auf die Tüte.

»Hast du noch nie gebrannte Mandeln gegessen?«

Jonah schüttelte den Kopf.

Schockiert riss ich die Augen auf. »Was? Warum? Das grenzt schon fast an ein Weihnachtsverbrechen«, sagte ich. Energisch schob ich ihm die Tüte vor die Nase. »Na los. Probier! Ich kann nicht zulassen, dass du weiterhin solch eine Sünde begehst.«

»Gleich ein Weihnachtsverbrechen und eine Sünde? Ich bin ja wirklich ein ganz schlimmer Junge«, witzelte Jonah, doch ich lachte nicht. Hier ging es um gebrannte Mandeln, und darüber machte ich keine Witze.

»Iss!«, forderte ich ihn erneut auf und wackelte mit der Tüte vor seinem Gesicht herum. Jonah gab sich geschlagen und griff nach einer Mandel. Erwartungsvoll sah ich ihn an, während er sie in den Mund steckte und langsam zu kauen begann. Meine Augenbrauen wanderten in die Höhe, und meine Stirn legte sich ungeduldig in Falten. »Und? Was sagst du?«, fragte ich, nachdem er unverhältnismäßig lange darauf herumgekaut hatte. Er legte den Kopf schief, schwieg aber weiter. Schließlich schluckte er, und ich wurde langsam, aber sicher ungeduldig. »Sag schon. Lecker, oder?«

»Das kann ich noch nicht beurteilen. Ich glaube, ich muss noch mal probieren.« Bevor ich ihn daran hindern konnte, hatte er eine weitere Mandel aus der Tüte geklaut, die er mit einem schelmischen Grinsen in seinem Mund verschwinden ließ.

»Soso.« Ich grinste triumphierend. Ich hatte es also geschafft, ihn zu bekehren, und ihn auf den Geschmack gebracht. Ich aß ebenfalls noch eine Mandel, und dann standen wir eine Weile schweigend da und genossen die weihnachtliche Leckerei.

»Die sind wirklich richtig gut«, gestand Jonah, als er abermals in die Tüte griff. »Und die machen süchtig.«

»Wie kommt es, dass du noch nie gebrannte Mandeln gegessen hast? Die gehören doch genauso zu Weihnachten wie der Weihnachtsmann.«

Er zuckte mit den Schultern. »Ich mag Nüsse einfach nicht so gern.«

»Also, wenn man es genau nimmt, sind Mandeln gar keine Nüsse, sondern Kerne von Mandelbäumen.«

»Okay, du Klugscheißerin. Iss noch einen Kern.« Er griff in die Tüte, und ehe ich mich versah, hielt er mir die Mandel vors Gesicht und schaute mich abwartend an. Keine Ahnung, was über mich kam, aber ich dachte nicht nach, sondern öffnete den Mund und ließ zu, dass er mich fütterte. Meine Lippen strichen leicht über seine Finger, als ich den Mund schloss, und Jonah presste die Kiefer aufeinander, ehe er die Hand sinken ließ.

Er räusperte sich. »Heiße Schokolade und gebrannte Mandeln sind jetzt also abgehakt. Worauf hast du noch Lust?«

Ich schaute mich um, betrachtete die vielen Buden und Stände. Ich fand einen, an dem kleine Souvenirs verkauft wurden, und deutete darauf. »Ich brauche noch ein Andenken hieran.«

Wir gingen auf den Stand zu, und ich musste schmunzeln, als ich die vielen kitschigen Gegenstände sah. Schlüsselanhänger, Tee, Seife, Schals in den Farben, die für Schottland üblich waren – Grün, Rot und Blau kariert –, aber auch Schneekugeln mit Edinburgh Castle. Das ganze Zeug war so kitschig, dass es schon wieder schön war. Als Andenken war alles einfach perfekt.

Jonah griff nach der Schneekugel und schüttelte sie. »Ich kann nicht glauben, dass es Leute gibt, die sich so was Hässliches tatsächlich in ihr Haus stellen.«

Jemand räusperte sich, und Jonah und ich blickten gleichzeitig auf. Der Verkäufer stand auf der anderen Seite und hatte Jonahs Worte offenbar gehört. »Ähmm ... Ich meine natürlich nicht das hier. Die Kugel ist schön. Wirklich.«

Der Verkäufer kniff die Augen zusammen und nickte langsam. Es war offensichtlich, dass er Jonah kein Wort glaubte.

»Ich glaube, du solltest jetzt lieber den Mund halten«, flüsterte ich ihm zu, ehe ich ihm die Schneekugel abnahm und sie dem Verkäufer reichte. »Die hätte ich gern«, sagte ich mit dem breitesten Grinsen, das ich aufbringen konnte, was gar nicht so schwer war, da ich Jonahs Unbehagen neben mir deutlich spüren konnte. Der Verkäufer sah mich verwirrt an, dann verpackte er die Kugel in einer kleinen Tüte. Mein Geld wechselte den Besitzer, und ich nahm die Tüte an mich.

»Du findest das Ding doch nicht wirklich schön?«, fragte Jonah, nachdem wir weit genug von dem Stand entfernt und damit außer Hörweite des Verkäufers waren.

Nein, ich fand das Ding genauso hässlich wie er. Dennoch hatte ich es kaufen müssen. Immerhin hingen jetzt Erinnerungen daran. An Jonah, wie er ertappt aufblickte. Sein verlegener Blick, als er versucht hatte, sich herauszureden, und unbehaglich über seinen Dreitagebart rieb, als er bemerkte, dass er sich mit jedem Wort nur noch weiter hineinritt. Ich sagte nichts davon. Stattdessen zuckte ich mit den Schultern und lächelte in mich hinein.

»Hast du schon mal Crêpes mit Nutella gegessen?«, fragte ich, als mir eine weitere Fressbude ins Auge fiel.

Jonah sah mich so tadelnd an, als hätte ich ihn gerade gefragt, ob er wusste, was ein Schottenrock war. »Natürlich habe ich das.«

»Schau mich nicht so an. Meine Frage war berechtigt. Nach der Sache mit den gebrannten Mandeln hätte mich das jetzt nicht gewundert.« Abwehrend hob ich eine Hand.

»Touché. Willst du einen essen?« Er wollte bereits darauf zugehen, doch ich legte die Hand auf seinen Arm, um ihn aufzuhalten.

»Nein, wollte nur sichergehen, dass du nicht noch eines Weihnachtsverbrechens schuldig bist.«

»Okay. Worauf hast du sonst Lust? Wir können uns eine heiße Schokolade holen oder uns durch die anderen Leckereien futtern, die es hier noch gibt«, schlug er vor.

»Vielleicht später. Im Moment habe ich keinen Hunger. Lass uns einfach ein bisschen herumlaufen und uns alles ansehen.«

Also taten wir genau das. Wir liefen von Stand zu Stand, schauten uns an, was verkauft wurde, und Jonah schaffte es sogar, seine Meinung über die kitschigen Souvenirs so leise zu murmeln, dass er keine weiteren Verkäufer beleidigte.

»Ich habe eine Idee«, sagte er irgendwann. Seine Augen leuchteten wie die Lichterketten am Weihnachtsbaum. Seine Nase sowie seine Wangen waren von der Kälte leicht gerötet. »Komm mit.« Er nahm meine Hand in seine, bevor ich überhaupt fragen konnte, was er vorhatte. Ich machte mir auch gar nicht erst die Mühe, da ich mir sicher war, dass er es mir wieder als Überraschung verkaufen wollte. Er zog mich einmal quer durch die Fußgängerzone an den Ständen und Menschen vorbei, die in kleinen Gruppen zusammenstanden, lachten und ein heißes Getränk genossen. Das war immer das, was ich an Weihnachtsmärkten so toll fand. Jeder, der herkam, bekam gute Laune. Selbst wenn man einen schlechten Tag hatte und einem überhaupt nicht nach Ausgehen oder Menschen treffen zumute war, auf einem Weihnachtsmarkt vergaß man alles. Ich war das beste Beispiel dafür. Seit unserem Eintreffen war es mir gelungen, nicht an den Pub zu denken. Ich war einfach nur im Hier und Jetzt und genoss den Abend an der Seite eines unglaublich netten Mannes.

Jonah blieb abrupt stehen, und hätte meine Hand nicht noch immer in seiner gelegen, wäre ich vermutlich einfach weitergelaufen, so vertieft war ich in meine Gedanken.

»Wir sind da«, verkündete er und fixierte mich erwartungsvoll.

Ich schaute auf die Szene vor mir und musste lachen. »Willst du dich auf Santas Schoß setzen?«

Vor uns war ein kleiner Bereich abgetrennt und mit rotem Teppichboden ausgelegt. Auf einem großen Stuhl mit grünem Polster saß ein korpulenter Mann in einem Weihnachtsmannkostüm, auf seinem Bein saß ein kleines Mädchen und flüsterte ihm ihre Wünsche zu. Sein Bart war so beeindruckend, so dicht und weiß, dass ich mich fragte, ob er echt war oder einfach eine verdammt gute Nachbildung.

Jonah rieb sich den Nacken. Plötzlich wirkte er verlegen.

»Das war nur ein Witz. Es sei denn, du willst es wirklich. Das ist auch vollkommen in Ordnung und kein Grund sich zu schämen.«

Sein linker Mundwinkel hob sich zu einem Lächeln. »Ich dachte eigentlich, du könntest das tun.«

»Ich?«

»Du hast doch sicher Wünsche, oder?«

Ich lachte leise. »Du weißt aber schon, dass der Weihnachtsmann nicht echt ist?«, fragte ich. Neben mir hörte ich jemanden schockiert die Luft einziehen. Ich drehte mich um und sah eine Frau mit einem kleinen Jungen an der Hand. Während die Frau mich vorwurfsvoll anstarrte, wirkte der Junge so traurig, als hätte er sein Lieblingsstofftier verloren. Vielleicht fühlte er sich auch so. Immerhin hatte ich gerade direkt vor Santa erklärt, dass er überhaupt nicht echt war.

»Das meinte ich nicht so … Natürlich ist der Weihnachtsmann echt. Ich bin nur ein bisschen überrascht, dass er tatsächlich hier ist«, versuchte ich, mich herauszureden. Der Junge zog die Augenbrauen zusammen, als überlegte er, ob er mir glauben sollte. Seine Mutter hingegen schüttelte kaum merklich den Kopf. Offenbar war sie der Meinung, dass ich einfach den Mund halten und es nicht noch schlimmer machen sollte. Ich gab ihr stumm recht. Ich wandte mich mit einem entschuldigenden Lächeln ab.

Als ich wieder zu Jonah blickte, presste er sichtlich amüsiert die Lippen aufeinander, um nicht loslachen zu müssen.

»Und ich dachte, mein Kommentar vor dem Verkäufer vorhin wäre peinlich gewesen, aber das hier ist um einiges unangenehmer. Wir sind wirklich ein super Team.«

»Das ist nicht lustig«, sagte ich, als ihm doch ein Lachen über die Lippen kam. »Ich habe diesem kleinen Jungen vielleicht Weihnachten vermasselt.« Meine Schultern sanken bei dieser Erkenntnis herab.

Jonah legte einen Arm um mich und zog mich in eine halbe Umarmung. »Hast du nicht. Schau.« Er deutete mit dem Kinn nach vorn, wo der Junge gerade auf den Weihnachtsmann zuging. Kurz redeten die beiden, und der Junge deutete hinter sich, direkt auf mich. Santas Blick traf meinen für einen kurzen Moment, dann wandte er sich wieder an den Jungen. Kurz darauf zog der Junge an Santas Bart, während dieser lachte und dann zuließ, dass der Junge sich auf seinen Schoß setzte.

»Siehst du. Der Zauber von Weihnachten ist noch intakt.«

Ich atmete erleichtert aus, als ich mit ansah, wie der Junge anfing zu reden und dem Weihnachtsmann von seinen Wünschen erzählte. Auch wenn ich nicht hören konnte, was er sagte, war deutlich, dass er eine ganz schön lange Liste hatte. Santa schien das nicht zu stören, denn er hörte aufmerksam zu, unterbrach den Jungen nicht ein einziges Mal.

»Komm, wir sind als Nächstes dran«, sagte Jonah nach einer Weile, nahm wieder meine Hand und zog mich weiter nach vorn.

»Bist du verrückt? Ich werde mich ganz sicher nicht auf den Schoß eines Mannes setzen, von dem ich vorhin noch behauptet habe, dass es ihn nicht gibt«, widersprach ich.

Jonah ließ nicht los. Sein Griff war locker, und ich hätte mich jederzeit daraus befreien können, doch ich tat es nicht. Trotz meiner Einwände ließ ich zu, dass er mich mit sich zog, näher an den Weihnachtsmann heran. »Wenn du ganz sicher sein willst, dass der Junge an den Weihnachtsmann glaubt, musst du ihm das auch zeigen.«

»Ist das emotionale Erpressung?«, fragte ich, als wir an der Absperrung, die aus einem roten Samtband bestand, anhielten.

»Nein, nur ein kleiner Ansporn und Motivationsschub.«

Ich rollte mit den Augen und war fast ein bisschen sauer, dass er es nicht sah.

»Deine Zeit mit Santa ist gekommen.«

Ich funkelte ihn warnend an, doch er ließ sich davon nicht abbringen und schob mich nach vorn, bis wir schließlich vor dem bärtigen Mann standen.

»Ho, ho, ho, meine lieben Kinder«, sagte er und lächelte uns an.

»Hallo«, murmelte ich kleinlaut und schaute Jonah fragend an.

»Ladies first«, sagte dieser noch immer mit diesem dümmlichen Grinsen im Gesicht.

»Komm nur her. Für Santa ist man nie zu alt. Ich kümmere mich um die Wünsche von Groß und Klein.« Er streckte einen Arm aus und bedeutete mir, mich zu setzen. Ich zögerte, weil ich mir nicht sicher war, ob ich nicht zu schwer für so einen alten Mann war.

»Nur keine Scheu. Ich bin nicht so zerbrechlich, wie ich vielleicht aussehe«, sagte er. Für einen kurzen Moment fragte ich mich, ob er nicht doch echt war und die Fähigkeit hatte, meine Gedanken zu lesen. Jonah nickte mir aufmunternd zu. Der konnte sich später noch auf etwas gefasst machen. Aber erst mussten wir außer Hörweite sein von jeglichen Kindern, die hier herumliefen.

Zögerlich setzte ich mich auf das Bein des alten Mannes, wobei ich darauf achtete, dass ich mein Gewicht nicht komplett auf ihn übertrug.

»Mein Kind, was wünschst du dir denn zu Weihnachten?«, fragte er.

Ich kam mir so albern vor. Ich war fünfundzwanzig Jahre alt und saß auf dem Schoß eines Mannes, der als Weihnachtsmann verkleidet auf einem Weihnachtsmarkt arbeitete. Ich war mir der Blicke der Umstehenden nur zu deutlich bewusst. Einer von ihnen war der kleine Junge. Nur wegen ihm zog ich das jetzt durch. Ansporn und Motivationsschub, von wegen. Das hier war definitiv emotionale Erpressung.

Geduldig sah der alte Mann mich an.

»Ähm ... Ich weiß nicht.«

»Klar weißt du das, Vivi«, meldete Jonah sich zu Wort.

»Wenn du es besser weißt, dann klär mich doch bitte auf«, erwiderte ich, woraufhin Santa leise lachte.

Jonah schwieg, und ich dachte nach. Was wünschte ich

mir? Dass mein Onkel nicht gestorben wäre? Dass ich den Pub nicht vererbt bekommen hätte? Dass ich meine Masterarbeit bereits geschrieben, abgegeben und bestanden hätte? Das alles wünschte ich mir in der Tat, doch es waren Wünsche, die ein Fake-Weihnachtsmann nicht erfüllen konnte. Niemand konnte das.

»Ich wünsche mir ein Weihnachtswunder«, sagte ich daher schlicht.

Santa nickte, als würde er genau verstehen, was ich damit meinte, dabei war ich mir selbst nicht mal so sicher.

»Das wirst du bekommen«, verkündete er und klopfte mir sanft auf die Schulter.

Ich wandte verlegen den Blick ab, als ich aufstand und mich bedankte.

»Eine Sache noch«, hielt er mich auf, als ich einen Schritt von ihm wegging. »Erzähl den Kindern bitte nicht mehr, dass es den Weihnachtsmann nicht gibt. Ich möchte als Gegenbeweis nicht ständig am Bart gezogen werden. Das ist ziemlich schmerzhaft.«

Trotz der kalten Temperaturen stieg mir Hitze in die Wangen, und ich hörte Jonah kichern.

»Frohe Weihnachten«, sagte ich, griff nach Jonahs Arm und zog ihn davon.

»Hey! Was, wenn ich mir auch noch was wünschen wollte?«, beschwerte er sich halbherzig.

»Du hast keine Wünsche verdient.«

Abermals lachte Jonah, was ihm einen wütenden Blick meinerseits einbrachte. »War es so schlimm?«, fragte er, nachdem er sich wieder etwas beruhigt hatte.

»Es war vor allem peinlich.«

Er nickte, als würde er mich verstehen. Aber ich war mir sicher, dass er die ganze Sache immer noch ultrakomisch fand. Ich konnte mich nicht daran erinnern, schon jemals auf dem Schoß des Weihnachtsmanns gesessen zu haben. Nicht mal als Kind. Und jetzt musste ich erst fünfundzwanzig werden, mein Onkel musste sterben und mir seinen Pub vererben, damit ich in den Genuss dieser Erfahrung kam. Ganz toll.

»Wenn du sowieso schon peinlich berührt bist, dann können wir da ja direkt weitermachen«, meinte Jonah. Da ich seine Hand noch immer hielt, um ihn von Santa wegzubekommen, war es ein Leichtes für ihn, mich in die entgegengesetzte Richtung zu ziehen.

Ich stöhnte. »Was hast du denn jetzt schon wieder vor?«

Natürlich sagte er es mir nicht und ließ mich so lange im Dunkeln, bis wir vor einem Straßenmusiker standen. Er spielte gerade irgendeine Schnulze, die ich noch nie zuvor gehört hatte. Seine Stimme war fest und hatte etwas Kratziges an sich, das mir einen Schauer über den Rücken laufen ließ. Abwartend sah ich zu Jonah, der im Takt der Musik mit dem Kopf nickte. Ich wusste, dass es nicht sein Ziel war, dem Musiker einfach nur zuzuhören. Immerhin hatte er von einer weiteren Peinlichkeit gesprochen, und das war das hier definitiv nicht.

»Also?«, fragte ich, als er nach einer halben Minute immer noch nichts sagte und nur der Musik lauschte.

»Geduld. Oder kannst du es gar nicht mehr abwarten?« Er funkelte mich an, und ich verdrehte die Augen.

Als das Lied endete, wandte Jonah sich zu mir. Der Musiker begann einen neuen Song, der ebenso schnulzig klang wie sein Vorgänger.

»Darf ich bitten?«, fragte Jonah und hielt mir die offene Handfläche hin. Verwirrt starrte ich erst von ihr in Jonahs Gesicht und wieder zurück.

»Bitten?«

»Tanz mit mir.«

»Was?«

»Tanz mit mir«, wiederholte er. Er lächelte, doch da war auch etwas anderes. Hoffnung. Angst. Verlegenheit?

»Jetzt? Hier?« Ich war so überrumpelt, dass ich keine vollständigen Sätze mehr zustande brachte. Wenn er mich so überraschte, musste er sich leider mit Einwortsätzen zufriedengeben.

»Ja, jetzt. Hier.« Langsam griff er nach meiner Hand und legte sie sich auf die Schulter. So, als wolle er mir die Möglichkeit geben, ihn daran zu hindern, wenn ich es wirklich nicht wollte. Doch das tat ich nicht. Ich ließ zu, dass er seine Hände an meine Hüfte legte und mich näher zu sich zog. Instinktiv legte ich auch meine zweite Hand auf seine Schulter.

»Die Leute starren uns alle an.« Ich schaute mit leicht gesenktem Kopf um mich. Ein Dutzend Leute standen um uns herum, lauschten der Musik, und einige von ihnen beäugten uns mit hochgezogenen Mundwinkeln.

»Mach dich ein bisschen locker«, sagte Jonah sanft. Das war leichter gesagt als getan. Wenn ich genauso steif war, wie ich mich fühlte, würde das gleich nicht wie tanzen aussehen, sondern eher wie ein dünner Baum, der im Wind hin und her wehte. Jonah hatte angekündigt, dass es peinlich werden würde, und das war es. Außer uns beiden tanzte niemand. Der Musiker spielte einfach weiter, aber ab und an spürte ich seinen Blick auf uns. Was war ich froh darüber, dass mich hier niemand kannte. Dass ich so weit von zu Hause weg war, dass ich nicht einmal Gefahr lief, einem bekannten Gesicht über den Weg zu laufen.

Mit einem Seufzen verschränkte ich die Finger hinter seinem Nacken. Auch wenn er eine Mütze trug, spürte ich die Spitzen seiner Haare an meinen Fingern. Sie waren weich, und ich musste mich davon abhalten, durch sie hindurchzufahren.

Das hier war so was von unangebracht. Niemand tanzte, stattdessen starrten uns alle an. Jonahs Hand glitt zu meinem Rücken, wir waren uns so nah, dass sich unser Atem miteinander vermischte. »Du arbeitest für mich«, sagte ich schließlich, meine Stimme kaum lauter als ein Flüstern. »Das hier ist falsch.«

Jonah schüttelte den Kopf. »Pssst«, machte er und legte sich einen Finger auf die Lippen. »Keine Sorgen. Keine Probleme. Einfach nur Spaß. Und das bedeutet, dass du auch nicht im Entferntesten an den Pub und all das denken darfst.«

Ich seufzte frustriert, als er seine Hand wieder an meine Hüfte legte. Der Sänger beendete sein Lied, doch statt mich loszulassen, hielt Jonah mich weiterhin fest. Wiegte sich mit mir sanft hin und her. Ein neues Lied, ein weiterer Tanz. Mit jeder Bewegung, jedem Blick von Jonah vergaß ich die anderen um uns herum. Ich ließ zu, dass er mich berührte, mit mir auf einem belebten Platz tanzte, wo es sonst niemand tat.

»Na also. Geht doch.« Er lächelte, als ich mich bei dem dritten Lied einfach fallen und es geschehen ließ. Im Endeffekt hatte ich nichts zu verlieren. Da ich ja schon festgestellt hatte, dass mich hier niemand kannte, musste ich mir auch keine Gedanken darüber machen, dass es mir eigentlich peinlich war, mitten auf dem Weihnachtsmarkt zu tanzen.

Erst als der Sänger abermals den Song beendete, hörten wir auf zu tanzen. Für einen kurzen Moment hielten wir uns noch fest, dann ließen wir die Hände langsam sinken. Als wollten wir beide uns nicht loslassen. Für einen Augenblick hatte er mich in seine Blase gezogen und vergessen lassen. Ein Moment, den ich dringend gebraucht hatte. Meine Gedanken hatten aufgehört, wie ein Strudel in meinem Kopf zu kreisen, und ich war tatsächlich ein wenig zur Ruhe gekommen.

Jonah warf ein paar Münzen in den Gitarrenkoffer des Musikers, der bereits wieder das nächste Lied angestimmt hatte. Erst als ich mich umsah, bemerkte ich, dass zwei Paare unserem Beispiel gefolgt waren und sich tanzend in den Armen lagen. Sie schauten sich in die Augen und sahen so verliebt aus, dass es mir ein Lächeln ins Gesicht zauberte. Hatten wir auch so ausgesehen? Aber das war unmöglich. Wir waren schließlich kein Paar. Jonah trat wieder lächelnd auf mich zu.

»Jetzt Lust auf Crêpes?«, fragte er. Ich nickte.

Der abrupte Themenwechsel war ganz in meinem Sinne. Diese Gedanken, die ich gerade hatte, waren einfach nur absurd. Warum sollten wir uns verliebte Blicke zuwerfen? Ich war mir ja nicht mal sicher, ob ich überhaupt wusste, was Liebe war. Meine Eltern waren definitiv kein Musterbeispiel dafür. Es sei denn, zu heiraten, weil man ein Kind erwartete, bedeutete, dass man sich liebte. Bis heute war mir nicht klar, was meine Eltern sich von einer Ehe erhofft hatten. Was es auch war, sie hatten es nicht gefunden.

Ich war also sowohl ohne romantische als auch familiäre Liebe aufgewachsen. Dass ich während der Schulzeit mit angesehen hatte, wie sich meine Mitschüler verliebten, nur um sich nach ein paar Tagen oder Wochen wieder zu trennen, half auch nur bedingt, um zu lernen, was Liebe war. Hollywoodfilme und Bücher redeten oft von Schmetterlingen im Bauch oder davon, dass man bereit war, alles für die andere Person zu tun, wenn man sie liebte. Noch nie zuvor hatte ich das für jemanden empfunden. Dabei war es nicht so, dass ich selbstsüchtig war, ich glaubte einfach nicht, dass man alles für andere tun sollte. Das konnte nicht gesund sein.

Lediglich meine körperliche Reaktion auf Jonah konnte ich nicht genau erklären, und laut Hollywood war das ein Vorbote vom Verliebtsein. Vielleicht schlüpften die Schmetterlinge ja gerade. Jedes Mal wenn Jonah mich berührte, spürte ich ein Kribbeln an dieser Stelle. Ich wollte nicht glauben, dass es das wirklich war. Aber ich konnte auch nicht abstreiten, dass Jonah ein attraktiver Mann war. Er hatte etwas an sich, das mich anzog. Keine Ahnung, ob es der Dreitagebart war, die Art, wie er lachte, oder dass er mich unterstützte, obwohl sich alle anderen gegen mich gestellt hatten. Was es auch war, es bewirkte, dass ich mich in seiner Nähe aufhalten wollte. Dass ich an mein Versprechen auf jeden Fall einhalten wollte.

»Danke für den schönen Abend«, sagte ich, nachdem Jonah den Wagen am Straßenrand vor Peters Haus geparkt hatte. Ich war bereits ausgestiegen und streckte den Kopf durch die noch geöffnete Beifahrertür.

»Gern. Wenn du wieder mal zu Straßenmusik tanzen willst, sag jederzeit Bescheid.« Er grinste, was ihm ein Augenrollen von mir einbrachte.

»Darauf kannst du lange warten.«

Er zuckte mit den Schultern. »Das Angebot steht.«

»Bis morgen.« Ich schloss die Autotür und suchte die Hausschlüssel in meiner Jackentasche. Durch die eisige Nachtluft fror ich, wodurch ich Probleme hatte, das Schlüsselloch zu treffen.

»Hey, Vivi«, rief Jonah hinter mir. Ich drehte mich zu ihm um, da kam er schon auf mich zugelaufen. »Das hier hast du vergessen.« Er reichte mir die kleine Tüte mit der hässlichen Schneekugel.

»Wolltest du sie nicht behalten? Die hat dir doch so gut gefallen«, zog ich ihn auf und musste grinsen.

»Das ist dein Erinnerungsstück.«

Ich nahm sie ihm ab und wollte mich endgültig verabschieden, da räusperte er sich. »Ist noch etwas?«, fragte ich und sah dabei zu, wie er sich den Nacken rieb. Ich runzelte die Stirn, während er einmal tief durchatmete, die Hand sinken ließ und dann irgendetwas murmelte, das verdächtig nach »Riskier es einfach« klang.

Er trat einen Schritt auf mich zu, legte die Hände an meine Taille und beugte sich zu mir. Sein Gesicht schwebte direkt vor meinem, unser heißer Atem stieg in kleinen Wolken vor uns auf und vermischte sich miteinander, und im nächsten Moment lagen seine Lippen auf meinen. Wärme schoss durch meinen Körper, und für einen Augenblick vergaß ich, wo ich war. Ich nahm nur Jonah wahr. Seine Berührung, seinen Geruch. Seinen Geschmack, noch ein Hauch Schokolade von dem heißen Kakao.

Der Kuss dauerte zwei Wimpernschläge, dann löste sich Jonah langsam. Er schluckte, schaute mich forschend an, als wartete er nur darauf, dass ich mich beschwerte, ihn fragte, was das gerade sollte. Doch ich tat nichts dergleichen.

»Gute Nacht, Jonah«, sagte ich mit einem Lächeln auf den Lippen, auf denen ich seine immer noch zu spüren schien.

»Gute Nacht, Vivi.«

Er wartete, bis ich die Haustür hinter mir geschlossen hatte, dann erst hörte ich ihn den Motor starten und davonfahren. Ich stand noch eine ganze Weile im Hausflur, fuhr mir sanft mit den Fingerspitzen über die Lippen und lächelte.

Jonahs Plan, mich einen Abend lang abzulenken, war mehr als aufgegangen.

Kapitel 17

Mit einer neu gewonnen Leichtigkeit machte ich mich tags drauf auf den Weg zum Pub. Der Abend auf dem Weihnachtsmarkt hatte mir unheimlich gutgetan, und ich wünschte mir, ich hätte die Atmosphäre, die Gefühle und die Tatsache, dass ich alle Probleme verdrängt hatte, in eine Flasche abfüllen können. Wann immer ich mich dann wieder so fühlen wollte, könnte ich einfach einen Schluck nehmen. Doch so lief das Leben leider nicht. Trotzdem war ich heute nicht ganz so in Sorge, wie ich es an den letzten Tagen gewesen war. Dabei hatte sich an meiner Situation nichts geändert.

Jonah kam heute ein bisschen später. Er hatte mich heute Morgen angerufen und gesagt, dass er noch etwas erledigen müsse. Also würde ich heute die Vorbereitungen übernehmen und den Laden öffnen. Es war keine große Herausforderung, da ich ohnehin nicht damit rechnete, dass viele Leute vorbeikamen.

Irgendwie musste ich der Gemeinschaft klarmachen, dass ich den Pub nicht als Goldesel ansah. Ich hatte nicht vor, Unmengen an Umsatz zu generieren, um mir ein schönes Leben zu ermöglichen. Nicht dass ich etwas dagegen gehabt hätte, aber das war nicht mein Ziel. Ich wollte den Laden doch einfach nur noch ein bisschen länger am Laufen halten. Die Steine, die mir jetzt in den Weg gelegt wurden beziehungsweise die ich mir offensichtlich selbst dorthin gelegt hatte, änderten daran nichts.

Als der Pub in mein Sichtfeld kam, sah ich bereits einen Mann davor warten. Er saß auf einer der angeketteten Bänke, den Knöchel auf sein Bein gelegt, und rieb sich die Hände, um diese zu wärmen. Er trug zwar einen langen, dunklen Mantel, der bis über seinen Hintern ging, trotzdem wollte ich mir gar nicht vorstellen, wie kalt die Bank gerade sein musste.

»Hallo«, grüßte ich ihn, als ich näher kam, und zog den Schlüssel aus der Tasche. »Wollen Sie in den Pub?« Ich konnte den hoffnungsvollen Klang in meiner Stimme nicht verbergen. Ich hatte den Mann noch nie zuvor gesehen, was bedeutete, dass er kein Teil der Gemeinde war und somit vermutlich auch keine negativen Berichte von Tom oder den anderen gehört hatte. Zahlende Kundschaft also.

»Sind Sie die neue Besitzerin?«, fragte er, ohne auf meine Frage einzugehen.

Ich nickte stumm, woraufhin er mit ausgestreckter Hand auf mich zutrat.

»Douglas Clark, freut mich, Sie kennenzulernen.«

»Vivien Wagner«, stellte ich mich vor und schüttelte seine behandschuhte Hand. In Gedanken versuchte ich, mich daran zu erinnern, ob ich den Namen schon einmal gehört hatte, aber Fehlanzeige.

»Ich würde Ihnen gern ein Angebot machen.«

»Ein Angebot?« Meine Augenbrauen zogen sich zusammen, und ich runzelte die Stirn. »Was für ein Angebot?«

»Wollen wir das vielleicht drinnen besprechen?« Er deutete mit dem Kinn zur Tür. Kurz zögerte ich, ehe ich den Schlüssel im Schloss herumdrehte und eintrat.

»Wirklich sehr schön hier«, sagte er und schaute sich den Laden genauer an.

»Danke. Wir haben uns mit der Dekoration ziemlich viel Mühe gegeben.«

»Das sehe ich. Aber auch ohne den ganzen Schnickschnack ein sehr schöner Laden. Optimale Lage.« Er trat auf die Wand zu, an der einige Bilder hingen. Sie zeigten überwiegend meinen Onkel mit Mitgliedern der Gemeinde. Viele Bilder waren Schnappschüsse, die gemacht worden waren, ohne dass die darauf abgebildeten Personen es bemerkt hatten. Sie lachten und schienen sich sichtlich zu amüsieren. Ich wünschte, es wäre wieder so. Ich wünschte, die Gemeinde würde sich hier wieder genauso wohlfühlen, wie es damals der Fall gewesen war. Stattdessen kamen sie kaum noch vorbei, und das nur, weil ich von ihnen verlangt hatte, ihre Getränke direkt zu bezahlen. Ein bisschen lächerlich war es schon. Aber ich schätzte, es war normal, wenn eine fremde Person plötzlich auftauchte und die Regeln änderte. Nicht jedem gefiel Veränderung – egal in welcher Art und Weise.

»Möchten Sie etwas trinken?«, fragte ich und ging um den Tresen herum, um die Lichter anzuschalten. Die Lichterketten erwachten zum Leben und ließen den Raum in diesem angenehmen warmen Licht erstrahlen, das ich so liebte. Es war kein Vergleich zu den vielen Lichtern auf dem Weihnachtsmarkt, dafür wirkte es heimeliger, wärmer, und man musste sich einfach wohlfühlen.

»Ein Wasser, bitte.« Er setzte sich an einen der Tische an der Wand. Ich holte ihm das Wasser und stellte es vor ihm auf den Tisch. Er bedeutete mir, mich zu setzen, und ich kam seiner stummen Aufforderung schnell nach. Ich war zu ungeduldig und neugierig, um es nicht zu tun.

»Also, was ist das für ein Angebot?«, fragte ich.

Douglas Clark lachte. »Gleich zum Punkt. Gefällt mir.«

Abwartend schaute ich ihn an. Er sah aus wie ein ganz normaler Mann aus der Nachbarschaft. Ende fünfzig, schwarzes Haar, das mit grauen Strähnen durchzogen war, Brille und ein Bart, der sehr gepflegt wirkte. Dennoch schüchterte mich seine direkte Art etwas ein.

»Erst einmal möchte ich Ihnen mein tiefstes Mitgefühl aussprechen. Natürlich habe ich von Ihrem Onkel gehört. Es ist wirklich traurig, wie früh er von uns gegangen ist.«

»Kannten Sie ihn?«, fragte ich, in der Hoffnung, nicht nur zu erfahren in welcher Verbindung die beiden zueinander gestanden hatten, sondern vielleicht auch noch das ein oder andere über meinen Onkel selbst zu hören.

»Ja. Mir gehört der Pub zwei Straßen weiter. Vielleicht kennen Sie ihn.« Erwartungsvoll schaute er mich an. Tatsächlich hatte ich seinen Pub noch nicht gesehen. Wahrscheinlich lag er in einer der Seitenstraßen, in denen ich noch nicht gewesen war.

»Tut mir leid, ich bin noch nicht so lange hier«, sagte ich ausweichend, um seine Gefühle nicht zu verletzen. Auch von den anderen Gästen hatte ich noch nichts darüber gehört, und sie redeten immer viel über die Dinge, die in ihrer kleinen Stadt vor sich gingen. Insgeheim fragte ich mich, ob Tom und die anderen nun zu Douglas Clark gingen, um ihr Feierabendbier zu trinken und in geselliger Runde beisammenzusitzen.

»Gar kein Problem.« Er machte eine wegwerfende Handbewegung. »Zurück zu dem eigentlichen Grund, warum ich hier bin.« Er machte eine kurze Pause, als müsste er Spannung aufbauen. »Ich würde das *Wagner's* gern kaufen.«

Es war ein einfacher Satz, der mich so sehr überraschte,

dass ich zurückwich, als hätte er mich geschlagen. Das war das Letzte, womit ich gerechnet hatte.

»Natürlich bin ich bereit, eine angemessene Summe zu zahlen. Ich bin mir der Bedeutung des *Wagner's* durchaus bewusst und würde Sie dementsprechend entschädigen«, sprach er weiter, während ich noch dabei war, seine Worte zu verarbeiten.

Douglas Clark bot mir gerade einen Ausweg aus meinen Problemen, und ich wäre verrückt, wenn ich sein Angebot nicht annehmen würde. In den letzten Tagen hatte ich immer wieder daran gedacht, den Pub so schnell wie möglich zu verkaufen, um nicht noch mehr Schulden anzuhäufen.

»Sie haben doch schon einen Pub. Warum wollen Sie diesen auch noch?«, fragte ich, nachdem ich mich aus meinen Gedanken gerissen hatte. Auch wenn sein Angebot verlockend war, ploppte diese eine Frage in meinem Kopf auf. Was hatte er von zwei Pubs im gleichen Ort? Wäre es nicht sinnvoller, wenn er einen weiteren Laden im Nachbarort oder sogar in einer größeren Stadt eröffnete?

Er lächelte. »Wie gesagt, ich weiß, welche Bedeutung der Pub Ihres Onkels hier in der Gemeinde hat, und mir ist nicht entgangen, dass hier in letzter Zeit nicht besonders viel los war. Und was man so hört ...« Er beendete den Satz nicht, aber das war auch gar nicht nötig, ich wusste auch so, dass sich einige in der Gemeinde von mir auf die Füße getreten fühlten und nun nicht gut auf mich zu sprechen waren.

Ich kniff bei seiner Bemerkung die Augen zusammen. Zugegeben, hier wurde viel geredet, aber die Art, wie er das sagte, gefiel mir nicht. Als würde er sich insgeheim darüber freuen, dass der Pub unter meiner Leitung den Bach runterging.

»Ich fände es äußert schade, wenn es den Laden nicht mehr geben würde. Er ist mittlerweile eine Institution in unserer Gemeinde geworden. Ich möchte dafür sorgen, dass er noch lange besteht.«

»Und das trauen Sie mir nicht zu?« Ich heftete den Blick auf ihn, um jede noch so kleine Regung in seinem Gesicht zu erkennen. Er wirkte entspannt, als sich seine Lippen zu einem gutmütigen, fast schon väterlichen Lächeln verzogen.

»Natürlich tue ich das. Aber wenn ich richtig informiert bin, wohnen Sie überhaupt nicht hier. Irgendwann werden Sie nach Hause zurückkehren, und was passiert dann mit dem Laden? Ich möchte nur sichergehen, dass der Pub nicht in die Hände eines Investors oder von jemandem fällt, der keine guten Absichten hat. Es wäre unerträglich, wenn das *Wagner's* für immer aus dem Stadtbild verschwinden würde.«

Er war gut. Das konnte ich nicht leugnen. Auch ich hatte mir schon Gedanken darüber gemacht, was ein zukünftiger Käufer womöglich mit dem Laden anstellte. Das Letzte, was ich wollte, war, dass er abgerissen und an seiner Stelle etwas anderes gebaut wurde. Selbst wenn ich nicht so einen großen Bezug zu diesen vier Wänden hatte, ich kannte genug Menschen, denen diese Vorstellung mehr als nur wehtun würde.

»Und Sie würden ihn genauso weiterführen wie bisher?«

»Natürlich würde ich einige Änderungen vornehmen, um ihn an meine Standards anzupassen. Aber im Großen und Ganzen, ja.«

»Verstehe«, murmelte ich. Sein Lächeln wirkte freundlich, doch so langsam fragte ich mich, ob sich dahinter nicht noch andere Absichten verbargen. Es ergab für mich einfach keinen Sinn, zwei Pubs gerade einmal zwei Straßen voneinander entfernt zu führen. »Wenn Ihnen der Wert des Pubs bewusst ist«, sagte ich und beugte mich etwas vor, um die Unterarme auf dem Tisch abzulegen, »an welche Summe haben Sie dann gedacht?«

Er lachte leise, ehe er einen Zettel aus der Innenseite seiner Jacke zog. Er schob ihn mir über den Tisch, als wären wir gerade in geheimen Verhandlungen oder würden zwielichtige Geschäfte machen. Und genau so fühlte es sich an. Mir wurde diese ganze Situation von Minute zu Minute weniger geheuer.

Meine Augen weiteten sich, als ich die Summe sah. Das war in der Tat ein ordentliches Angebot. Ich hatte bereits zusammen mit Joseph und einer Maklerin über den Wert des Ladens gesprochen und wusste daher, was ich verlangen konnte. Doch der Betrag, den Douglas Clark mir gerade anbot, übertraf das um ein paar Tausend Euro. Ich musste nur Ja sagen, und all meine Probleme und Sorgen wären vom Tisch. Das hier war eine Menge Geld. Bis Februar würde der Laden nie im Leben so viel Umsatz verzeichnen. Das Angebot war verlockend.

Ich blickte auf und direkt in sein lächelndes Gesicht. Er wirkte überzeugt, selbstsicher. Als wäre ihm klar, dass er mich bereits um den Finger gewickelt hatte und der Deal beschlossene Sache war. Ich wusste nicht, ob es an dem Ausdruck auf seinem Gesicht lag, an meinem Bauchgefühl oder an dem Versprechen, das ich Jonah gegeben hatte. Auf jeden Fall hielt mich irgendetwas davon ab, sofort anzunehmen, meine Zelte hier abzubrechen und nach Hause zurückzukehren.

»Was sagen Sie? Verkaufen Sie an mich?«, fragte er.

Ich zögerte und biss mir nachdenklich auf die Unterlippe. »Ihr Angebot kommt ziemlich überraschend«, sagte ich ausweichend. Einerseits konnte und wollte ich jetzt nicht sofort eine Entscheidung treffen. Andererseits musste ich verhindern, dass er sein Angebot wieder zurücknahm. Zwar war ich mir sicher, dass sich noch andere Käufer finden würden, aber die wären sicherlich nicht bereit, den gleichen Betrag zu zahlen. »Ich werde darüber nachdenken müssen. Das ist keine Entscheidung, die man zwischen Tür und Angel trifft.«

Er nickte verstehend. »Natürlich. Lassen Sie sich Zeit. Ich bitte Sie nur darum, mir Bescheid zu sagen, falls Sie ein besseres Angebot bekommen. Ich möchte diesen Laden wirklich haben und wäre unter Umständen bereit, den Betrag noch etwas zu erhöhen, sollten Sie ein besseres Angebot bekommen. Außerdem wäre ich sehr dankbar, wenn wir das hier diskret behandeln könnten.«

Nachdem ich ihm versichert hatte, ihm Bescheid zu geben, sobald ich mich entschieden hatte, verabschiedeten wir uns voneinander. Meine Gedanken wirbelten in meinem Kopf herum, als ich ihm nachsah, wie er über die Straße davonging.

Es war absurd, dass er den Laden um jeden Preis kaufen wollte. Ich hatte ihn heute das erste Mal gesehen. Wenn ihm so viel an dem Pub lag, wäre er doch sicher schon früher einmal hergekommen. Vielleicht war er aber auch einfach mit seinem eigenen Laden beschäftigt gewesen und hatte keine Zeit dafür gehabt. Aber was wollte er dann mit einem weiteren Pub? Und warum wollte er nicht, dass andere von seinem Angebot und Vorhaben erfuhren?

Es irritierte mich ebenfalls, dass ich noch nie zuvor von ihm gehört hatte. Sicherlich hätte irgendjemand seinen Namen oder zumindest seinen Pub einmal erwähnen müssen, aber dem war nicht so. So verlockend sein Angebot also auch war, ich musste erst darüber nachdenken.

Klar hatte ich vor, den Laden zu verkaufen, doch ich wusste auch, dass ich nicht sofort das erstbeste Angebot annehmen sollte. Gleichzeitig konnte es mir eigentlich egal sein, was aus dem Laden wurde. Ich würde nach Deutschland zurückkehren und hätte damit nichts mehr zu tun. Doch die winzig kleine Tatsache, dass mein Onkel mir den Laden vererbt hatte, nagte an mir. Er hatte gewollt, dass er in der Familie blieb, es fühlte sich daher nicht richtig an, einfach zu verkaufen. Auf der anderen Seite wusste ich, dass ich es tun musste, denn wie Clark gesagt hatte, war mein Lebensmittelpunkt nicht hier in Schottland. Er war in Deutschland. Vielleicht hatte mein Onkel von meinem Studium gehört und sich gedacht, dass ich in der Lage wäre, seinen Laden fortzuführen. Wenn es so war, tat es mir leid, dass ich ihn nun enttäuschte. Würde Jonah mir nicht helfen, hätte ich den Laden schon lange gegen die Wand gefahren. Wobei ich auch mit seiner Hilfe auf einem guten Weg dahin war.

Ich schüttelte den Kopf, als könnte ich meine verwirrenden Gedanken so etwas sortieren. Doch natürlich half es nicht. Ich musste unbedingt mit Jonah reden. Sicher konnte er mir mehr über diesen Douglas Clark sagen und auch darüber, warum ich noch nie von ihm gehört hatte, wenn er doch ganz offensichtlich ein Teil der Gemeinde war.

Um mich abzulenken, trat ich hinter den Tresen und begann damit, alles für den Abend vorzubereiten. Jonah hinterließ die Theke immer sauber und ordentlich, sodass nicht viel zu tun war. Trotzdem wischte ich über den Tresen, schaute mir jedes Glas an und überprüfte, ob noch genug Getränke im Kühlschrank bereitstanden. Alles, nur damit ich nicht über das verlockende Angebot mit dem bitteren Beigeschmack nachdachte.

Kapitel 18

»Freut mich, dass du vorbeigekommen bist«, sagte Chloe, als ich sie zwei Tage später besuchte. Sie stellte eine dampfende Tasse Tee vor mich. Wir saßen in ihrem Wohnzimmer, und ich versank förmlich in den vielen Kissen, die auf ihrem Sofa lagen.

»Ist es wirklich in Ordnung? Immerhin ist heute dein einziger freier Tag.« Noch dazu war es gerade einmal zehn Uhr am Vormittag. Ich war nur froh, dass ich sie nicht aus dem Bett geklingelt hatte, weil sie ihren freien Tag zum Ausschlafen nutzen wollte.

Sie machte eine wegwerfende Handbewegung. »Du hältst mich nur vom Backen ab.«

»Ich sollte …« Ich war im Begriff aufzustehen, da legte sie mir eine Hand auf den Arm und hielt mich zurück.

»Ernsthaft, ich bin wirklich froh über deinen Besuch. Die ganze Woche über stehe ich im Laden, koche Kaffee oder backe. Und wenn ich freihabe, backe ich weiter. Eigentlich tust du mir gerade einen Gefallen, indem du mich davon abhältst.«

Ich musterte sie kurz, um abzuschätzen, ob sie es ernst meinte oder mir einfach kein schlechtes Gewissen machen wollte.

»Na schön«, sagte ich schließlich.

»Also, dann lass mal hören.«

Ich runzelte die Stirn. »Was?«

»Du hast doch irgendetwas auf dem Herzen. Das sehe ich dir an.«

War das wirklich so offensichtlich? Chloe wartete geduldig ab, während ich versuchte, meine Gedanken zu sortieren.

»Ich bin etwas überfordert«, gestand ich schließlich. »Die ganze Sache mit dem Pub und den Rechnungen. Ich weiß einfach nicht, was ich machen soll. Außerdem fühle ich mich wie eine Außenseiterin.«

»Aber das bist du doch nicht. Oder gehen die Leute dir aus dem Weg?« Chloe klang, als würde sie jeden Moment losziehen, um die Leute zur Rede zu stellen, sollte ich bejahen.

»Nein ... Ja. Ich weiß nicht. Nach der Sache mit Tom und dem Anschreibenlassen fühlt es sich ein bisschen so an.« Ich nahm einen Schluck Tee und genoss das wärmende Gefühl.

»Du darfst Tom nicht so ernst nehmen. Er ist einfach ein kleiner Griesgram.« Sie zuckte mit den Schultern. »Gib ihm noch ein paar Tage, dann ist er wieder der Alte und hat vergessen, was vorgefallen ist.«

Ich nickte und hoffte, dass sie recht behielt. Chloe legte den Kopf schief und musterte mich fragend.

»Das ist noch nicht alles«, sagte sie. Es war keine Frage, und ich seufzte. Eigentlich hatte ich erst mit Jonah darüber reden wollen, aber irgendetwas hatte mich davon abgehalten.

»Vor Kurzem ist jemand vorbeigekommen, der den Pub kaufen möchte. Das Angebot ist wirklich gut, und es wäre dumm, es nicht anzunehmen. Immerhin wären all meine Probleme dadurch gelöst«, sagte ich schnell, weil auf einmal alles rausmusste.

»Okay.« Chloe fuhr nachdenklich über den Rand ihrer

Tasse. »Wenn es all deine Probleme löst«, sagte sie langsam, »warum nimmst du es dann nicht an?«

Das war die Frage aller Fragen.

Ich zuckte mit den Schultern. »Ich weiß auch nicht.« Irgendetwas hielt mich davon ab, und es war nicht nur das Versprechen, das ich Jonahs gegeben hatte. Aber ich konnte mir beim besten Willen nicht erklären, was es war. Vielleicht hatte ich es mir nur eingebildet, aber irgendetwas an Douglas Clark ließ meine Alarmglocken schrillen. Dabei könnte ich den Pub einfach verkaufen und dann verschwinden. Könnte den ganzen Stress und die schlechten Schwingungen, die von Tom, George und den anderen ausgingen, hinter mir lassen und mich einzig und allein mit meinem Studium befassen. Gerade wollte ich sie nach Douglas Clark fragen, da sprach sie schon weiter.

»Wenn es sich nicht richtig anfühlt, solltest du es auch nicht machen. Hör auf deinen Bauch oder dein Herz – was auch immer dich an dem Angebot zweifeln lässt – und triff deine Entscheidung. Ich weiß, wie schwer es ist, einen Laden zu führen, und wie beängstigend es manchmal sein kann, wenn am Monatsende gerade genug Geld da ist, um die Rechnungen zu zahlen. Aber für mich ist es das wert, weil ich liebe, was ich tue, und damit den Leuten hier eine Freude machen kann.«

Chloes Worte spukten mir auf dem Weg zurück zum Haus durch den Kopf. »Hör auf deinen Bauch oder dein Herz.« Wenn es doch nur so einfach wäre. Erst als mein Magen knurrte und mich daran erinnerte, dass ich außer der Tasse Tee vorhin noch nichts zu mir genommen hatte, hörte ich tatsächlich auf meinen Bauch und beschloss, mir gleich etwas zu essen zu kochen. Glücklicherweise hatte ich vorgesorgt und den Kühlschrank gefüllt. So konnte ich direkt mit dem Mittagessen anfangen und musste nicht erst noch mal in die Stadt.

Eine Stunde später lag ich mit vollem Bauch auf dem Sofa und schaute fern. Gerade lief zum hundertsten Mal Werbung, die mich zum Kauf eines ultramodernen Staubsaugers motivieren wollte. Keine Ahnung, warum die Briten so auf Staubsauger abfuhren. Vielleicht lag es daran, dass sie meistens Teppichboden in ihren Wohnungen hatten. So oder so, die Dinger schienen hier hoch im Kurs zu sein. Selten hatte ich so viel Werbung für ein und dasselbe Produkt in mehreren verschiedenen Ausführungen gesehen wie hier. Neben Reinigungsprodukten hatten die Briten offensichtlich auch ein Faible für Lebensversicherungen und Quizshows. Letzteres wollte ich schauen, um mir die Zeit etwas zu vertreiben. Allerdings musste ich schnell feststellen, dass sich viele Fragen auf die britische Kultur und das hiesige Showbusiness bezogen, wovon ich keine oder nur begrenzt Ahnung hatte. Da aber am frühen Nachmittag nichts Interessanteres lief, blieb ich dabei.

Als hätte Linnea gespürt, dass ich Ablenkung brauchte, rief sie mich an. »Hey, Vivi. Wie geht es dir? Ist alles in Ordnung? Wie läuft es im Pub?«, sprudelte es aus ihr heraus, sobald ich den Anruf angenommen hatte. Sie war gut drauf. Wahrscheinlich hatte sie mal wieder ein gutes Buch gelesen. Normalerweise war sie zurückhaltend, aber wenn sie las und sich in die Protagonisten versetzte, schien es manchmal, als würde sie ihre Schüchternheit ablegen und die Charakterzüge der Buchfiguren übernehmen.

»Freut mich auch, von dir zu hören, Linn«, erwiderte ich grinsend. »Hier läuft es ...« Beinahe hätte ich »gut« gesagt, nur um zu vertuschen, dass ich mich selbst in die Misere hineinmanövriert hatte. Aber das hier war meine beste Freundin. Wem, wenn nicht ihr, konnte ich meine Probleme erzählen? »Es läuft beschissen«, gestand ich also. Das enttäuschte Seufzen, das ich dabei ausstieß, konnte ich nicht verhindern.

»Was ist passiert?« Ich konnte die Sorgenfalte auf ihrem Gesicht geradezu spüren, und sofort überkam mich ein schlechtes Gewissen. Ich wollte nicht, dass sich ihre gute Laune meinetwegen verflüchtigte.

Mit wenigen Worten schilderte ich ihr meine Lage und dass ich keine Ahnung hatte, wie ich mich daraus befreien sollte.

Ich hörte Linn am anderen Ende der Leitung seufzen.

»Ich weiß genau, was du jetzt sagen willst, aber tu es nicht. Ich bin mir durchaus bewusst, dass ich es selbst verbockt habe.«

»Vivi«, sagte sie sanft. »Du hast nur getan, was du für richtig hieltst. Und ich bin mir sicher, wenn du es ihnen erklärst, werden sie es auch verstehen und feststellen, dass sie überreagiert haben.«

Wenn es doch nur so einfach wäre. »Dafür müssten sie aber mit mir reden. Im Augenblick habe ich das Gefühl, dass mir die ganze Gemeinde aus dem Weg geht.«

»Die ganze Gemeinde? Was ist mit dem attraktiven Barmann?« In ihrer Stimme schwang ein Grinsen mit, das ich nicht sehen musste, um zu wissen, dass es da war.

»Was soll mit ihm sein? Er hat gar keine andere Wahl, als mit mir zu reden. Schließlich arbeitet er für mich«, erwiderte ich. Meine Wangen fingen jedoch schlagartig an zu glühen bei dem Gedanken daran, wie er mich angefasst hatte, als wir den Baum gemeinsam geschmückt hatten. Oder als er mit mir auf dem Weihnachtsmarkt getanzt hatte. Als er mich zum Abschied geküsst hatte. Es war mehr als offensichtlich, dass Jonah nicht nur mit mir zusammen war, weil er es musste, sondern weil er es aus unerfindlichen Gründen tatsächlich wollte.

»Ah ja …«, kam es von Linn.

»Was, ah ja?«

»Red dir das nur ein. Aber nach allem, was du mir gerade erzählt hast, hört sich das nicht so an, als würde er sich aus Pflichtgefühl mit dir abgeben. Sonst würde er nicht einfach so bei dir vorbeikommen, um Zeit mit dir zu verbringen.«

Ich wollte gerade widersprechen, als es an der Tür klingelte.

»Oh, ich wette, das ist er«, quietschte Linn, die das Klingen offensichtlich auch gehört hatte.

Ich stand kopfschüttelnd auf. »Mit diesen Wahnvorstellungen würde ich lieber mal zum Arzt gehen. Warte kurz«, sagte ich, hielt das Telefon vor meine Brust und öffnete die Tür.

»Hey.« Jonah stand mir mit einem breiten Grinsen gegenüber. Wie immer hatte er die Hände in den Jackentaschen vergraben und sah einfach nur unverschämt gut aus. Die vereinzelten Strähnen, die ihm in die Stirn hingen, verliehen ihm trotz seines Dreitagesbartes einen jungenhaften Charme.

»Oh Mann«, murmelte ich und atmete geräuschvoll aus.

»Soll ich wieder gehen?« Jonah runzelte die Stirn und deutete mit dem Daumen über seine Schulter. »Ich hätte mich vielleicht anmelden sollen.«

»Nein, nein. Das ist es nicht.« Ich bedeutete ihm, einen Moment zu warten, ehe ich mein Handy wieder ans Ohr hielt.

»Linn, ich muss jetzt Schluss machen.«

»Ich hab es gewusst«, erwiderte sie triumphierend. »Na

dann will ich dich nicht länger von deinem Hottie fernhalten. Oh, und schick mir endlich Fotos. Sonst geht meine Vorstellung nur noch mehr mit mir durch.«

»Dann lohnt sich der Gang zum Arzt wenigstens«, murmelte ich.

»Das hab ich gehört.«

»Gut. Bis dann, ich melde mich später wieder.« Ich legte auf, bevor sie noch irgendetwas sagen konnte.

»Hey«, sagte ich, nachdem ich das Handy weggelegt hatte.

»Hey«, erwiderte Jonah. »Sicher, dass ich nicht wieder gehen soll? Du hättest dein Telefonat nicht meinetwegen beenden müssen.«

Ich trat einen Schritt zur Seite und winkte ihn rein. »Du störst nicht«, sagte ich, als Jonah sich nicht bewegte. »Ich hab vor dem Fernseher gelegen, als mich Linnea angerufen hat. Wir waren ohnehin fertig.« Jonah wirkte nicht überzeugt, trat aber dennoch ein. »Also ... Was führt dich an deinem freien Tag zu mir?«

Ohne etwas zu sagen, lief Jonah ins Wohnzimmer und nahm auf dem Sofa Platz. Als er sich seine Mütze vom Kopf zog, kamen seine verwuschelten schwarzen Haare zum Vorschein. Am liebsten wäre ich mit den Fingern hindurchgefahren, um sie etwas zu bändigen. Na hoppla, wo kam denn dieser Gedanke plötzlich her? Ich war froh, dass Jonah keine Gedanken lesen konnte, ansonsten wäre ich in dem Moment im Erdboden versunken.

Jonah seufzte. »Es läuft gerade nicht gut mit dem Pub.«

»Ich weiß«, sagte ich schnaubend und zog eine Augenbraue nach oben.

»Hör zu. Auch wenn du es im Augenblick nicht glauben kannst, aber es wird sich wieder ändern. Die Leute hier hängen, wie ich, viel zu sehr an diesem Pub.«

»Stimmt, ich glaube es nicht.«

Jonah legte den Kopf schief und musterte mich. »Gehst du eigentlich immer nur vom Schlimmsten aus? Nein, warte«, fuhr er fort, als ich gerade etwas erwidern wollte. »Du brauchst nicht zu antworten, ich kann es mir auch so denken. Zieh dir was an, wir verschwinden von hier.«

Ein ungläubiges Lachen entrang sich meiner Kehle. »Glaubst du eigentlich, dass ich jedes Mal mit dir mitgehe, wenn du hier auftauchst?«

»Entweder du kommst mit, oder du suhlst dich weiter in Selbstmitleid. Deine Entscheidung.« Er zuckte mit den Schultern, lehnte sich zurück und legte einen Fuß auf sein Knie. Er verkörperte den Inbegriff von Gelassenheit und Gleichgültigkeit. Allein aus Trotz, hätte ich mich liebend gern wieder gesetzt und meine Quizshow weitergeschaut. Aber er hatte recht, und ich wusste selbst, dass es nichts brachte, wenn sich meine düsteren Gedanken in meinem Kopf drehten, wie Teetassen in einem Freizeitpark.

»Na schön«, murmelte ich, während ich mich umdrehte, um mir etwas anzuziehen und Jonahs triumphierendes Grinsen nicht sehen zu müssen. Außerdem hatte ich mittlerweile gelernt, dass ein Ausflug mit Jonah Balsam für meine Seele war und mich alles für ein paar Augenblicke vergessen ließ.

Kapitel 19

»Wir waren doch erst in Edinburgh. Willst du mir diesmal noch weitere Cafés und Buchläden zeigen, in denen ich meine Masterarbeit schreiben kann?«, fragte ich, während Jonah mir die Autotür aufhielt. »Wenn das der Fall ist, können wir eigentlich hierbleiben. Im Moment läuft es ziemlich gut.«

Statt mir zu antworten, grinste Jonah und machte die Tür zu, nachdem ich eingestiegen war. Ich beobachtete, wie er um den Wagen herumlief und sich ebenfalls in seinen Sitz fallen ließ.

»Du wirst es mir wieder nicht sagen, hab ich recht?«, fragte ich, als er mir noch immer nicht antwortete.

»Stimmt.« Seine Mundwinkel zuckten ein Stück höher. Ich seufzte ergeben. Etwas anderes blieb mir ja auch gar nicht übrig. Mittlerweile sollte ich mich an seine Geheimniskrämerei gewöhnt haben. Trotzdem hatte ich noch die Hoffnung, etwas aus ihm herauszubekommen. Alles, was ich jetzt tun konnte, war, aus dem Fenster zu starren und zu beobachten, wohin er mich schon wieder entführte. Ein Glück für ihn, vertraute ich Jonah. Zumindest so weit, dass ich freiwillig in sein Auto stieg und mich von ihm irgendwohin bringen ließ. Bisher hatte ich aber auch noch keinen Grund gehabt, an seinen Entführungsaktionen zu zweifeln. Solange wir nicht wieder mitten in der Stadt auf einem öffentlichen Platz tanzten, war alles in Ordnung.

Bei dem Gedanken daran, wie wir uns eng umschlungen zwischen all den Menschen hin und her bewegt hatten, wurde mir warm. Obwohl es mir in dem Moment peinlich war, hatte es sich auch gut angefühlt. Trotzdem musste ich das nicht wiederholen – zumindest nicht in diesem öffentlichen Rahmen.

Zu meiner Überraschung schlug Jonah nicht den Weg nach Edinburgh ein, sondern in die entgegengesetzte Richtung. Wir fuhren vorbei an verschneiten Vorgärten und weihnachtlich dekorierten Häusern. Ich klebte geradezu an der Scheibe und betrachtete die vielen Lichterketten, die überall an den Häusern funkelten. Doch je weiter wir fuhren, desto weniger Häuser waren zu sehen, ehe wir die Kleinstadt ganz hinter uns ließen. Stattdessen erstreckten sich irgendwann Wiesen vor uns, die wirkten, als wären sie mit einer dünnen Schicht Puderzucker überzogen worden. In der Ferne konnte ich das Meer sehen. Keine Ahnung, wie lange genau wir gefahren waren, aber es war, als wären wir in eine ganz andere Welt eingetaucht. Hier herrschte kein geschäftiges Treiben, es gab keine Läden, und es fuhren nur vereinzelt Autos an uns vorbei. Auf den Feldern standen Schafe und Kühe. Instinktiv fragte ich mich, ob ihnen nicht kalt war. Aber was wusste ich als Stadtkind schon von Farmtieren? Wie oft hatte ich mir schon anhören müssen, dass Kühe nicht, wie damals in der Werbung dargestellt, lila waren.

»Das sind Highland Cows«, unterbrach Jonah die Stille. Die ganze Fahrt über hatten wir geschwiegen – wie wir es immer taten, wenn wir gemeinsam im Auto saßen. »Sie können das ganze Jahr über auf der Weide stehen. Ihnen macht die Kälte nichts aus, solange sie gut versorgt werden«, klärte er mich auf, als hätte er meine Gedanken gelesen. »Und die Schafe haben ein ziemlich dickes Fell.«

Er zwinkerte mir zu, dann bog er auf einen Parkplatz und stellte den Motor ab.

»Wir sind da«, verkündete er, nachdem wir etwa eine halbe Stunde gefahren waren.

Vor uns lag trüb-blaues Wasser. Einige Menschen gingen in der Ferne am Strand spazieren, eingepackt in dicke Mäntel und Mützen.

»Wir sind wo genau?«, fragte ich, während ich den Blick schweifen ließ.

»An einem meiner Lieblingsorte.« Mehr sagte Jonah nicht, bevor er ausstieg. Ich folgte ihm. Sobald ich die Tür öffnete, schlug mir der kalte Wind entgegen.

Vor uns erstreckte sich der Strand, dahinter schlug das Wasser leichte Wellen. Sicher waren die Wellen hier groß, wenn es richtig stürmte.

Außer uns und einem Paar waren keine Leute auf dem Parkplatz. Es war ruhig und wunderschön. Auch ohne Jonahs Gründe zu kennen, konnte ich mir denken, warum das hier sein Lieblingsort war. Im Sommer musste es hier noch tausendmal schöner sein. Ich folgte ihm schweigend, bis wir schließlich Kies unter unseren Füßen hatten und den Strand entlanggingen. Als Kind hatte ich es immer gehasst, wenn ich Sand in den Schuhen hatte. Heute wäre es mir jedoch zum ersten Mal egal gewesen. Irgendwie gehörte es schließlich zu einem Strandspaziergang dazu. Und obwohl es ein reiner Kiesstrand war, war ich trotzdem begeistert.

»Es ist wunderschön hier«, sagte ich irgendwann in die Stille hinein, die nur durch unsere Schritte auf den Steinen unterbrochen wurde. Ich vergrub die Hände in den Taschen. Hätte Jonah mir gesagt, wohin er mich entführt, hätte ich ihn darum gebeten, noch bei einem Laden vorbeizufahren, damit ich mir dicke Handschuhe kaufen konnte.

»Freut mich, dass es dir gefällt.« Er lächelte, ehe ein Ausdruck von Trauer in seine Augen trat. »Früher war ich oft hier. Als mein Vater gestorben ist.« Er zögerte, als suchte er nach den richtigen Worten. »Ich habe dir ja erzählt, dass Pete mich quasi bei sich aufgenommen hat. Aber davor war ich einfach so verloren. Niemals hätte ich gedacht, Dad so früh zu verlieren. Ich war immer der festen Überzeugung, dass er irgendwann im Garten unter dem Baum sitzt, den mein Urgroßvater gepflanzt hat, und mit seinen Enkeln spielt. Und von heute auf morgen ...« Er schüttelte den Kopf. »Er war einfach weg.«

Ich kannte mich mit Trauer nicht aus, wusste nicht, wie man Menschen nach solch einem Verlust richtig tröstete. Auch wenn ich nun schon seit einigen Wochen hier war und mit angesehen hatte, wie alle um mich herum um meinen Onkel trauerten, hatte ich doch immer noch keine Ahnung davon. Insgeheim war ich jedoch froh darüber. Das war keine Erfahrung, die ich unbedingt machen wollte, kein Gefühl, das ich unbedingt spüren wollte.

»Tut mir leid«, sagte Jonah und runzelte die Stirn. »Ich hatte nicht vor, dir hier meine Leidensgeschichte zu erzählen. Eigentlich sollte es ein schöner Ausflug werden. Aber dieser Ort erinnert mich einfach an ihn.«

»Ist schon okay.« Ich zuckte lächelnd mit den Schultern. »Wenn du darüber reden willst, höre ich dir zu.«

Er sah mir tief in die Augen, und seine Mundwinkel zogen sich nach oben. Ein Anblick, den ich am liebsten nur noch auf seinem Gesicht sehen wollte.

»Danke«, sagte er schlicht. Ich nickte, weil ich nicht wusste, was ich sonst erwidern sollte. Es hatte seinen Grund, warum ich nur angeboten hatte, ihm zuzuhören.

Andere zu trösten zählte nicht gerade zu einer meiner Stärken.

»Komm«, sagte er und hielt mir seine Hand hin. Ohne darüber nachzudenken, nahm ich sie, und er verschränkte seine Finger mit meinen. Sofort schoss mir Wärme in die Handfläche und zog sich durch meinen ganzen Körper. Ich verstand einfach nicht, warum dieser Mann solch eine Wirkung auf mich hatte. Vermutlich lag es immer noch daran, dass er einfach der Einzige war, der uneingeschränkt nett zu mir war und mir half, wo er nur konnte. Er hätte sich von mir abwenden können, als ihm klar geworden war, dass ich den Pub geerbt hatte, aber stattdessen hatte er mir eine Chance gegeben.

Ich ließ zu, dass er mich mit sich zog. Seite an Seite liefen wir den Strand entlang. Irgendwann würde ich einen richtigen Sandstrand besuchen, doch im Augenblick konnte ich mir nichts Schöneres vorstellen.

Wir gingen schweigend nebeneinanderher. Meine Hand in seiner, die andere in der Tasche. Je näher wir dem Wasser kamen, desto stürmischer wurde es. Ich war froh, dass ich meine Haare zu einem Zopf gebunden hatte und sie mir nicht wie wild um den Kopf flogen. Doch ohne den Schutz meiner Haare fühlten sich meine Ohren an, wie kleine Eiszapfen, die man an meinen Kopf geklebt hatte.

»Worüber denkst du nach?«, unterbrach Jonah irgendwann die Stille.

Ich seufzte und schüttelte schließlich den Kopf. »Nicht so wichtig.« Ich wollte ihn nicht schon wieder mit meinen Problemen vollheulen. Außerdem hing dieses Angebot immer noch über meinem Kopf. Es wäre die einfachste Möglichkeit, all die Sorgen und Ängste hinter mir zu lassen, nach Hause zurückzukehren und mein altes, langweiliges Leben weiterzuführen.

Jonah zog an meiner Hand und brachte mich so zum Stehen. Ich drehte mich zu ihm um. Seine braunen Augen lagen bereits auf meinen – intensiv und durchdringend, als gäbe es sonst nichts um uns herum.

»Natürlich ist es wichtig.«

»Ich habe nur daran gedacht, dass ich mir wirklich eine Mütze zulegen sollte.«

Jonah musterte mich einen Augenblick skeptisch, dann zog er sich die Mütze vom Kopf und setzte sie mir auf. »Das musst du nicht. Ich will nicht, dass du frierst.« Ich wollte nach der Mütze greifen und sie ihm zurückgeben, doch seine Hände hielten meinen Kopf.

»Behalt sie auf.« Langsam ließ er die Hände sinken, aber nicht ohne mir vorher einen warnenden Blick zuzuwerfen. Ich seufzte ergeben. »Und jetzt sag mir, worüber du wirklich nachgedacht hast.«

Ich öffnete den Mund, um zu fragen, was er meinte. Erneut schaute er mich mit diesem Blick an, der verhinderte, dass ich mich ihm widersetzte. Ich atmete geräuschvoll aus.

»Ich will dich nicht damit belasten.« Abermals schüttelte ich den Kopf.

Jetzt war es Jonah, der seufzte. Er biss sich auf die Unterlippe, als versuchte er, seine nächsten Worte zurückzuhalten. Offenbar mit mäßigem Erfolg. »Du belastest mich nicht damit. Wenn ich es nicht hören wollte, hätte ich nicht gefragt. Mir ist bewusst, dass du in den letzten Wochen viel erlebt und durchgemacht hast. Wahrscheinlich wäre es dir lieber gewesen, wenn du nie hierhergekommen wärst.«

Ich wollte gerade einwenden, dass das nicht stimmte.

Wäre ich nie hergekommen, hätte ich Jonah niemals kennengelernt. Und gerade er war es doch, der die Situation erträglicher machte. Er war es, wegen dem ich mir vorstellen konnte, noch länger hierzubleiben. All das wollte ich ihm sagen, aber er ließ mich nicht zu Wort kommen.

»Wie der Pub momentan läuft, ist sicher auch nicht hilfreich, aber ich verspreche dir, die Leute werden wiederkommen. Ich weiß, das sage ich ständig, aber nur, weil es wirklich so ist. Sie brauchen einfach ein bisschen Zeit, um sich abzureagieren, und du brauchst nur etwas Geduld.«

Ich konnte das ungläubige Schnauben nicht verhindern. »Geduld? Du weißt genauso gut wie ich, dass ich keine Zeit habe.«

»Bis Februar sind es noch knapp drei Monate. Wenn das keine Zeit ist, was dann?«

»Vielleicht war es ein Fehler. Ich sollte den Laden einfach jetzt schon verkaufen. Sicher bekomme ich nie wieder so ein gutes Angebot.«

»Was für ein Angebot?«

Verdammt. Warum hatte ich das gerade gesagt? Ich hatte nicht vorgehabt, Jonah von dem Angebot zu erzählen. Zumindest nicht, bevor ich nicht noch etwas mehr über diesen ominösen Douglas Clark herausgefunden hatte.

»Welches Angebot?«, wiederholte er, als ich nicht sofort antwortete. Ich biss mir auf die Lippe und verfluchte mich in Gedanken selbst. Auffordernd sah er mich an, und die Intensität seines Blickes ließ mich zusammenbrechen. Er würde die Sache nicht auf sich beruhen lassen.

»Letztens war ein Mann im Pub«, sagte ich langsam. »Er hat gesagt, dass er weiß, wie viel der Pub der Gemeinde bedeutet und hat mir einen hohen, einen sehr hohen Betrag geboten, wenn ich an ihn verkaufe.«

Jonahs durchdringender Blick wandelte sich in Unglauben.

»Es ist ein gutes Angebot«, hörte ich mich selbst sagen. »So viel werde ich mit dem Laden vermutlich niemals verdienen können. Außerdem wäre es vielleicht ein Neustart. Wenn jemand anders übernimmt, müssen die Leute sich nicht mehr vom *Wagner's* fernhalten, weil sie Angst haben, ich könnte sie wieder verärgern oder irgendwelche Änderungen vorschlagen, die ihnen nicht passen. Sie können wieder vorbeikommen, es als ihr Wohnzimmer behandeln und einfach die gemeinsame Zeit genießen. So wie früher.« Ich wusste selbst nicht, warum ich dieses Angebot so verteidigte. Immerhin hatte ich meine Zweifel an der Aufrichtigkeit von Mr Clark.

»Wer?«, fragte Jonah. »Wer hat dir dieses Angebot gemacht, Vivien?« Ich zuckte bei der Härte in seiner Stimme und dem Klang meines Namens leicht zusammen. Er hatte mich noch nie Vivien genannt.

»Douglas Clark.« Ich schaute ihn an, während ich das sagte, um seine Reaktion zu sehen. »Kennst du ihn?«

Kopfschüttelnd trat er einen Schritt zurück, als hätte ich ihn in den Magen geboxt.

»Ob ich ihn kenne?« Jonah lachte, doch es war kein freudiges Lachen. »Mit Douglas Clark macht man keine Geschäfte. Im Gegenteil, man hält sich von ihm fern. Er hat das Talent dazu, einem Dinge zu versprechen und sie dann nicht zu halten.«

Ich senkte den Blick. Der Ausdruck in Jonahs Gesicht war unerträglich. Dabei wusste ich noch nicht einmal, was ich falsch gemacht hatte. Ich kannte diesen Douglas ja überhaupt nicht. Meine Skepsis ihm gegenüber war aber allem Anschein nach berechtigt. Jonahs abfällige Haltung konnte nicht allein daher rühren, dass es einen potenziellen Käufer gab. Irgendetwas stimmte nicht mit dem Mann.

»Ich habe es ihm ja noch nicht verkauft«, verteidigte ich mich.

»Aber du hast darüber nachgedacht. Tust es immer noch.« Seine Stimme war so schneidend, als hätte ich gerade alle sieben Todsünden auf einmal begangen.

»Natürlich habe ich darüber nachgedacht. Du weißt am besten, in welcher Lage ich mich befinde. Ich will mein Versprechen dir gegenüber einhalten – das will ich wirklich –, aber wenn die Leute nicht mehr kommen und ich keine Einnahmen habe, wird das nichts. Ich kann mir keine Schulden leisten. Bestimmt gewährt man mir auch keinen Kredit. Warum auch? Ich bin nur eine Studentin, die sich ab und an mit einem Kellnerjob über Wasser hält. Das schreit nicht gerade ›kreditwürdig‹. Und selbst wenn, wann sollte ich das alles wieder abbezahlen? Kredit hin oder her, wenn die Leute nicht kommen, bin ich geliefert.« Mein Ton wandelte sich mit jedem Wort von Verzweiflung immer mehr in Wut um. Wir lieferten uns ein stummes Blickduell. »Hast du auch nur eine Ahnung, wie schwer diese ganze Situation für mich ist?«, fragte ich. »Mein Onkel, den ich so gut wie gar nicht gekannt habe, stirbt und hinterlässt ausgerechnet mir seinen Pub. Und dann komme ich hierher, stehe als Erstes einem mürrischen Barmann gegenüber, der mir dieses Erbe übel nimmt. Mein Versuch, den Laden am Laufen zu halten und Geld in die Kasse zu spülen, scheitert, und am liebsten wäre es der Gemeinde vermutlich, wenn ich einfach wieder verschwinden würde. Und glaub mir, so langsam möchte ich das auch. Ich habe ein Studium, auf das ich mich konzentrieren sollte, aber ich habe dir ein Versprechen gegeben, und ich versuche wirklich, es zu erfüllen.

Doch momentan ist einfach alles so schwer.« Ich schüttelte den Kopf. »Ich bin müde.« Meine Schultern sackten nach unten, als hätte mir dieser Monolog alles abverlangt. Irgendwie hatte er das auch. Es tat gut, es endlich einmal ausgesprochen zu haben.

Jonah drehte sich um, den Blick auf die Wellen gerichtet. Ich sah, wie er tief ausatmete, fast so, als müsste er meine Worte erst verarbeiten.

»Es tut mir leid«, sagte er schließlich und drehte sich mir wieder zu. »Ich hätte nicht so ausflippen sollen. Es ist nur … Der Pub …« Er rieb sich den Nacken. »Seit ich achtzehn bin, habe ich diesen Plan, den Pub zu übernehmen. Das *Wagner's* und Pete haben mir einen Platz gegeben, eine Aufgabe, damit ich nicht ständig an meinen Vater denken muss und in Trauer versinke.« Sein gequälter Blick fand meinen. »Ich habe Angst«, gestand er.

»Wovor hast du Angst?« Ich runzelte die Stirn.

Er senkte kurz den Blick, atmete einmal tief durch, ehe er mich wieder ansah. »Ich habe Angst, ihn zu enttäuschen.« In seinen Augen lagen tiefe Trauer, Verzweiflung und Hoffnungslosigkeit. Instinktiv trat ich einen Schritt auf ihn zu und schlang die Arme um seine Taille.

»Die habe ich auch«, murmelte ich an seiner Brust. Jonah erwiderte die Umarmung, und gemeinsam standen wir mitten am Strand. Um uns herum wehte der Wind, wirbelten meine Gedanken und Gefühle umher. Ich würde alles dafür tun, um Jonah diese Angst zu nehmen. Auch wenn das bedeutete, dass ich mich noch unbeliebter machte, als ich es ohnehin schon war.

Kapitel 20

Ich hätte gern behauptet, dass sich mittlerweile so etwas wie Routine in meinen Alltag eingeschlichen hatte. Doch wenn man mal davon absah, dass ich mir sofort nach dem Aufstehen wieder Gedanken und Sorgen machte, war dem nicht so. Um mich abzulenken, arbeitete ich an der einzigen Sache, die zurzeit gut lief: meiner Masterarbeit. Trotzdem musste ich mich bald mit meinem Prüfer unterhalten, der wissen wollte, wie es lief.

Nach unserem gemeinsamen Ausflug vor zwei Tagen hatte ich Jonah nicht mehr gesehen. Er meinte, er müsse irgendwelche Dinge erledigen, und da ja ohnehin niemand das Bedürfnis zu haben schien, in den Pub zu kommen, war der Laden einfach geschlossen geblieben. Heute war Jonah mit seinen Erledigungen fertig und wollte sich wieder hinter den Tresen stellen. Zwar war ich überzeugt, auch heute nur wenige Leute zu sehen, aber wenn er unbedingt arbeiten wollte, würde ich ihn nicht davon abhalten.

Nachdem ich am Mittag wieder eine Quizsendung nach der anderen geschaut hatte, war ich auf dem Sofa versackt und hatte vollkommen die Zeit vergessen. Deshalb kam ich nun auch später als sonst im Pub an. Nicht dass Jonah mich dort brauchte, vor allem jetzt nicht. Trotzdem wollte ich ihm wenigstens etwas Gesellschaft leisten. Vermutlich war die einzige Person, der er etwas zu trinken ausschenken musste, er selbst.

Doch als ich die Tür des Ladens öffnete, wurde ich eines Besseren belehrt. Vor Jonah am Tresen saß ein Mann. Auch wenn die Person mit dem Rücken zu mir saß, konnte ich sie erkennen. Es war Tom. Mit ihm hatte ich überhaupt nicht mehr gerechnet, und doch saß er nun hier und redete mit Jonah. Lachte sogar mit ihm. Fast so, als wäre nie etwas gewesen.

Wie erstarrt stand ich in der Tür und beobachtete die Szene vor mir. Jonah bemerkte mich und warf mir ein Lächeln zu, das von Tom nicht unbemerkt blieb, woraufhin er den Kopf zu mir drehte. Seine Miene war undurchdringlich. Am liebsten hätte ich mich umgedreht und wäre wieder gegangen, weil ich befürchtete, Tom mit meiner Anwesenheit zu vergraulen. Das war das Letzte, was ich wollte. Wenn die Leute eher herkommen würden, wenn ich nicht da war, wäre es kein Problem, mich von dem Laden fernzuhalten. Zwar wollte ich Jonah nicht allein lassen, aber ich war ja ohnehin keine besonders große Hilfe für ihn, weshalb er es wohl verschmerzen konnte.

»Steh da nicht so herum. Mach die Tür zu. Es zieht«, grummelte Tom.

Wie in Trance tat ich, wie mir geheißen. Ich warf Jonah einen fragenden Blick zu, doch der lächelte nur vor sich hin.

»Hallo, Tom«, sagte ich und ging zaghaft auf den Tresen zu, als wäre der alte Mann ein Rehkitz, das bei einer falschen Bewegung die Flucht ergriff.

Er brummte irgendetwas, was wohl eine Begrüßung oder zumindest eine Erwiderung sein sollte, dann wandte er sich wieder dem Bier vor sich zu.

Jonah räusperte sich und schaute Tom mit hochgezogenen Augenbrauen an, woraufhin dieser genervt seufzte.

Verwirrt schaute ich zwischen den beiden Männern hin

und her. Tom wieder hier zu sehen, war erfreulich, aber auch so unglaublich absurd. Nachdem er das letzte Mal nur widerwillig seine Rechnung bezahlt hatte, war ich der festen Überzeugung gewesen, dass er nie wieder einen Fuß in den Laden setzen würde. Sein Fernbleiben die Tage darauf hatten mich in dieser Annahme bestärkt. Umso geschockter war ich nun, ihn doch wieder hier zu sehen. Am liebsten hätte ich ihm gesagt, wie sehr es mich freute, dass er wieder da war, doch ich hatte Angst, etwas Falsches zu sagen. Wie sich herausgestellt hatte, war ich darin nämlich besonders gut.

»Hör zu«, sagte er irgendwann und riss mich aus meinen Gedanken. »Es tut mir leid«, murmelte er und starrte stur auf sein Glas. Eine steile Falte bildete sich auf meiner Stirn, als ich sein Profil musterte. Hatte ich mir das gerade nur eingebildet, oder hatte er sich wirklich entschuldigt? Hilfe suchend sah ich zu Jonah, doch der tat so, als müsste er die Flaschen im Regal neu sortieren.

»Was?«, platzte es aus mir heraus.

»Ich hab mich danebenbenommen, und das war nicht in Ordnung. Immerhin hattest du recht, und ich kann nicht immer nur anschreiben lassen. Irgendwann muss ich meine offenen Rechnungen endlich mal bezahlen. Das habe ich übrigens vorhin getan.«

Ungläubig ließ ich mich auf den Barhocker neben ihn fallen. Mit offenem Mund schaute ich zu Jonah. Er schien alles andere als überrascht über diese Wendung. Stattdessen machte er einen ziemlich zufriedenen Eindruck, als hätte er das alles eingefädelt. Da dämmerte es mir. Seine Erledigungen die letzten Tage. War er bei Tom gewesen und hatte ihn überredet, wieder herzukommen? Aber warum hatte er mir das nicht gesagt?

»Ist schon in Ordnung«, sagte ich. »Ich hab mich auch

danebenbenommen und hätte die Sache anders angehen sollen.«

Er gab ein undefinierbares zustimmendes Grunzen von sich. »Sind wir dann quitt?«, fragte er.

Eine Mischung aus Lachen und Schnauben verließ meinen Mund. »Wenn du auch weiterhin deine Rechnungen direkt begleichst, ja.«

Wieder dieses Grunzen. Diesmal fiel mir bei dem Klang ein Stein vom Herzen. Ich hatte wirklich gedacht, dass ich die Sache mit Tom vollends in den Sand gesetzt hatte. Jetzt hatte er sich jedoch nicht nur entschuldigt, er hatte seine offenen Rechnungen bezahlt und hatte vor, auch weiterhin herzukommen.

Ohne dass ich etwas sagen musste, stellte Jonah mir ein Bier vor die Nase und nahm sich selbst auch eins. Mittlerweile hatte ich mich an den Geschmack gewöhnt und sogar etwas Gefallen an dem bitteren Getränk gefunden.

»Darauf sollten wir anstoßen«, verkündete er und hielt uns auffordernd sein Glas hin. Tom und ich hoben unsere eigenen Gläser und stießen damit sanft an, erst gegen das von Jonah, dann gegen unsere. Dabei schauten wir uns in die Augen, und ich konnte sehen, dass Tom seine Worte ernst meinte. Vielleicht war er von Jonah dazu angestachelt worden sich zu entschuldigen und auch wieder zur Vernunft gebracht worden. Doch er wirkte nun aufrichtig und als wäre ihm ebenfalls eine Last von den Schultern gefallen, nun, da diese kleine Auseinandersetzung zwischen uns aus der Welt geschafft worden war und er sein Bier wieder hier trinken konnte.

Insgeheim fragte ich mich, ob die anderen Gemeindemitglieder Tom nun genauso folgen würden, wie sie es getan hatten, als ich ihn verärgert hatte. Wenn sie auch wiederkamen, dann wäre das unglaublich, und ich müsste mir nicht mehr allzu viele Gedanken über die Finanzen machen. Denn Jonahs Reaktion auf das Angebot von Douglas Clark hatte mir verdeutlicht, dass ein Verkauf an ihn überhaupt keine Option war.

Außerdem hatte ich angefangen, den Pub ins Herz zu schließen. Ich verstand, was Peter so toll hier dran fand. Hätte ich diesen Laden eröffnet, hätte ich vermutlich alles ganz genauso gemacht. Dabei konnte ich die Menschen nicht vergessen, die herkamen, weil sie es hier liebten. Sicher hatte mein Onkel seinen Teil dazu beigetragen. Mittlerweile hatte ich genug über ihn gehört, um zu wissen, dass er ein sympathischer Mann gewesen war, der für andere da gewesen war und sich in der Gemeinde eingebracht hatte. Er war ein Teil von ihnen, und obwohl er ursprünglich als Außenseiter angesehen worden war, weil er kein Schotte war, hatte man ihn akzeptiert und aufgenommen.

Diese Tatsache machte mich ein bisschen neidisch. Vor allem, nachdem sich fast alle von mir abgewendet hatten und nicht mehr hier aufgetaucht waren. Für einen kurzen Moment hatte ich Einblick in diese Gemeinschaft bekommen und war dabei, ebenfalls ein Teil davon zu werden. Durch meine unbedachten Worte hatte ich mir selbst die Chance genommen. Trotzdem hoffte ich, dass sich nun doch alles zum Guten wenden würde.

Schweigend tranken wir alle einen Schluck Bier. Als ich mein Glas abstellte, warf ich Jonah einen Blick zu und formte mit dem Mund lautlose Worte des Dankes. Er nickte einmal kurz, kaum merklich, aber es reichte, um mir zu zeigen, dass er verstand.

Ich betrachtete ihn noch einen Moment und fragte mich, was ich gemacht hätte, wenn ich ihn nicht kennengelernt hätte oder wir uns nach unserer ersten Begegnung nicht verstanden hätten. Ich war froh, dass er mir seine Heimat etwas nähergebracht hatte, damit ich mich hier wohlfühlte. Auch wenn ich es mir nicht eingestehen wollte, spürte ich, dass da mehr zwischen Jonah und mir war. Oder dass sich zumindest mehr anbahnte. Ganz genau konnte ich es jedoch nicht sagen, da ich noch nie ein *Mehr* mit einem Mann gefühlt hatte. *Mehr* war für mich bisher immer Neuland gewesen, unerforschtes Gebiet. Mir entgingen Jonahs Blicke nicht, auch wenn er glaubte, dass ich sie nicht mitbekam. Dieses kleine Lächeln, das immer auf seinen Lippen zu liegen schien. Seine aufmerksame Art. Seine aufmunternden Worte, von denen ich in letzter Zeit eine Menge gebraucht hatte, weil mich diese ganze Situation überforderte.

Er war da und half mir, und ich hatte ihm nichts zu bieten außer dem Versprechen, das ich ihm gegeben hatte und an dem ich nun festhielt wie ein Baby an dem Finger eines Erwachsenen.

Nur für einen kurzen Augenblick erlaubte ich mir, ein schlechtes Gewissen zu haben wegen des Gesprächs mit Douglas Clark. Ich hätte Jonah direkt davon erzählen sollen, denn nach wie vor irritierte es mich, dass ich weder von Clark noch von seinem Pub bislang etwas gehört hatte. Von all den anderen Läden hatte ich beiläufig etwas mitbekommen, sei es, weil es neue Angebote gab oder weil die Besitzer ebenfalls hergekommen waren und sich mit den anderen darüber unterhalten hatten, wie es so lief. Aber Douglas Clark war ein Phantom.

»Sag mal, wo bist du eigentlich die letzten Tage gewesen?«, fragte ich Tom und fuhr den Rand meines Glases nach, um so beiläufig wie möglich zu wirken. »Bist du dem Pub fremdgegangen?«

Tom schnaubte. »Mit wem sollte man denn hier fremdgehen?«

»Dem Pub zwei Straßen weiter.«

Jetzt brach ein Lachen aus ihm heraus. »Dem alten Clark? Nur über meine Leiche.«

Mit dieser Reaktion hatte ich nicht gerechnet, und sie ließ mich aufhorchen. »Was ist daran so lustig?«

»Gar nichts«, sagte Jonah. »Clark ist ein Mistkerl, von dem man sich fernhält. Das habe ich dir doch schon gesagt.«

Fragend schaute ich von einem Mann zum anderen und wartete auf eine Erklärung.

»Er bildet sich ein, er wäre ein guter Geschäftsmann. Vor ein paar Jahren hat er den kleinen Kiosk von Carol Hastings gekauft, nachdem sie zu alt geworden war, um ihn weiterzuführen. Er hat ihr versprochen, dass er ihn genauso weiterführen würde wie sie. Das hat er auch getan. Für einen Monat. Danach hat er das Mobiliar herausgerissen und an seiner Stelle einen Pub eröffnet. Wie er das Ding noch am Laufen halten kann, ist mir ein Rätsel«, erklärte Tom und nahm einen Schluck von seinem Bier.

»Warum? Ist es dort nicht schön?«

»Alle in der Gemeinde waren schockiert, als herauskam, dass er Carol hintergangen hatte. Die Arme war am Boden zerstört. Seit über vierzig Jahren gab es ihren Kiosk, und sie hat ihr ganzes Herzblut hineingesteckt. Und dann kommt dieser Douglas Clark und reißt ihr Lebenswerk einfach ab.« Tom schüttelte den Kopf. »Ohnehin hat er sich hier noch nicht mit Ruhm bekleckert. Andauernd versucht er, sich Geschäfte unter den Nagel zu reißen, als wollte er Kinmore zu seiner eigenen Stadt machen. Zum Glück sind wir alle schlauer. Trotzdem gibt er nicht auf.«

»Vor ihm sollte man sich definitiv in Acht nehmen«, fügte Jonah hinzu. »Er hat nur seine eigenen Interessen im Sinn und ist bereit, dir dafür alles zu versprechen.«

Ich ließ die Worte auf mich wirken und schluckte schwer. Sie sollten mich nach unserem Streit nicht so schockieren, und doch taten sie es. Jonah wäre niemals so erschüttert gewesen, wenn es nicht einen triftigen Grund geben würde. Clark war mir bei unserem Gespräch zwar etwas merkwürdig vorgekommen, aber dennoch hatte ich ihn für aufrichtig gehalten. Jetzt zu hören, dass er alles andere als das war, ließ mich an meinem Urteilsvermögen zweifeln. Was ich jetzt erfahren hatte, bestärkte mich in meinem Entschluss, den Laden nicht an ihn zu verkaufen. An niemanden zu verkaufen. Ich konnte es einfach nicht. Nicht wenn die Gefahr bestand, dass diese vier Wände, die mit so viel Mühe aufgebaut und dann mit Liebe und Freude gefüllt wurden, abgerissen werden könnten.

Ich konnte, *wollte* nicht dafür verantwortlich sein, dass der Pub das gleiche Schicksal ereilte wie der Kiosk von Carol Hastings. Das wäre nicht im Sinne meines Onkels gewesen. Ich musste ihn nicht kennen, um das mit hundertprozentiger Wahrscheinlichkeit zu wissen.

Das Angebot abzulehnen bedeutete nun aber auch, dass ich wieder am Anfang stand. Ich hatte Schulden, die ich nicht zahlen konnte. Eine andere Lösung musste her. Wie wahrscheinlich war es schon, dass ich einen weiteren Käufer finden würde, der mir ein ebenso gutes Angebot machte wie Douglas Clark? Und der mir darüber hinaus auch zusicherte, den Pub nicht zu verkaufen, zu schließen oder in irgendeiner anderen Weise zu verändern.

»Clark hat Glück, dass noch einige Touristen und Durchreisende zu ihm kommen. Ansonsten hätte er vermutlich schon lange dichtmachen müssen«, sagte Tom.

»Heißt das, die Einheimischen gehen nicht zu ihm?«, fragte ich, und Tom nickte.

»Wenn man die Wahl zwischen Clarks Kaschemme und dem *Wagner's* hat, entscheidet man sich immer für das *Wagner's*«, erklärte Jonah und zuckte mit den Schultern.

Unwillkürlich glitt mein Blick zu der Wand mit den Bildern. Schon beim ersten Mal hatte ich gesehen, wie eng sich die Gemeinde hier stand. Mit jedem weiteren Wort und jedem weiteren Tag, den ich hier war, wurde das deutlicher.

Das Gewicht, das von mir abgefallen war, als mir Douglas Clark das Angebot gemacht hatte, war nun wieder da. Tatsächlich fühlte es sich nun so an, als wäre es um einige Kilo schwerer geworden. Es war eine Sache, keine Angebote und Möglichkeiten zu haben, aber eine komplett andere, einen Ausweg gezeigt zu bekommen und ihn nicht annehmen zu können, weil die Konsequenzen zu schmerzhaft wären. Nicht nur für mich, sondern für jeden hier in Kinmore. Außerdem konnte ich mir bereits ausmalen, was die Leute über mich denken würden, wenn ich Geschäfte mit Douglas Clark machte. Gerade erst hatten Tom und ich unsere Differenzen aus der Welt geräumt, da wollte ich nicht sofort wieder Futter liefern, das das Gegenteil verursachte.

»Ist das auch der Grund, warum ich seinen Namen noch nie hier gehört habe?«, fragte ich.

»Wir reden lieber gar nicht über ihn, als uns unnötig über ihn aufzuregen. Jeder hier kennt seine Machenschaften. Er ist es nicht wert, über ihn zu reden«, erklärte Jonah. Dabei klang er so sachlich, als gehörte diese Tatsache zum Allgemeinwissen. Wahrscheinlich war das hier auch der Fall.

»Und ich dachte schon, ich kann mich glücklich schätzen,

dass du nicht fremdgegangen bist«, sagte ich an Tom gewandt und versuchte, meine Gedanken zu unterdrücken und die Stimmung mit einem Witz etwas aufzulockern.

»Bevor ich zu ihm gehe, lebe ich lieber auf dem Trockenen.« Er schaute mich so eindringlich an, dass kein Zweifel daran bestand, wie ernst er seine Worte meinte. »Gib mir noch eins, Junge«, sagte er zu Jonah, der sogleich ein neues Bier zapfte.

»Ich bin jedenfalls froh, dass du wieder da bist«, gestand ich.

»Ich auch. Es geht doch nichts über ein kühles, frisch gezapftes Bier.« Er nahm das Glas entgegen, prostete mir kurz zu und leerte es dann in einem Zug bis zur Hälfte. Er gab ein genießerisches Geräusch von sich, was mich zum Schmunzeln brachte. Tom war schon eine besondere Persönlichkeit.

Ich wünschte, George wäre hier und hätte mitangehört, dass wir uns wieder verstanden. Innerhalb kürzester Zeit hätte es die restliche Stadt mitbekommen und sich hoffentlich auf den Weg gemacht, um ihren Abend hier zu verbringen. Doch George war nicht da, weshalb ich darauf vertrauen musste, dass Tom erzählte, wie es zwischen uns nun stand. Irgendwie war ich mir jedoch auch sicher, dass Tom nicht die einzige Person war, mit der Jonah geredet hatte, um sie davon zu überzeugen, wieder herzukommen. Bisher war niemand aufgetaucht, aber es war ja auch noch früh am Abend. Der Laden konnte sich also noch füllen. Es bestand Hoffnung. Und genau an diese Hoffnung klammerte ich mich nun.

Kapitel 21

Als Tom den Laden von Douglas Clark als Kaschemme bezeichnet hatte, hatte ich gedacht, er übertreibt. Doch jetzt stand ich vor der Tür und wollte nicht so recht glauben, dass das wirklich sein Pub war. Die Tür wirkte alt und schmutzig. Graffiti waren darauf gesprüht, die jemand vergeblich versucht hatte wegzuwischen.

Es gab nur ein kleines dunkles Fenster, durch das nur schwaches Licht fallen konnte.

Ich verspürte den Drang umzudrehen, aber ich musste mit Mr Clark reden. Bevor ich es mir also anders überlegen konnte, schaute ich mich auf der Straße um, um sicherzugehen, dass mich niemand beobachtete. Ich wollte nicht Teil der Gerüchteküche werden, weil die Leute glaubten, ich machte Geschäfte mit ihm.

Meine Schuhe klebten auf dem Boden, als ich die Tür hinter mir schloss. Die Luft war stickig und roch nach Qualm. Durfte man hier drin etwa rauchen?

»Wenn das mal nicht Miss Wagner ist.« Douglas Clark trat hinter dem Tresen hervor und kam mit ausgestreckten Armen auf mich zu, als wollte er mich umarmen. »Was verschafft mir die Ehre?« Ich trat einen Schritt zurück, woraufhin er sie sinken ließ.

»Ich wollte Ihnen nur mitteilen, dass ich Ihr Angebot nicht annehmen werde.« Eigentlich wollte ich nicht so mit der Tür ins Haus fallen, aber ich fühlte mich unwohl. Je schneller ich wieder gehen konnte, desto besser.

Seine freudige Miene verschwand, und er kniff die Augen zusammen. »Haben Sie ein besseres Angebot bekommen?«

»Nein. Ich kann es mit meinem Gewissen einfach nicht vereinbaren, an Sie zu verkaufen.«

»Sie haben sich über mich erkundigt, nehme ich an.«

»Das stimmt. Und ich habe erfahren, was Sie mit dem Kiosk gemacht haben. Ich habe kein Interesse daran, dass dem Pub das gleiche Schicksal widerfährt«, sagte ich, woraufhin er die Augen verdrehte.

»Der Kiosk war sowieso am Ende. Schon bevor ich ihn gekauft habe. Ich habe lediglich versucht, ihm wieder neues Leben einzuhauchen«, verteidigte er sich.

»Wie dem auch sei. Ich wollte Ihnen nur Bescheid sagen. Nicht dass Sie sich noch falsche Hoffnungen machen.« Ich drehte mich um und hatte die Türklinke bereits in der Hand, als er noch einmal sprach.

»Ich wünsche Ihnen viel Erfolg mit dem Pub.« Auch wenn die Worte es vermuten ließen, klang er alles andere als freundlich.

»Danke«, sagte ich dennoch und trat nach draußen, um in meinen Pub zu gehen, welcher das komplette Gegenteil zu diesem hier war.

Es war der Zauber der Vorweihnachtszeit. Zumindest redete ich mir das ein, als sich der Pub tatsächlich wieder füllte. Jonah hatte ganze Arbeit geleistet und die Gemeinde wissen lassen, dass ich nicht aus böser Absicht, sondern aus Verzweiflung gehandelt hatte. Dass Tom sich bei mir entschuldigt und sich zwischen uns wieder alles geregelt hatte, trug vermutlich auch dazu bei. Es hatte keine vierundzwanzig Stunden gedauert, dann hatte sich bereits herumgesprochen, dass sich die Wogen geglättet hatten.

Jonah hatte alle Hände voll zu tun, schenkte Getränke ein, spülte Gläser und fand trotzdem noch Zeit, mit jedem ein Schwätzchen zu halten. Ich beneidete seine ruhige Art. Nichts schien ihn aus der Ruhe zu bringen. Manchmal wünschte ich, ich wäre mehr wie er. Er schien sich um nichts zu sorgen, auch wenn er ganz genau wusste, wie es um den Pub stand, und vor allem, welches Ende ihm bevorstand.

Ich schaute mich im Raum um. Mein Herz schmerzte bei dem Gedanken, dass es das hier bald schon nicht mehr geben würde. Es ging nicht nur um die Einrichtung und die Atmosphäre, sondern auch um die Menschen. Mit dem Pub verschwand nicht nur ein Ort des Zusammenkommens, sondern auch ein wichtiger Bestandteil von Kinmore. Eine Institution für die Gemeinde.

Mein Blick glitt bei dem Klang von Jonahs Lachen zu ihm. Er hatte es tatsächlich geschafft, mich von der Gemeinschaft zu überzeugen. Hatte mir Schottland schmackhaft gemacht. So sehr, dass sich mir allein bei dem Gedanken daran, nach Deutschland zurückzukehren, der Magen umdrehte. Mehr als einmal hatte ich in den letzten Tagen daran gedacht, was wäre, wenn ich den Pub einfach weiterführen würde. Es war eine Wunschvorstellung, ein Traum, von dem ich wusste, dass er niemals wahr werden würde. Ich wusste es, und doch wünschte ich nun, es gäbe eine andere Möglichkeit als den Verkauf. Das war auch der Grund, warum ich mir meinen Laptop mitgenommen hatte und an einem Tisch in der Ecke saß, um ein bisschen zu recherchieren.

Ich hätte mich ins Büro setzen können, doch ich genoss das Gemurmel und Gelächter sowie die leise Musik, die im Hintergrund lief. Nach den qualvoll-stillen Abenden waren die Geräusche nun eine absolute Wohltat. Sie halfen mir, mich auf mein Ziel zu fokussieren: einen Ausweg zu finden. Einen, der all das hier erhalten würde.

Hätte Peter seine Rechnungen doch nur bezahlt, wäre der Laden jetzt nicht in so einer Lage. Doch auch wenn er den Pub liebte und sein ganzes Herzblut hineingesteckt hatte, schienen diese nicht seine erste Priorität gewesen zu sein. Vielleicht lag es auch einfach daran, dass wir uns in einer Kleinstadt befanden und man einander kannte und vertraute. Wie bei Toms unbezahlten Rechnungen waren die Lieferanten vermutlich davon ausgegangen, dass Peter sie nicht über den Tisch zog.

Ich konnte versuchen, einen Kredit aufzunehmen. Allerdings würde das das Problem nicht lösen, sondern nur verlagern. Die Schulden mussten abgezahlt werden, und da machte es keinen Unterschied, ob ich sie bei dem Vermieter beglich oder bei der Bank. Und wie ich Jonah gesagt hatte, befand ich mich nicht in der besten Lage, um überhaupt einen Kredit zu bekommen.

»Wie läuft's?« Jonahs Stimme riss mich aus meinen Gedanken. Ich zuckte zusammen und schloss wie ein vierzehnjähriger Teenager, der sich gerade heimlich Pornos angeschaut hatte, das Browserfenster. »Sorry, ich wollte dich nicht erschrecken. Aber du hast so besorgt ausgesehen. Tust du immer noch.« Er hob die Hand, und sein Finger glitt sanft über meine Stirn, wo sich ohne Zweifel eine tiefe Sorgenfalte gebildet hatte.

»Ich stecke nur gerade ein bisschen fest«, sagte ich, ohne genauer darauf einzugehen.

Jonah warf einen schnellen Blick über die Schulter, dann setzte er sich mir gegenüber an den Tisch. »Kann ich helfen? Ich habe zwar keine Ahnung von deinem Studium, aber vielleicht hilft es, wenn du einfach mal laut aussprichst, woran es hängt.« Sein Blick war offen, sein typisches Lächeln lag auf seinen Lippen, und mein Herz zog sich zusammen, weil ich ihn anlog. Doch es war zu seinem Besten.

»Danke, aber ich glaube, es liegt daran, dass ich heute schon so viel daran gearbeitet habe. Mein Kopf kann keine neuen Informationen mehr aufnehmen.« Das war ausnahmsweise mal nicht gelogen. Den ganzen Vormittag hatte ich an meiner Masterarbeit gearbeitet. So lange, bis ich irgendwann Kopfschmerzen bekommen hatte und die Buchstaben vor meinen Augen verschwommen waren. Irgendwann hatte ich auch keinen grammatikalisch richtigen Satz mehr zustande gebracht.

»Okay. Wie wäre es dann, wenn du für heute Schluss machst, an die Bar kommst und dich ein bisschen unter die Leute mischst? Bram ist auch da«, schlug er vor. Bevor ich widersprechen konnte, griff er über den Tisch und klappte meinen Laptop zu.

Ich schnaubte. »Schätze, ich habe keine andere Wahl.«

»Stimmt.« Wir schauten uns grinsend an, und ich schüttelte den Kopf. Dann steckte ich meinen Laptop in die Tasche, während Jonah aufstand und mir auffordernd die Hand hinhielt. Ich griff nach ihr und ließ mich von ihm hochziehen. Als ich sie losgelassen hatte, ließ er die Hand jedoch nicht sinken. Fragend schaute ich ihn an.

»Dein Laptop.«

Ich reichte ihm die Tasche und folgte ihm zum Tresen, während er dahinter verschwand und meinen Laptop verstaute.

»Heute nicht in Uniform?«, fragte ich, als ich mich neben Bram setzte.

»Ausnahmsweise bin ich mal nicht im Dienst«, erwiderte er und klang nicht gerade glücklich darüber.

»Bram ist ein Workaholic«, warf Jonah ein.

»Das musst du gerade sagen. Wenn es nach dir ginge, würdest du den ganzen Tag hinter der Bar stehen.«

»Ich mag den Laden eben.« Jonah zuckte mit den Schultern. »Was darf ich dir bringen?«, fragte er an mich gewandt, die Arme auf den Tresen abgestützt, sein Blick fest auf mich gerichtet, als wäre ich die Einzige hier.

»Wasser. Ich brauch mal ein bisschen Abwechslung zu dem ganzen Bier.«

»Wirklich, Frau Pub-Besitzerin? Ein Wasser?« Er zog die Augenbrauen nach oben.

»Was wäre denn deiner Meinung nach angebrachter? Hast du nicht irgendwas anderes typisch Schottisches?«

Jonah biss sich nachdenklich auf die Lippe. »Habe ich. Aber ich bin mir nicht sicher, ob das was für dich ist.« In seinem Blick lag etwas Herausforderndes.

Ich kniff die Augen zusammen. »Finden wir es heraus.«

»Okay.« Er lächelte, dann drehte er sich um, nahm eine Flasche vom Regal und schenkte ein Glas ein.

»Das ist eine gute Wahl«, lobte Bram. Er reckte lachend einen Daumen nach oben, was Jonah dazu veranlasste, noch breiter zu grinsen.

»Also, was ist das?«, fragte ich, sobald er das Glas vor mich gestellt hatte. Ich schwenkte die braune Flüssigkeit hin und her, als würde ich so herausfinden, um was es sich handelte. Ich konnte das Flaschenetikett nicht erkennen, glaubte aber, dass es sich um Whisky handelte. Ich konnte nur mit den Augen rollen, als Jonah mich schulterzuckend angrinste. Unschlüssig hob ich das Glas an die Nase und roch daran. Allerdings gab mir das auch keine

Hinweise darauf, was das für eine Flüssigkeit war. Es roch sehr stark nach Alkohol, konnte also alles sein.

»Stell dich nicht so an. Das ist mein Lieblingsw...« Er brach ab, als er seinen Fehler bemerkte. Es war also tatsächlich Whisky.

Wie mit so ziemlich jedem Alkohol hatte ich keine Ahnung davon. Das Einzige, was mir beim Gedanken an Whisky in den Sinn kam, waren Bilder aus Filmen, wenn reiche, anzugtragende Männer erschöpft von der Arbeit kamen und sich ein Glas einschenkten, um ihren schweren Tag in Alkohol zu ertränken.

Jonah sah mich abwartend an. Er hatte die Ärmel seines karierten Hemdes hochgerollt, sodass ich uneingeschränkte Sicht auf seine muskulösen und sehnigen Unterarme hatte. Jeden Tag Kisten und Fässer zu schleppen, musste wirklich anstrengend sein, wenn man davon solche Arme bekam. Ich schüttelte meine lüsternen Gedanken ab und fokussierte mich wieder auf den Whisky. Schließlich setzte ich das Glas an die Lippen und nahm einen viel zu großen Schluck. Die braune Flüssigkeit traf auf meine Zunge, und ich riss entsetzt die Augen auf. Mein Mund fühlte sich an wie die Hölle. Am liebsten hätte ich den Whisky über den Tresen gespuckt, so sehr brannte er.

»Und?«, fragte Jonah, eine Augenbraue nach oben gezogen. Auf seinem Gesicht lag ein amüsiertes Grinsen, als wüsste er ganz genau, dass der Teufel gerade auf meiner Zunge tanzte und alles in Brand steckte.

Mit zusammengekniffenen Augen schluckte ich, nur um gleich darauf einen Hustenanfall zu bekommen, als das Feuer meine Kehle hinunterschoss. Jonah grinste breit, und auch neben mir vernahm ich leises Gelächter, ehe Bram mir auf den Rücken klopfte. Schön, dass ich zur allgemeinen Erheiterung beitrug.

Jonah stellte mir ein Glas Wasser hin, nach dem ich sofort griff und es in großen Schlucken leerte.

»Verdammt, was war das?«, fragte ich, als die Flammen gelöscht waren.

»Mein Lieblingswhisky«, bestätigte Jonah meine Befürchtungen.

»Das war doch kein Whisky, sondern flüssiges Gift. Hattest du vor, mich umzubringen?«

»Ich weiß nicht, was du meinst.« Unschuldig griff er nach meinem Whiskyglas und trank einen Schluck, ohne auch nur die Miene zu verziehen. Ungläubig starrte ich ihn an. War ich zu schwach, oder hatte Jonah sich einfach schon all seine Geschmacksknospen weggeätzt?

»Hat er dir wenigstens ein bisschen geschmeckt? Ich liebe die leichte Karamellnote darin.«

»Karamell?«, fragte ich stirnrunzelnd. Ich hatte nichts als flüssiges Feuer wahrgenommen. »Sagen wir einfach, du darfst deinen Lieblingswhisky weiterhin allein trinken.«

»Mmmh. Auch gut. Bleibt mehr für mich.« Er setzte das Glas wieder an seine Lippen und trank es in einem Zug leer, was ihm erneut einen ungläubigen Blick von mir einbrachte.

Jonah werkelte hinter dem Tresen herum, und einen Moment später stellte er mir ein neues Glas vor die Nase.

»Noch ein Whisky?«, fragte ich und beäugte das dunkle Getränk skeptisch, ohne es zu berühren.

»Cola. Wenn du willst, kann ich noch ein bisschen Rum reinschütten.« Er grinste herausfordernd. Diesmal nahm ich die Herausforderung jedoch nicht an. Sollte ich doch wie ein Weichei herüberkommen. Ganz offensichtlich war ich ja eines.

»Schon okay.« Schnell zog ich das Glas aus seiner Reichweite, was ihm ein leises Lachen entlockte.

»Wie fühlst du dich?«

Ich wusste, dass er damit nicht meinte, ob es mir nach meinen ersten Erfahrungen mit Whisky gut ging. Deshalb verkniff ich mir auch meinen sarkastischen Kommentar und dachte wirklich über seine Frage nach. Mein Blick glitt durch den Raum. An der Theke war jeder Hocker belegt, und auch die Tische waren fast alle besetzt. Endlich war hier wieder Leben eingekehrt, das die unerträgliche Stille verscheuchte.

»Ich fühle mich gut«, sagte ich ehrlich, als ich Jonah mit einem Lächeln wieder ansah. Er musterte mich einen Augenblick, als wollte er sichergehen, dass ich die Wahrheit sagte. Er schien zu finden, wonach er gesucht hatte, denn er nickte.

»Das freut mich.«

»Das habe ich nur dir zu verdanken. Ich hoffe, das weißt du.«

Jonah senkte den Blick und machte eine wegwerfende Handbewegung. »Das war gar nichts.« Ich wollte gerade widersprechen. Ihm sagen, dass es alles war. Dass er der Grund war, warum ich mir erlaubte, wieder ein wenig Hoffnung zu schöpfen. Doch er ließ mich nicht zu Wort kommen. »Ernsthaft, Vivi. Das war keine große Sache. Vielleicht hab ich es auch einfach aus purem Eigennutz getan. Ohne Kunden verdiene ich schließlich auch nichts.«

Ich biss mir auf die Unterlippe. Zwar wollte ich ihm widersprechen, weil ich genau wusste, dass seine Worte gelogen waren, aber ich beließ es dabei. Er wusste auch so, wie viel mir seine Hilfe bedeutete. Dass er nicht gut mit Komplimenten umgehen konnte, war mehr als deutlich.

Und das, obwohl er derjenige war, der mir permanent Mut zusprach und mir versicherte, einen guten Job zu machen oder zumindest alles in meiner Macht Stehende zu tun, um den Laden nicht mit Höchstgeschwindigkeit gegen die Wand zu fahren.

Den restlichen Abend verbrachte ich damit, die Atmosphäre zu genießen. Die Gäste unterhielten sich, hatten Spaß und tranken ein Bier nach dem anderen. Es schien, als würden sie versuchen, die verpassten Abende wieder aufzuholen. Ich beteiligte mich kaum an den Gesprächen, hörte stattdessen zu und ließ all die Geschichten und Insider der Gemeinde auf mich einprasseln.

Erst als Chloe auftauchte und mir von einem Buch erzählt, das sie kürzlich gelesen hatte, kam ich etwas aus meinem Schneckenhaus. Ich wollte mich nicht in den Vordergrund spielen. Nach wie vor schwang die Angst mit, ich könnte etwas Falsches sagen und die unbekümmerte und gelöste Stimmung kaputt machen. Daher überließ ich Chloe und den anderen die meiste Zeit das Reden und genoss das Gefühl, wieder ein Teil von ihrer Gemeinschaft sein zu dürfen.

Kapitel 22

Nein. Nein. Nein.

Das durfte nicht wahr sein. Nicht jetzt. Nicht, wo es wieder anfing, gut zu werden. Meine Hand zitterte, als ich den Brief ein weiteres Mal las. Das musste ein schlechter Scherz sein. Oder ein Fehler. Ein Missverständnis. Doch auch beim dritten Mal Lesen änderten sich die Worte auf dem Papier nicht. Stattdessen stachen einige von ihnen nur besonders hervor: Mahnung. Drei Wochen. Zwangsräumung.

Wie konnte das überhaupt sein?

Ja, ich wusste, dass Peter noch einige Mietschulden hatte, aber das jetzt mit einer Zwangsräumung in den nächsten drei Wochen gedroht wurde, wenn die Schulden bis dahin nicht beglichen waren, war einfach zu viel.

Mit dem Blick auf das Schreiben sank ich auf den Küchenstuhl und schluckte schwer. Gerade erst hatten die Leute wieder angefangen, in den Pub zu kommen, und jetzt das. Ich war doch keine Hürdenläuferin, die direkt vor der nächsten Hürde stand, sobald sie die vorherige überwunden hatte. Aber genauso fühlte ich mich.

Hatte ich anfangs noch gedacht, dass ich dieses ganze Chaos irgendwie meistern könnte, war ich mir da jetzt nicht mehr so sicher. Es war, als hätte das Universum extra nach der schlechtesten Möglichkeit gesucht, um sie mir direkt vor die Füße zu legen, und sagte jetzt: Sieh zu, was du daraus machst.

Ich wollte das alles nicht mehr. Warum konnte nicht ein Mal etwas so laufen, wie ich es wollte? Warum konnte nicht ein Mal etwas leicht sein? Die mühsam erkämpfte Hoffnung, die ich gerade erst zurückgewonnen hatte, löste sich in Luft auf. Tja, so war das Leben. Du machst Pläne und das Universum lacht. Ich hatte diesen Satz noch nie verstanden – bis jetzt.

Das selbstbewusste Grinsen von Douglas Clark kam mir wieder in den Sinn. Er wäre die Lösung all meiner Probleme gewesen. Ich hätte nicht nur die restlichen Schulden zahlen können, sondern wäre auch den Pub los gewesen und müsste mich nicht mehr darum kümmern. Aber ich hatte sein Angebot ausgeschlagen, und nun musste ich zusehen, wie ich klarkam.

Das Blatt in meinen Händen knitterte, so fest hielt ich es.

Drei Wochen.

Silvester.

Wie sollte ich auf die Schnelle fast fünftausend Pfund besorgen? Es war mir in den letzten Tagen und Wochen kaum gelungen, warum sollte es jetzt anders sein? Ich wollte nicht an meine Ersparnisse, aber so, wie es aussah, kam ich da nun nicht mehr drumherum.

Und warum hatte ich nicht gewusst, dass Peter bereits eine Mahnung bekommen hatte? Zumindest stand das in der jetzigen. Ich hatte alle Unterlagen im Pub durchgesehen. Selbst wenn ich es übersehen hätte, Joseph wäre es mit Sicherheit aufgefallen. Es sei denn …

Kurz entschlossen stand ich auf und lief durch den Flur, am Wohnzimmer und dem kleinen Gästebad vorbei, bis zur letzten Tür. Als ich sie öffnete, begrüßte mich der inzwischen vertraute Anblick. Bisher war ich davon ausgegangen, dass sämtliche Unterlagen den Pub betreffend auch dort im Büro zu finden waren. Jetzt war ich mir da nicht mehr so sicher, und ich verfluchte mich dafür, dass ich das Büro bei ihm zu Hause nicht schon früher auf den Kopf gestellt hatte. Immerhin hatte ich hier mehrere Stunden verbracht und an meiner Masterarbeit gearbeitet. Warum sollte man wichtige Unterlagen, die das Geschäft betrafen, mit den persönlichen Unterlagen vermischen?

Ich nahm auf dem Schreibtischstuhl Platz und ließ den Blick über den Tisch schweifen. Bevor ich mich hier eingerichtet hatte, hatte ich ein wenig Ordnung gemacht. Nirgendwo hatten lose Blätter oder Briefe gelegen. Abgesehen von einem Stift, der nicht bei den anderen in einem Plastikbecher steckte, war alles ordentlich gewesen. Mein Blick glitt zu den Regalen neben der Tür. Diverse Flaschen waren dort aufgestellt, die allesamt teuer und edel aussahen. Auf der gegenüberliegenden Seite stand ein Schrank, der fast die komplette Wand einnahm. Dort stapelten sich einige Bücher, die nach keiner erkennbaren Ordnung sortiert waren. Wenn ich nicht auf der Suche gewesen wäre, wäre es mir vielleicht entgangen. Doch zwischen einem Bücherstapel lugte eine kleine Kiste hervor. Als ich sie öffnete, kam ein kleiner Stapel Briefe zum Vorschein. Auf dem obersten prangte das gleiche Logo wie auf dem, den ich vorhin aus dem Briefkasten gefischt hatte und der nun ein Loch in den Küchentisch zu brennen schien.

Mit einem unguten Gefühl im Bauch zog ich den Brief heraus. Der Brief war knapp drei Wochen vor Peters Tod gekommen. Mit jedem weiteren Wort, das ich las, wurde mein Herz schwerer. Dabei las ich nichts, was ich nicht bereits wusste. So, wie es schien, hatte auch Peter Bescheid gewusst. Er hatte gewusst, was ihm und seinem Pub bevorstand, und hatte nichts gesagt. Jonah hätte mir sonst berichtet, in welcher Lage Peter sich befand. Also hatte er es nicht gewusst.

Wenn ich an all das dachte, was ich über Peter gehört hatte, dann konnte ich mir denken, dass er Jonah nicht damit hatte belasten wollen. Vermutlich war er davon ausgegangen, die Angelegenheit allein regeln und mit sich ausmachen zu können. Mittlerweile wusste ich, wie viel Jonah der Pub bedeutete, und mein Onkel muss es auch gewusst haben.

Ich würde Jonah hiervon erzählen müssen. Es war das einzig Richtige. Eine andere Wahl hatte ich gar nicht. Zum einen, weil er sicher bemerken würde, dass etwas nicht stimmte. Zum anderen, weil ich nur noch drei verdammte Wochen hatte, bevor mir der Pub weggenommen werden würde. Es war absurd, dass ich mir darum so viele Sorgen machte. Ich hatte doch ohnehin vor, den Laden im Februar zu schließen, nachdem ich mein Versprechen Jonah gegenüber eingehalten hatte. Warum also ließ ich es nicht einfach zu? Ich schüttelte über mich selbst den Kopf. Natürlich konnte ich es nicht zulassen.

Ich griff nach einem weiteren Umschlag in der Kiste und fand eine weitere Rechnung. Diesmal für den Einbau einer neuen Zapfanlage. Immerhin schien es so, dass Peter bereits eine Anzahlung geleistet hatte und nicht mehr viel ausstand. Ich konnte mich glücklich schätzen, dass der Verkäufer bisher nicht verlangt hatte, die Rechnung zu begleichen. Ein kleiner Lichtblick in diesem finanziellen Chaos. Trotzdem waren die Schulden in den letzten Minuten um ein Vielfaches gestiegen und ich noch ratloser als vorher.

Ich war davon ausgegangen, endlich einen Überblick

über die finanzielle Lage zu haben. Ich war die Unterlagen zusammen mit Joseph doch durchgegangen. Wie sollte ich das alles schaffen? Vor allem jetzt, wo mein Zeitfenster enorm geschrumpft war.

Ich schüttelte ungläubig den Kopf. Ich konnte nicht zulassen, dass der Pub gepfändet wurde. Wie genau ich das anstellen sollte, wusste ich jedoch nicht.

Mein Handydisplay leuchtete auf dem Schreibtisch auf und tanzte vibrierend. Ich biss beim Anblick des Namens die Zähne aufeinander. Das hatte mir gerade noch gefehlt.

»Hallo, Mama«, sagte ich, nachdem ich abgenommen hatte, und unterdrückte ein genervtes Seufzen.

»Du hast dich nicht mehr gemeldet.« Sie klang nicht besorgt, sondern sauer.

»Ich hatte viel zu tun. Habe ich noch immer.«

»Hast du diesen Laden etwa immer noch nicht verschachert? Warum hältst du dich so lange damit auf? Verkauf das Ding, schnapp dir das Geld und komm wieder nach Hause. Wir können davon lecker essen gehen.« In ihrer Stimme schwang nun freudige Erwartung mit. So, als könnte sie bereits schmecken, was sie in irgendeinem überteuerten Restaurant bestellen würde. Meine Mutter und ich gingen nie essen. Der Sonntagskaffee war das höchste der Gefühle. Aber ich schätzte, die Aussicht auf ein bisschen Geld, hatte ihre Meinung geändert. Ihr hatte ich nichts von den Schulden erzählt. Vielleicht hätte ich das tun sollen, damit sie endlich aufhörte zu hoffen, etwas von dem Geld abzubekommen. Mittlerweile war ich einfach nur froh, wenn ich mit einem Nullsummenspiel hier rauskam.

»So einfach ist das nicht. Es gibt noch viel zu regeln«, erwiderte ich ausweichend.

»Unsinn. Stell den Laden ins Netz, und die Leute werden dir die Türen einrennen. Da bin ich mir sicher. Obwohl ... Ein Pub ist nun wirklich nichts Besonderes in Schottland. Aber vielleicht kann man ja etwas anderes reinmachen.«

»Danke für den Tipp.« Diesmal war ich mir sicher, dass sie mein Augenrollen hören konnte. Ganz sicher würde ich ihr nicht sagen, dass ich bereits ein mehr als großzügiges Angebot erhalten hatte, welches ich abgelehnt hatte, weil Douglas Clark genau das vorhatte, was sie gerade gesagt hatte. Zwar hatte er mir versichert, er würde den Pub zum größten Teil genauso weiterführen wie bisher, aber nach allem, was Tom und Jonah über ihn erzählt hatten, war ich mir da nicht mehr so sicher. Ich würde es auch nicht mehr herausfinden.

»Ich versuche nur, dir zu helfen, damit du dieses Land endlich wieder verlassen und nach Hause kommen kannst. Es ist mir ein Rätsel, wie du es so lange dort aushältst. Nicht nur, dass sie einen komischen Akzent haben, den niemand versteht. Die Männer dort tragen auch noch Röcke. Röcke! Das ist verrückt.« Sie lachte, klang dabei aber alles andere als belustigt. Ich biss mir auf die Zunge, um mir meine Worte zu verkneifen. Mama hatte auch einen komischen Akzent, weil sie wie fast jeder mit einem Dialekt sprach. Wenn ich Jonah fragen würde, würde er ihre Aussprache vermutlich auch komisch finden.

»Ich weiß wirklich nicht, was du für eine Vorstellung von Schottland hast, aber so schlimm ist es hier überhaupt nicht. Es mag dich überraschen, aber mir gefällt es hier.«

Meine Mutter schwieg. Offenbar war sie wirklich überrascht. Es kam selten vor, dass ich sie sprachlos erlebte.

»Dir ... gefällt es?«, fragte sie mit deutlichem Unglauben in der Stimme.

»Ja«, antwortete ich meiner Mutter etwas verspätet, aber mit vollkommener, unbestreitbarer Überzeugung. Wieder schwieg sie, als müsste sie dieses eine kleine Wort verarbeiten und sich über ihre Bedeutung klar werden. »Ich mag die Kleinstadt, die Gemeinde, den Zusammenhalt. Ich hatte zwar einen holprigen Start, aber ich fühle mich hier mittlerweile sehr wohl. Mir ist klar, dass du das nicht verstehst, aber wenn du Chloe, Bram, George oder all die anderen kennen würdest, dann wüsstest du, wovon ich rede.«

»Na schön.« Sie schnaubte. »Aber komm hinterher nicht zu mir gelaufen und erwarte Mitleid von mir, wenn alles den Bach runtergeht. Ich habe versucht, dir zu helfen.«

»Keine Sorge, das werde ich nicht.« Am liebsten hätte ich etwas anderes gesagt. Dass ihr Ratschlag, den Laden zu verkaufen, vor allem ihr selbst helfen sollte, nicht mir. Stattdessen schwieg ich. Es hätte mir ohnehin nichts gebracht außer Kopfschmerzen. Außerdem wollte ich nicht zugeben, wie nah sie mit ihren Worten an der Wahrheit war. Ich stand vor einem Scherbenhaufen, der unmöglich wieder zusammenzusetzen war.

Erst als wir auflegten und ich noch eine Zeit lang auf das schwarze Display meines Handys starrte, wurde mir bewusst, was zu Hause in Deutschland auf mich wartete. In den letzten Wochen hatte ich miterlebt, wie nahe sich jeder hier in Kinmore stand. Sie waren füreinander da, respektierten einander und unterstützten sich. Es war eine liebevolle Gemeinschaft, die sich mehr wie eine große intakte Familie verhielt. Das komplette Gegenteil von dem, was ich kannte. Anfangs hatte es sich noch komisch angefühlt, als Außenseiterin in diese enge Gemeinschaft zu platzen, aber mittlerweile war ich einfach nur noch froh, erfahren zu haben, wie es war, ein Teil davon zu sein. Der Gedanke, bald wieder zurück nach Hause zu müssen, mich wieder jeden Sonntag für eine Stunde mit meiner Mutter zum Kaffee zu treffen, obwohl wir beide keine Lust dazu hatten, versetzte mir einen Stich direkt ins Herz.

Ich wollte nicht zurück in dieses Leben, in dem es keine Liebe gab. Zwar war ich mir immer noch unsicher, was Liebe überhaupt war, aber wenn ich es hätte beschreiben müssen, hätte ich von Kinmore und seiner Gemeinschaft erzählt. Mein Fokus musste jetzt voll und ganz auf dem Pub liegen. Ich hatte weniger als drei Wochen, um eine Lösung zu finden. Genau genommen sogar noch weniger. Schließlich stand Weihnachten vor der Tür, und ich bezweifelte, dass viele Leute dann den Pub besuchten.

Heute Abend würde ich mit Jonah reden und ihn in die Probleme einweihen. Unter diesen Umständen war das unumgänglich. Immerhin konnte es sein, dass ich mein Versprechen an ihn nicht einhalten konnte. Ich wollte zumindest, dass er wusste, dass es nicht meine Schuld war und dass ich wirklich vorgehabt hatte, den Laden bis zu seinem fünfundzwanzigsten Jubiläum weiter zu betreiben.

Vielleicht hatte ich Glück, und Jonah wusste eine Lösung. Dabei konnte ich mir bereits denken, was er vorschlagen würde. Er würde mir erneut anbieten, mir Geld zu leihen. Doch nach wie vor wollte ich das nicht. Es war einfach falsch und verlagerte nur die Schulden. Außerdem war ich mir nicht sicher, wann ich ihm das Geld würde zurückgeben können. Nein, es musste einen anderen Weg geben, und wenn es sein musste, würde ich mir die Nächte um die Ohren schlagen, um ihn zu finden.

Kapitel 23

»Und du glaubst wirklich, dass das eine gute Idee ist?«, fragte Jonah, als ich mit einem feuchten Lappen über die Tafel fuhr, um die restliche Kreide zu entfernen.

Ich zuckte mit den Schultern. »Was soll ich denn sonst machen?« Ich wartete einen Augenblick, bis die Tafel getrocknet war, dann schrieb ich mit einem Stück weißer Kreide die neuen Getränkepreise darauf. Jonah schwieg, aber ich konnte es hinter seiner Stirn arbeiten hören.

»Ich kann dir das Geld leihen«, sagte er schließlich. Seufzend blickte ich zu ihm auf. Dieses Gespräch hatten wir bereits geführt. Während ich dankbar für seine Hilfe war, konnte ich sie doch nicht annehmen.

»Das hatten wir doch bereits. Ich werde dein Geld nicht nehmen.«

»Warum nicht? Du brauchst es doch.«

»Und was ist, wenn du es brauchst und ich zu diesem Zeitpunkt noch nicht in der Lage bin, es dir zurückzugeben? Ich möchte keine Schulden bei dir haben«, widersprach ich. Ganz davon abgesehen, dass ich ihn nicht auch noch finanziell in meinen Schlamassel ziehen wollte.

»Ich brauche das Geld aber im Augenblick nicht. Ich habe genug Ersparnisse und in nächster Zeit keine großen Ausgaben geplant«, hielt er dagegen.

Ich biss mir auf die Unterlippe, während ich überlegte, wie ich ihm klarmachen sollte, was mein Problem war.

»Hör zu. Es ist eine Sache, Schulden bei der Bank oder einem Vermieter zu haben, aber eine ganz andere, Schulden bei einer Person zu haben, die man kennt. Wir kommen im Moment so gut miteinander klar. Ich will einfach nicht, dass das Geld zwischen uns steht.«

»Tut es das denn nicht schon längst?«, fragte er sanft. Er stützte die Arme auf den Tresen und war nun auf Augenhöhe mit mir.

Ich schüttelte den Kopf. »Es ist wirklich nett von dir, das anzubieten. Aber ich kann nicht. Es würde sich nicht richtig anfühlen.«

Jonah musterte mich eindringlich. Eine kleine Falte hatte sich in seine Stirn gegraben. Er schien noch etwas sagen zu wollen, doch offenbar sah er irgendetwas in meinem Blick, das ihn davon abhielt.

»Na schön. Aber glaub nicht, dass ich tatenlos zusehe, wie dir der Laden hier abgenommen wird. Wir finden einen Weg.« Seine Stimme war so entschlossen, dass ich fast in Versuchung kam, ihm zu glauben.

Ich hatte Jonah vor etwa einer Stunde von meiner Misere erzählt. Er war schockiert gewesen, war es immer noch. Offenbar hatte mein Onkel ihm tatsächlich nicht erzählt, wie es um den Pub stand. Also hatte ich recht gehabt: Wir zogen andere Leute ungern in unsere Probleme hinein.

»Es sind doch sowieso nur noch ein paar Wochen. Bald ist Silvester, und dann ist hier ohnehin Schluss. Sind wir mal ehrlich, die zusätzlichen zwei Monate würden jetzt auch keinen Unterschied mehr machen.«

»Ja«, sagte Jonah, ehe er die Lippen aufeinanderpresste und den Blick abwandte.

Mein Herz zog sich zusammen, als ich sah, wie sich seine Miene verschloss. Als versuchte er, sich nicht anmerken zu lassen, wie sehr ihn der Verlust des Pubs schmerzte. Ich konnte mir nicht vorstellen, wie er sich fühlte. Schon mir wurde ganz flau im Magen, wenn ich nur an Silvester und die bevorstehende Schließung dachte. Jonah hatte neun Jahre hier verbracht, hatte hier gearbeitet und Peter geholfen, den Pub zu dem zu machen, was er heute war. Mir war klar, dass es nicht leicht war zu akzeptieren, dass all das verschwinden würde. Aber ich hatte keine Ahnung, wie schwer. Ich machte es da nur zusätzlich schlimmer, indem ich ihn daran erinnerte, dass es bald schon so weit war. Das Letzte, was ich wollte, war, Jonah zu verletzen.

»Kannst du die wieder zurückstellen?«, fragte ich und reichte ihm die Tafel. Er nahm sie und stellte sie hinter dem Tresen auf eines der Regale.

»Das wird nicht gut gehen«, sagte er, als er sich wieder zu mir umdrehte.

»Es ist ja nicht so, dass ich die Preise verdoppelt habe. Die paar Pence werden schon nicht so schlimm sein.« Ich konnte mir selbst anhören, dass ich mir nicht sicher war. Mir war bewusst, dass niemand über die Preissteigerung erfreut sein würde. Ich konnte nur hoffen, dass die Leute verstanden, warum ich es tat.

Jonah schaute mich skeptisch an. Auch ihm war meine Unsicherheit nicht entgangen. Er kommentierte sie jedoch nicht, wofür ich dankbar war.

»Es wird trotzdem auffallen«, sagte er mit einem Schulterzucken. Dessen war ich mir bewusst. Auch wenn ich hoffte, dass es kein großes Drama deshalb geben würde, bereitete ich mich innerlich schon darauf vor. Wenn das direkte Bezahlen der Rechnungen die Leute schon störte, dann auch diese minimalen Preiserhöhungen. Ich wusste, dass es nicht viel bringen würde. Ein paar Pence mehr für ein Bier würden meine Geldsorgen nicht auf magische Weise verschwinden lassen. Trotzdem sah ich im Augenblick keine andere Möglichkeit. Immerhin konnte ich den neu eingebauten Zapfhahn schlecht an den Verkäufer zurückgeben, um wenigstens diese Rechnung wegzubekommen. Bis zur Zwangsräumung konnte ich nur versuchen, noch so viel Geld wie möglich einzunehmen.

Mir blieb keine Gelegenheit, noch etwas dazu zu sagen. Die Tür ging auf, und George trat ein. Ein bisschen war ich erleichtert, dass es nicht Tom war. Bei ihm konnte ich mir mittlerweile gut vorstellen, dass er Stress machte und die anderen wieder gegen mich aufhetzte. George hingegen tratschte einfach nur gern, ohne seine Meinung dazu zu äußern.

»Hey, George. Wie geht es dir?«, fragte ich.

Er winkte ab, ehe er sich neben mich an den Tresen setzte. »Wie es einem alten Mann eben so geht. Alles quietscht und knackt, aber funktioniert noch.« Als hätte er es geplant, gab sein Ellenbogen ein knackendes Geräusch von sich, als er diesen anwinkelte, um sich auf den Tresen zu stützen.

»Okay, alter Mann. Hier ein bisschen was zum Ölen«, sagte Jonah und stellte ihm ein Glas hin.

»Danke, mein Junge.« George nahm einen Schluck und zischte zufrieden. »Wie geht es dir? Hast du dich mittlerweile mit dem Kleinstadtleben angefreundet?« Er sah mich mit hochgezogenen Augenbrauen an.

Ich schürzte die Lippen. »Kann man so sagen. Auch wenn es vermutlich noch ein bisschen dauern wird, bis ich mich daran gewöhnt habe, dass hier jeder über alles und jeden Bescheid weiß.«

»Glaub mir, daran gewöhnt man sich nicht«, warf Jonah kopfschüttelnd ein.

George grinste breit. »Ich erinnere mich noch daran, als du ein Teenager warst. Du und deine Freunde habt euch immer an der alten Bushaltestelle getroffen und heimlich Bier getrunken, obwohl ihr eigentlich noch zu jung wart.« Jonah stöhnte, doch davon ließ George sich nicht beirren. »Natürlich wussten wir alle, was ihr da treibt.«

»Und warum hat niemand was gesagt? Oder uns den Alkohol abgenommen?«

»Ihr habt ja nur da rumgesessen. Irgendjemand hatte immer ein Auge auf euch. Hättet ihr angefangen zu randalieren oder anderen Mist angestellt, hätte die Sache anders ausgesehen. Außerdem hat euch das Bier ja nicht umgebracht, sondern euch gezeigt, wie viel ihr vertragt.«

»Es hat wohl auch nicht geholfen, den alten McCarthy – Gott hab ihn selig – zu fragen, ob er uns Bier kauft«, warf Jonah ein.

George lachte. »Nein, definitiv nicht. Er hat sich immer wie der Coolste gefühlt, weil ihr ihn gefragt habt und nicht irgendeines eurer älteren Geschwister. Was hat er damit geprahlt.« Er schüttelte belustigt den Kopf, und auch ich musste grinsen. Unterdessen rieb sich Jonah den Bart und wirkte etwas peinlich berührt.

»Ich hätte dich gar nicht als so rebellisch eingeschätzt«, sagte ich und gab mir alle Mühe, enttäuscht zu klingen.

»Jonah nicht rebellisch?«, erklang eine Stimme hinter mir. Mir war gar nicht aufgefallen, dass die Tür aufgegangen und Bram hereingekommen war. Diesmal war er ohne seine Schwester Chloe unterwegs, was mich überraschte, da es die letzten Male so gewirkt hatte, als gäbe es die beiden nur im Doppelpack. Er trug noch seine Uniform. »Ich kann dir eine Menge Geschichten erzählen, die dir deutlich machen, was für ein Rebell er war.«

»Wirst du aber nicht«, sagte Jonah streng. »Wenn ich

mich nämlich recht erinnere, kommst du in den Geschichten auch nicht so gut weg, Officer.«

»Und wenn schon.« Bram zuckte mit den Schultern. »Mich hält sie ja auch nicht für vernünftig.«

Ich schnaubte. »Du bist Polizist. Solltest du da nicht vernünftig sein?« Bram machte eine wegwerfende Geste. »Außerdem habe ich nie behauptet, ihn für vernünftig zu halten. Nur hatte ich nicht erwartet, dass er das Gesetz bricht und als Minderjähriger zur Bierflasche greift.«

»Das Bier war noch das Harmloseste.« Bram grinste.

»Hallo? Ich kann euch hören. Könntet ihr aufhören, so zu tun, als wäre ich nicht hier?«, beschwerte sich Jonah.

»Ach so? Und was hat er sonst noch so angestellt?«, fragte ich, ohne auf Jonahs Protest einzugehen. Tatsächlich fand ich es ganz amüsant. Außerdem hatte ich ein bisschen das Gefühl, mich mit Bram und auch George zu verbünden, weil sie bereitwillig Informationen preisgaben. Ja, vielleicht war es etwas unfair Jonah gegenüber. Doch er wirkte nicht wirklich so, als würde es ihm tatsächlich etwas ausmachen. Ich stützte das Kinn auf die Hände und sah Bram abwartend an.

Bram lachte. »Oh, ich könnte dir Geschichten erzählen ...«, sagte er abermals. »Aber Jonah hat recht. Ich würde dabei auch nicht gut wegkommen. Tut mir leid.«

»Komm schon.« Ich schob die Unterlippe nach vorn und setzte meinen besten Hundeblick auf.

Bram schüttelte nur den Kopf. »Das zieht bei mir nicht. Ich habe eine Schwester, die das auch immer versucht. Ich bin immun gegen diesen Blick.« Ich gab ein enttäuschtes Brummen von mir. »Ich bin mir sicher, du wirst noch peinliche Geschichten über Jonah hören und dir dann wünschen, dass du sie nie gehört hättest.«

»Warum? Sind sie so schlimm?«

»Nein, sind sie nicht«, schaltete Jonah sich wieder ein. Demonstrativ stellte er Bram ein Bier vor die Nase. »Ich war nur der typische Teenager. Nicht mehr und nicht weniger.«

Jetzt lachte George, und ich blickte mit meinem Welpenblick zu ihm, in der Hoffnung, er würde seinem Ruf gerecht werden und drauflostratschen. Doch auch aus ihm bekam ich kein Wort heraus.

»Wo hast du eigentlich deine Schwester gelassen?«, fragte ich schließlich und gab mich damit endgültig geschlagen.

»Chloe ist noch im Laden. Sie wollte ein neues Rezept ausprobieren.« Er warf einen Blick auf die Uhr. »Ich sollte vermutlich zu ihr. Sie hat mich gebeten, ihr Versuchskaninchen zu spielen.« Er grinste und leerte sein Glas in zwei großen Zügen. »Wie viel bekommst du noch mal von mir?«, fragte er an Jonah gewandt.

»Fünf Pfund.«

»Fünf Pfund?«, fragte George mit zusammengekniffenen Augen. »Waren das nicht gestern noch 4.50 Pfund?«

»Stimmt. Wir haben die Preise angepasst«, sagte ich in meinem neutralsten Ton.

George schnaubte. »Angepasst? Woran? Die Preise waren schon immer so. Was kommt als Nächstes? Passt du den Namen an?« Er klang nicht wütend, nur überrascht. Trotzdem kam ich nicht umhin, eine leichte Note der Verärgerung herauszuhören.

»George«, sagte Jonah, und es klang wie eine Warnung.

»Was denn? Soll ich schweigend dabei zusehen, wie sie versucht, Petes Pub zu einem Goldesel zu machen?«

»Es ist nötig, die Preise anzupassen«, erwiderte Jonah.

Wieder schnaubte George und ließ ihm keine Gelegenheit weiterzusprechen. »Hört doch auf mit eurem ›anpassen‹. Hast du jetzt vor, ordentlich Profit aus dem Laden zu schlagen? Und das, obwohl dir der Pub einfach so in den Schoß gefallen ist? Du musstest nichts dafür tun.«

»Das ist nicht wahr. Lass es mich doch erklären.« Meine Stimme war kaum mehr als ein Flüstern, und hätte er nicht abermals verächtlich geschnaubt, hätte ich geglaubt, dass er mich nicht gehört hatte. George schüttelte den Kopf, warf Geld auf den Tresen und stand auf. »Seit Jahren sind die Preise die gleichen. Pete hat nie auch nur daran gedacht, sie zu erhöhen. Es ging ihm nie um Profit. Er hatte immer nur das Wohl der Gemeinde im Sinn. Niemals hätte er versucht, uns mit überteuerten Getränkepreisen über den Tisch zu ziehen. Wenn er sehen könnte, was du hier anstellst, wäre er maßlos enttäuscht. Vermutlich dreht er sich gerade in seinem Grab um.« Mit diesen Worten wandte er sich ab und verließ den Pub.

Keiner von uns sagte etwas, und ich hielt den Blick auf die Tischplatte gerichtet. Ich war mir sicher, Jonahs »Ich hab es dir ja gesagt«-Blick auf mir spüren zu können. Aus den Augenwinkeln sah ich, wie Bram schweigend einen Fünfpfundschein aus seinem Geldbeutel zog und ihn Jonah reichte.

»Wir sehen uns«, sagte er zum Abschied.

Auch als wir allein waren, schwieg Jonah. Ich war dankbar dafür. Ich hätte es nicht ertragen, wenn er mir nun vorgehalten hätte, dass er von Anfang an recht gehabt hatte und ich auf ihn hätte hören sollen.

Jonah räumte die Gläser weg und wischte das Kondenswasser vom Tresen.

»Glaubst du, heute kommt noch jemand, oder ist George gerade dabei, die Neuigkeiten zu verbreiten?«, durchbrach ich die Stille schließlich und hob den Blick.

Jonah stützte sich vor mir auf dem Tresen ab und presste die Lippen aufeinander.

»Ehrlich gesagt würde es mich nicht wundern, wenn er vor der Tür stehen und es jedem, der herkommen will, direkt sagen würde.«

Unwillkürlich glitt mein Blick zur Tür. Draußen war es dunkel, und ich konnte nicht erkennen, ob George tatsächlich dort stand. Aber auch ich traute es ihm zu.

Es war erstaunlich, dass ich ein Talent dafür hatte, andere Leute zu verärgern. Dabei versuchte ich doch nur, alles richtig zu machen und den Pub zu retten. Den Ort, den alle hier so sehr liebten und an dem sie alle hingen. Ich legte die Stirn auf den Tresen und stieß erschöpft die Luft auf. Ein humorloses Lachen verließ meinen Mund.

»Was ist?«, fragte Jonah.

Ich blickte auf und schüttelte den Kopf. »Ich habe nur gerade gedacht, dass ich den Laden auch sofort dichtmachen kann. Mich hassen ohnehin alle. Schlimmer kann es nicht werden. Und warum sollte ich versuchen, den Pub zu retten, die Leute wieder auf meine Seite zu ziehen, nur damit sie mich in ein paar Wochen wieder hassen, wenn ich den Pub schließe und verkaufe?«

»Sag das nicht! Niemand hier hasst dich.«

Mit schief gelegtem Kopf und hochgezogenen Augenbrauen sah ich zu ihm. Er legte sein Geschirrtuch zur Seite und trat um den Tresen herum, um sich neben mir auf den Barhocker zu setzen. Seine Hand fand meine Schulter, und er drehte mich zu sich herum, bis wir einander gegenübersaßen, meine Beine zwischen seinen, seine Hand glitt meinen Arm hinunter, bis er meine Hand in seine nahm.

»Ich weiß, es ist momentan nicht leicht. Und ich weiß auch, dass du all das nur tust, weil du versuchst, das Richtige zu tun. Daran ist nichts verwerflich. Aber glaub nicht, dass dich jeder hier hasst. Das stimmt nämlich nicht.« Er schaute mich so intensiv an, dass ich gar nicht anders konnte, als ihm zu glauben. Auch ohne es direkt auszusprechen, wusste ich, dass er die Person war, von der er sprach.

»Du zählst nicht«, murmelte ich leise.

Er zog eine Augenbraue nach oben. »Und warum nicht?«

»Weil du weißt, warum ich das alles tue. Dass ich nicht vorhabe, Profit aus dem Laden zu schlagen. Und vor allem weißt du, dass ich nicht gelogen habe.« Georges Worte hallten in meinem Kopf nach, und ich schluckte schwer. Natürlich sah es für ihn so aus. Warum sonst zog man die Preise an, wenn nicht um Geld zu verdienen? Aber dass er mir vorwarf, die Gemeinde über den Tisch ziehen zu wollen, war wie ein Schlag ins Gesicht.

»Die anderen werden es auch verstehen und akzeptieren, wenn du es ihnen erklärst.«

»Wie soll ich das machen? George wollte mir ja nicht einmal zuhören. Er hat sich seine Meinung so schnell gebildet, dass ich gar nicht zu Wort gekommen bin.«

Sanft strich er mit seinem Daumen über meinen Handrücken. Die Berührung war federleicht, und doch schaffte sie es, mich zu beruhigen, mich darauf zu konzentrieren, statt auf die ganzen negativen Gedanken in meinem Kopf.

»Das wird er. Versprochen.«

Ich wollte ihm sagen, dass er das nicht versprechen konnte. Dass er sich nicht sicher sein konnte, ob es wirklich so sein würde. Wollte ihm sagen, dass er nichts versprechen sollte, was nicht in seiner Macht lag. Aber ich tat es nicht. Stattdessen klammerte ich mich an seine Worte und zwang mich, sie zu glauben.

»Und was machen wir jetzt?«, fragte ich und schaute abermals aus dem Fenster. Doch auch jetzt konnte ich niemanden sehen, der vor der Tür Wache hielt und die Leute am Hereinkommen hinderte.

»Wir warten. Es wird schon noch jemand auftauchen.«

Den restlichen Abend kamen nur noch eine Handvoll Gäste vorbei. Es war kein Vergleich zu den anderen Abenden. Vielleicht war George tatsächlich schon losgezogen und hatte jedem von der Preiserhöhung erzählt. Vielleicht lag es auch daran, dass es Mittwochabend war und die Leute morgen wieder arbeiten mussten. So oder so verschlimmerte das Fernbleiben der Bewohner meine Situation zusätzlich.

Vermutlich hatte Jonah recht, und die Leute würden verstehen, warum ich es getan hatte. Aber dazu mussten sie mir zuhören. Und wie sollte ich ihnen die Situation erklären, wenn sie gar nicht mehr vorbeikamen? Jonah könnte natürlich wieder versuchen, die Leute zur Vernunft zu bringen, wie er es schon einmal getan hatte, aber das konnte doch nicht jedes Mal die Lösung sein.

Die letzten beiden Gäste waren vor ein paar Minuten gegangen, nachdem sie ein Bier getrunken hatten.

»Ich glaube, wir können für heute Feierabend machen«, stellte ich mit Blick auf die Uhr fest. Eigentlich hatten wir noch für anderthalb Stunden geöffnet, doch ich glaubte nicht mehr daran, dass noch jemand kommen würde. Normalerweise war der Laden um diese Uhrzeit schon gut gefüllt, Leute unterhielten sich, tranken und hatten eine gute Zeit. Jetzt war die leise Weihnachtsmusik, die aus den Lautsprechern drang, das einzig Fröhliche in dieser Situation.

Jonah folgte meinem Blick, als wollte er mir sagen, dass

die Öffnungszeiten noch nicht beendet waren, aber er schwieg.

Er wischte zum hundertsten Mal an diesem Abend über den Tresen. Dass er nur ein paar Bier verkauft hatte und im ganzen Laden kein Chaos herrschte, schien ihm egal zu sein. Ich beobachtete ihn dabei, wie er die Flaschen auf dem Regal richtete, damit man die Etiketten besser lesen konnte, ehe er sein Geschirrtuch faltete und es ordentlich neben die Spüle legte. Dann schaltete er die Musik aus und hüllte uns in Stille.

Mein Blick streifte durch den Raum, während Jonah eine Lichterkette nach der anderen ausschaltete. Es war ein ziemlich treffendes Bild für das, was dem Pub bevorstand. In drei Wochen würden die Lichter zum letzten Mal ausgehen und der Laden zwangsversteigert werden.

Hinter meinen Augen baute sich Druck auf, und es kostete mich alle Willenskraft, die Tränen zurückzuhalten. Wenn ich jetzt auch noch weinte, würde ich vermutlich nicht mehr aufhören können. So war das manchmal. Manchmal waren die eigenen Tränen das Einzige, worüber man noch Kontrolle hatte. Und diese Kontrolle wollte ich nicht auch noch verlieren. Es war alles, was mir jetzt noch geblieben war.

»Hier«, sagte Jonah, der inzwischen alle Lichter gelöscht hatte und nun meine Jacke für mich aufhielt. Ich schlüpfte hinein und versuchte, ihm gleichzeitig ein dankbares Lächeln zu schenken. Natürlich konnte er sehen, wie schwer es mir fiel. Er griff nach meiner Hand und verschränkte unsere Finger miteinander. Seine Nähe war jetzt genau das, was ich brauchte. Ich bildete mir ein, dass er mir Kraft gab.

Gerade als er hinter uns die Tür abschloss, sah ich Tom auf uns zukommen.

»Hey, willst du in den Pub?«, fragte ich. Der hoffnungsvolle Ton in meiner Stimme war nicht zu überhören.

Tom gab ein humorloses Lachen von sich. »Sicher nicht. George hat mir gerade erzählt, dass du die Preise angehoben hast.« Er schaute durch die Fenster in den dunklen Laden. »Scheint so, als ginge dein Plan, ordentlich Gewinn zu machen, nicht auf.« Er sah fast schadenfroh aus, als er das sagte.

»Ich hab das doch nicht gemacht, um mich an dem Pub zu bereichern, sondern weil es notwendig ist. Pete hat mir einen riesigen Schuldenberg vererbt, und ich weiß nicht, was ich jetzt machen soll.«

Kurz zögerte er und dachte über meine Worte nach. »Wie auch immer. Ich muss weiter.« Er warf mir einen letzten Blick zu, dann nickte er Jonah zum Abschied.

Meine Schultern sanken nach unten, und ich spürte, wie der Druck hinter meinen Augen wieder stärker wurde.

»Hey«, sagte Jonah, drehte mich zu sich und hob mein Kinn sanft an, sodass ich ihn ansehen musste.

»Sie hören mir nicht zu. Wie sollen sie dann verstehen, dass ich nur versuche, den Laden zu retten?«, fragte ich abermals. Ich biss mir auf die Unterlippe.

Jonah legte seine Stirn an meine, und ich schloss instinktiv die Augen, atmete seinen Geruch ein, spürte seine Wärme. Seit unserem Besuch auf dem Weihnachtsmarkt waren wir uns nicht mehr so nah gekommen. »Sie werden es verstehen«, wiederholte er seine Worte von vorhin. »Das verspreche ich dir.« Sanft löste Jonah sich, nur um mir einen Kuss auf die Stirn zu hauchen, der sich wie Balsam auf meine Seele legte und den schweren Bleiklumpen um mein Herz ein bisschen leichter wirken ließ.

»Immerhin weiß Tom jetzt von den Schulden. Wenn ich Glück habe, erzählt er es weiter, und die Leute erkennen, dass ich sie nicht ausnutzen will«, sagte ich und klammerte mich an diesen kleinen Hoffnungsschimmer.

»Komm. Ich bring dich noch nach Hause. Morgen sieht die Welt wieder anders aus. Vielleicht hat George dann auch eingesehen, dass er überreagiert hat.«

Jonahs Wohnung lag in der entgegengesetzten Richtung zu Peters Zuhause, trotzdem widersprach ich nicht und erlaubte ihm, mit mir zu gehen. Wenn ich jetzt allein wäre, würden meine Gedanken wieder Amok laufen, und ich war mir nicht sicher, wie lange ich die Tränen zurückhalten konnte. Und wie ich dann mein letztes bisschen Würde noch aufrechterhalten sollte.

Kapitel 24

Lustlos drückte ich auf der Fernbedienung herum auf der Suche nach irgendeiner Sendung, die ich in meiner derzeitigen Stimmung ertrug.

Komödie? Zu lustig.

Liebesfilm? Zu kitschig.

Horror? Zu blutig.

Schließlich blieb ich bei einem Actionstreifen hängen, in dem alles in die Luft gesprengt wurde. Das Abbild meines Lebens, in dem momentan auch alles in die Luft zu gehen schien. Ich schüttelte über mich selbst den Kopf. Wie hatte ich auch glauben können, dass diese ganze Angelegenheit leicht werden würde.

Nachdem mich Jonah nach Hause gebracht hatte, war ich am nächsten Tag nicht mehr in den Pub zurückgekehrt. Stattdessen hatte ich ihn allein gelassen. Wobei ich mir sicher war, dass er auch gut ohne mich zurechtgekommen war. Immerhin kam ja keiner vorbei.

Ich hatte mich gerade mit einer Wolldecke tiefer ins Sofa gekuschelt, als das laute Surren der Klingel ertönte. Kurz überlegte ich, einfach liegen zu bleiben. Womöglich waren das nun die Gerichtsvollzieher, die auch noch das Haus haben wollten. Dann würde ich auf der Straße sitzen und könnte sofort wieder nach Deutschland zurückreisen. Wundern würde es mich nicht.

Es klingelte erneut. Mühsam und mit einem genervten

Stöhnen rappelte ich mich hoch, schlang die Decke um meine Schultern und schlurfte zur Haustür. Kalter Wind blies mir ins Gesicht und fand seinen Weg unter die Decke.

»Hast du das die letzten vierundzwanzig Stunden gemacht?«, fragte Jonah und legte den Kopf schief, als er mich in meinem kläglichen Zustand musterte.

»Und wenn es so wäre?« Ohne auf eine Antwort zu warten, drehte ich mich um und ging zurück ins Wohnzimmer. Jonah folgte mir ohne Aufforderung, und die kalte Luft ließ sofort nach, nachdem er die Tür hinter sich geschlossen hatte. Ich nahm meine Position auf dem Sofa wieder ein und griff nach meinem Tee.

»Ist das jetzt dein Plan? Hier herumzuliegen und abzuwarten, was passiert?« Jonah nahm neben mir Platz, ein Bein angewinkelt, um mich besser anschauen zu können. Ich schlürfte an meinem Tee und zuckte mit den Schultern.

»Es gibt nichts, was ich noch tun könnte. Die Gemeinde hasst mich, und Geld habe ich auch keins. Alles, was ich jetzt noch versuchen würde, wäre sinnlos, weil es nichts mehr bringen würde.«

»Also willst du kampflos aufgeben? Die Zeit bis Jahresende einfach so verstreichen lassen?«

Wieder zuckte ich mit den Schultern.

»Was ist aus der Frau geworden, die mir bei unserer ersten Begegnung die Polizei auf den Hals hetzen wollte? Oder der Frau, die mir versprochen hat, um den Pub zu kämpfen?«

»Sie hat es versucht«, gab ich zurück. »Aber sie ist gescheitert.«

Jonah schüttelte den Kopf. Sein Blick war eine Mischung aus Enttäuschung, Wut und Verzweiflung.

»Okay, das ist genug.« Er zog mir die Decke vom Körper und stand auf.

»Hey!«

»Ich lass nicht zu, dass du dich hier verschanzt und einfach so aufgibst. Es ist okay, ein bisschen zu schmollen, aber das hier«, er deutete auf mich, »reicht jetzt. Steh auf und mach dich fertig.«

»Für was?«

»Du musst hier mal raus. Hast du heute überhaupt schon irgendwas gegessen?«

Ich deutete auf die Tüte Chips, die auf dem Tisch lag.

»Abgesehen davon?« Ich schüttelte den Kopf. »Na dann los. Mach dich fertig.« Er griff nach meinen Händen und zog mich hoch.

»Wo gehen wir hin?«, fragte ich und ließ mich von Jonah aus dem Flur schieben.

»Das sage ich dir, sobald du fertig bist.«

»Ich bin heute wirklich nicht in Stimmung für irgendwelche Überraschungen.«

Er deutete mit dem Kinn nach oben, und ich seufzte. Diese Situation hatten wir jetzt schon so oft durchgemacht, weshalb mir klar war, dass ich nichts aus ihm herausbekommen würde. Also ergab ich mich meinem Schicksal und stieg die Treppe nach oben, um duschen zu gehen.

Eine halbe Stunde später war ich frisch geduscht, hatte meine Jogginghose gegen eine Jeans getauscht und band mir die Haare zu einem unordentlichen Zopf zusammen, weil ich für eine aufwendige Frisur keine Energie hatte.

»Wo gehen wir hin?«, fragte ich, als ich ins Wohnzimmer ging, wo Jonah auf dem Sofa saß und auf seinem Handy herumtippte.

»Fertig?«, fragte er.

»Ja«, erwiderte ich genervt.

»Gut.« Er stand auf und lief an mir vorbei in den Flur. Erst zog er sich seine Jacke an, dann hielt er mir meine hin.

»Du wolltest mir sagen, wohin wir gehen, wenn ich fertig bin. Ich bin fertig«, sagte ich und zog mir meine Jacke an.

»Zu mir.«

»Zu dir?«

Er nickte und hielt mir die Tür auf.

»Was wollen wir bei dir?«

»Willst du weiter Fragen stellen oder es herausfinden?«

Eigentlich wollte ich es sofort wissen, aber vermutlich sollte ich glücklich darüber sein, dass er mir diesmal überhaupt gesagt hatte, wohin er mich entführte. Außerdem war ich froh darüber, nicht draußen herumzulaufen. Wenn er mich jetzt auf einen Weihnachtsmarkt geschleift hätte, wäre ich sofort wieder umgedreht. Ich war nicht in der Stimmung für fröhliche Weihnachtslieder und das Lachen von Kindern, die sich über all die funkelnden Lichter und den falschen Weihnachtsmann freuten.

Es dauerte ungefähr eine Viertelstunde, bis Jonah vor einem Gebäude parkte. Es war ein altes Haus und wirkte fast genau so, wie ich mir ein Cottage in Schottland immer vorgestellt hatte und wie es in Filmen dargestellt wurde. Es lag etwas außerhalb der Stadt, umgeben von Wiesen und Feldern. An der grauen Außenfassade neben der Haustür hing ein Rankgitter, an dem im Sommer vermutlich unzählige Rosen blühten. Generell gab es viel Platz für Pflanzen, und ich erwischte mich bei dem Gedanken in einem halben Jahr noch einmal herzukommen, um mir das Haus im Sommer anzusehen. In einem der Fenster brannte Licht, und ich sah kurz eine Person vorbeilaufen.

»Hier wohnst du?«, fragte ich, nachdem Jonah den Motor abgestellt hatte.

»Ja. Das ist das Haus meiner Großeltern. Früher haben wir hier alle zusammen gewohnt.«

»Jetzt nicht mehr?«

»Meine Großeltern sind schon lange verstorben, und mein Vater ...« Er beendete den Satz nicht. »Na ja, das weißt du ja mittlerweile.«

»Also lebst du noch mit deiner Mutter hier?«

Jonah nickte, und ich schaute wieder zu dem Fenster. »Findest du es etwa komisch, dass ich mit siebenundzwanzig noch mit meiner Mutter zusammen wohne?«, fragte er schließlich. Er wirkte fast verlegen. Als wäre ihm meine Antwort wichtig.

Ich dachte über seine Frage nach. Fand ich es komisch? Ich selbst war so früh wie möglich ausgezogen und konnte es mir auch mittlerweile nicht mehr vorstellen, eine Wohnung mit meiner Mutter zu teilen.

»Nein. Wenn ihr euch gut versteht, dann ist daran nichts komisch. Es sei denn, du bist so ein Muttersöhnchen, das sich morgens die Kleidung rauslegen lässt und das noch seine Brote geschmiert bekommt.«

»Bin ich nicht. Außerdem ist das Haus in zwei Wohnungen aufgeteilt. Ich bin in die Wohnung meiner Großeltern gezogen.«

»Hm ... Dann wohnst du ja eigentlich nicht wirklich mit deiner Mutter zusammen. Nur neben ihr.«

»Lass uns reingehen. Es wird langsam kalt hier draußen.« Jonah stieß die Autotür auf, und ich tat es ihm gleich. Gemeinsam liefen wir zur Haustür, und bevor Jonah seinen Schlüssel ins Schloss stecken konnte, wurde sie bereits geöffnet.

»Da seid ihr ja endlich. Das Essen ist schon fertig.

Kommt rein, kommt rein.« Jonahs Mutter trat zur Seite und deutete mir an, als Erste einzutreten. Vollkommen überrumpelt von ihrem plötzlichen Auftauchen ging ich an Jonah vorbei ins Haus.

»Du musst Vivien sein. Jonah hat schon viel über dich erzählt. Ich bin Mary, seine Mutter. Es freut mich, dich endlich kennenzulernen.« Sie zog mich in eine herzliche Umarmung, als würden wir uns schon ewig kennen. Es passierte so schnell, dass meine Arme einfach nur reglos an meinem Körper herunterhingen.

»Mum«, sagte Jonah warnend, doch ich meinte auch einen Hauch Belustigung herauszuhören.

»Entschuldige bitte«, bat sie und ließ mich wieder los. »Es ist nur so, dass mein Sohn noch nie seine Freundin mitgebracht hat.«

»Mum«, sagte Jonah wieder, von der Belustigung war nun nichts mehr übrig, stattdessen hatte sie einem warnenden Unterton Platz gemacht.

»Oh, wir … also, ich bin nicht …«

»Hast du Hunger? Jonah hat gesagt, du hättest heute noch nichts gegessen.« Sie schob mich sanft, aber bestimmt durch den Flur in die Küche. Über die Schulter warf ich einen Hilfe suchenden Blick zu Jonah, der uns resigniert folgte.

Wann hatte er seiner Mutter gesagt, dass ich nichts gegessen hatte? Als ich unter der Dusche stand? Hatte er sie etwa gebeten, für mich zu kochen? Mein Gott war das unangenehm. Ich wollte mich ihr doch nicht aufdrängen oder ihr Umstände machen. Dass sie außerdem glaubte, ich sei die Freundin ihres Sohnes, machte das alles nur noch schlimmer. Auf dem Weg nahm seine Mutter mir meine Jacke ab und drückte sie Jonah in die Hand. »Kannst du die bitte aufhängen?«

Mary verfrachtete mich, ohne auf eine Antwort zu warten, an einen gedeckten Tisch. Jonah nahm wenig später neben mir am Kopfende Platz, und Mary setzte sich mir gegenüber. Das Essen dampfte und roch köstlich. Ohne dass ich es verhindern konnte, fing mein Magen an, laut zu knurren.

Mary griff lachend nach der Schüssel. »Iss! Nicht dass du noch verhungerst, bevor wir uns richtig kennengelernt haben.« Sie füllte erst meinen Teller mit dem lecker duftenden Nudelgratin, dann den ihres Sohnes, ehe sie sich selbst auftat.

»Guten Appetit«, sagte sie schließlich, und wir begannen zu essen.

Mein Magen freute sich sichtlich darüber, endlich etwas Richtiges zu essen zu bekommen, und zog sich einmal kurz zusammen, als könnte er es nicht wirklich glauben.

»Jonah hat mir erzählt, dass du Petes Nichte bist und den Pub nun für ihn weiterführst. Es tut mir sehr leid, dass du ihn verloren hast.«

»Danke«, sagte ich. »Ich versuche es zumindest. Einen Pub zu führen ist gar nicht so leicht, wie es scheint«, erklärte ich und hoffte, der mitfühlende Ausdruck in ihrem Gesicht würde verschwinden.

»Das kann ich mir vorstellen. Aber ich bin mir sicher, du machst einen hervorragenden Job. Außerdem ist mein Sohn ja auch noch da, um zu helfen. Nicht wahr, Schatz?« Sie sah Jonah mit einem Lächeln an, das keinen Zweifel daran ließ, dass die beiden verwandt waren. Jonah sah seiner Mutter unglaublich ähnlich. Sie hatten die gleichen dunkelbraunen, fast schwarzen Haare, die gleichen bernsteinfarbenen Augen und das gleiche Lächeln. Lediglich Marys Gesichtszüge waren weicher, während die von Jonah kantiger, ausgeprägter waren. Vermutlich hatte er die von seinem Vater geerbt.

»Ich versuche es, aber Vivi kann ziemlich stur sein.«

»Ach so?«

»Ich habe eben meine Prinzipien«, sagte ich und steckte mir eine Nudel in den Mund.

»Daran ist nichts falsch«, pflichtete Mary mir bei. »Manchmal muss man sie allerdings auch über Bord werfen, wenn es die Situation erfordert.«

Jonah warf mir einen Blick zu, der keinen Zweifel daran ließ, dass er der Meinung war, jetzt wäre so eine Situation. Nur mit Mühe schaffte ich es, nicht allzu offensichtlich mit den Augen zu rollen.

Als wir aufgegessen hatten, wollte Mary aufstehen, um den Tisch abzuräumen, aber Jonah hielt sie zurück. »Ich mach das schon. Du hast schon gekocht, und es hat wie immer super geschmeckt.« Er lehnte sich zu ihr herunter und gab ihr einen Kuss auf die Wange.

»Danke, mein Schatz«, sagte sie mit einem Strahlen, das Jonah erwiderte. Ich beobachtete die beiden und wurde mir wieder einmal bewusst, was ich in meinem Leben verpasst hatte. Der Umgang zwischen Jonah und seiner Mutter war so herzlich und süß. So liebevoll.

»Ich finde es so schön, dich endlich kennenzulernen.« Marys Stimme riss mich aus meinen Gedanken. Jonah war inzwischen in die Küche verschwunden, und ich hörte Wasser in die Spüle laufen. Am liebsten wäre ich aufgestanden, um ihm zu helfen, statt mit seiner Mutter allein hier zu sitzen. »Für einen kurzen Moment dachte ich wirklich, du wärst nicht real.« Sie lachte, und ich schaute sie fragend an.

»Warum?«

»Jonah hat mir von eurer ersten Begegnung erzählt. Er

kam völlig aufgebracht nach Hause. Es war ziemlich deutlich, dass er alles andere als begeistert war. Und nur kurze Zeit später habt ihr euch verstanden, und er hat nur Gutes von dir erzählt. Es war eine Hundertachtziggradwende, wie sie im Buche steht. Das kommt nicht oft bei Jonah vor. Wenn er sich mal ein Urteil gebildet hat, ist er so leicht nicht mehr davon abzubringen.«

Ich nickte, auch wenn ich mir nicht sicher war, was genau sie mir damit sagen wollte.

»Weißt du, er hat noch nie eine Freundin mit nach Hause gebracht. Na ja, zumindest hat er mir noch nie eine vorgestellt.«

»Wir sind nicht ... Ich bin nicht seine Freundin«, erklärte ich, um die Sache endlich klarzustellen.

Mary lächelte. In ihrem Blick lag eine Sanftheit, die mich an meinen eigenen Worten zweifeln ließ. Dann hatte mich Jonah ihr nun eben vorgestellt. Na und? Das hatte nichts zu bedeuten. Ich war nur hier, weil wir zusammen arbeiteten. Sicherlich hatte er ihr nicht erzählt, dass wir uns bei unserem gemeinsamen Besuch auf dem Weihnachtsmarkt nähergekommen waren. Er versuchte nur, etwas Gutes zu tun, weil ich ihm ganz offensichtlich leidtat.

Sie legte ihre Hand auf meine, dabei verrutschte ihr Lächeln nicht. »Manche Dinge sieht man selbst immer als Letztes«, sagte sie, drückte meine Hand und stand auf. Sie ließ mich mit diesen kryptischen Worten und einem Haufen Fragezeichen zurück.

Was sie sagte, ergab überhaupt keinen Sinn. Ich wüsste es doch, wenn ich Jonahs Freundin wäre. Wie sollte es möglich sein, dass die Person, um die es ging, es zuletzt erfuhr. Das war absurd.

Einerseits war es bei mir auch gut möglich. Was wusste ich schon von Liebe? Nichts. Andererseits waren Jonah und ich uns in den letzten Wochen nähergekommen. Aber reichte das schon, um von einer romantischen Beziehung zu sprechen? Musste man da nicht auch drüber reden, oder passierte es einfach? Ich wusste es doch auch nicht. Wo war der »Willst du mit mir gehen? Ja. Nein. Vielleicht«-Brief, wenn man ihn brauchte?

Die Tür zur Küche war nur angelehnt, und ich konnte Jonah und Mary lachen hören. Die beiden verstanden sich unglaublich gut. Wieder keimte Neid in mir auf. Es war ein Gefühl, von dem ich nicht einmal gewusst hatte, dass ich dazu in der Lage war. Ich war schließlich mit meinem nicht existenten Familienleben immer zufrieden gewesen, kannte ich es nun mal nicht anders. Aber vielleicht war genau das das Problem. Ich war nur zufrieden, nicht glücklich. Vielleicht lag es aber auch an dem Ortswechsel und all den Menschen, die ich hier kennenlernen durfte. Ich hatte den Zusammenhalt in der Gemeinde gesehen, die wie eine große Familie war. Sie hatten mir gezeigt, dass man nicht verwandt sein musste, um eine Familie zu sein. Trotzdem verspürte ich einen Stich in der Brust, wenn ich nun hörte, wie Jonah mit seiner Mutter sprach, Witze machte und herumalberte.

Ich wusste nicht, ob ich ihnen in der Küche zur Hand gehen sollte. Ich wollte nicht untätig herumsitzen, mich aber auch nicht zwischen sie drängen. Die Entscheidung wurde mir letztlich abgenommen, als Jonah durch die Tür trat.

»Ich hoffe, meine Mutter hat dir keine peinlichen Geschichten über mich erzählt, während ich gespült habe.«

Ich zuckte mit den Schultern und setzte einen verschwörerischen Blick auf. »Das wirst du wohl nie erfahren.«

Jonah kniff die Augen zusammen, ehe er sich zur Küchentür drehte, als wollte er seine Mutter fragen, was sie zu mir gesagt hatte. Er schien sich jedoch anders zu entscheiden, denn er kam einen Schritt auf mich zu und hielt mir die Hand hin. Instinktiv griff ich danach und ließ mich von ihm hochziehen.

»Wo gehen wir hin?«, fragte ich. Offenbar war das heute die Frage aller Fragen.

»Zu mir«, antwortete er zum zweiten Mal an diesem Tag. »Ich wohne auf der anderen Flurseite.«

Ich folgte Jonah schweigend. Während er mich über den Flur führte und seine Tür öffnete, dachte ich über die Worte seiner Mutter nach. Jonah hatte nicht widersprochen, als sie mich seine Freundin genannt hatte, und ich fragte mich, ob das etwas zu bedeuten hatte. Hatte sie vielleicht recht, und ich bemerkte nicht, dass er Gefühle für mich hatte? Aber das hätte er mir doch gesagt, oder?

Jonah schloss die Tür hinter sich, und ich schaute mich um. Wir standen in seinem Wohnzimmer. Während er mir andeutete, mich zu setzen, ging er in die Küche, um uns etwas zu trinken zu holen. Er stellte zwei Gläser Wasser auf dem Couchtisch ab, und wir saßen eine Weile in einvernehmlichem Schweigen auf dem Sofa nebeneinander. Mein Blick glitt durch das Zimmer, und ich betrachtete die Einrichtung.

Wie es für die meisten Männer üblich war, legte Jonah nicht viel Wert auf Dekorationen. Neben mir lagen ein paar Kissen, die vermutlich bei dem Sofa standardmäßig dabei gewesen waren oder die seine Mutter ausgesucht hatte. An der Wand hing ein Bild, auf dem eine Regalwand zu sehen war, auf der mehrere alkoholische Getränke aufgereiht waren. Offenbar war der Pub wirklich Jonahs Leben. Das machte mir einmal mehr bewusst, wie viel ihm daran lag. Auf einer kleinen Kommode neben dem Fernseher lagen ein paar Bücher, darüber auf dem

Regal standen einige Bilder. Ich glaubte, ihn auf einem davon zu erkennen – als kleiner Junge. Neben ihm standen ein Mann und eine Frau.

»Meine Eltern«, erklärte Jonah, der meinem Blick gefolgt sein musste. »Es ist eines der letzten Bilder mit uns allen. Wir waren nie wirklich eine Familie, die viele Fotos gemacht hat. Meinen Eltern war es immer wichtig, im Moment zu leben und ihn zu genießen, statt seinen Blick auf irgendwelche Bildschirme zu richten.«

Sein Blick ruhte auf dem Bild, als er sprach, und ich konnte einen Hauch Traurigkeit darin ausmachen, auch wenn seine Mundwinkel sich leicht hoben. Es war ein trauriges Lächeln. Eines, das sich immer dann auf die Gesichter der Menschen legte, wenn sie an schöne, aber vergangene Zeiten dachten.

»Danke, dass du mich aus dem Haus gescheucht hast«, sagte ich, um Jonah abzulenken. Mir gefiel es nicht, ihn so traurig zu sehen. Lieber hatte ich das schelmische Grinsen oder das Strahlen seiner Augen. Letzteres zeigte sich immer dann, wenn er mir eine Freude machte.

»Immer wieder gern. Meine Mutter hat dich hoffentlich nicht ausgefragt, oder?«

Ich schüttelte den Kopf. »Sie war sehr nett.« Ich zögerte einen Moment.

»Was? Hat sie irgendetwas gesagt?« Jonah rutschte etwas zur Seite, um mich besser ansehen zu können.

»Sie glaubt, dass ich deine Freundin bin. Aber keine Sorge, ich hab das aufgeklärt«, fügte ich schnell hinzu.

»Okay.« Er nickte mechanisch und atmete tief durch. Ich konnte nicht einschätzen, ob er froh darüber war oder ob ihn meine Worte irgendwie gekränkt hatten.

Er räusperte sich und riss mich damit aus meinen Gedanken. »Hast du noch einmal darüber nachgedacht, wie es mit dem Pub weitergeht?«

»Nein. Ich habe ehrlich gesagt keinen Sinn darin gesehen.«

Wieder nickte er. »Ich habe mir aber Gedanken gemacht, und ich hätte einen Vorschlag. Da ich weiß, dass er dir vermutlich nicht gefallen wird, musst du mir jetzt versprechen, erst zuzuhören und mich aussprechen zu lassen, bevor du ihn kategorisch ablehnst.« Er zog die Augenbrauen nach oben und schaute mich abwartend an.

Ich seufzte. »Okay.«

Jonah beäugte mich skeptisch, als wollte er sichergehen, dass ich die Wahrheit sagte. »Um die Zwangsversteigerung abzuwenden, leihe ich dir Geld. Nein!«, ermahnte er mich streng, als ich den Mund aufmachte, um zu widersprechen. »Du hast versprochen, erst zuzuhören.« Ich presste meine Lippen so fest aufeinander, dass es fast schmerzte. »Ich leihe dir das Geld, und um es wieder reinzuholen, veranstalten wir einen Spendenaufruf.«

Jetzt runzelte ich die Stirn. »Einen Spendenaufruf?«

Kurz schaute er mich streng an, weil ich ihm dazwischengeredet hatte. »Ganz genau.« Jonah nickte. »Die Leute lieben den Pub, und er liegt ihnen sehr am Herzen.«

»Darf ich jetzt etwas zu deinem Vorschlag sagen?«, fragte ich und seufzte, als er nickte. »Wer soll denn bitte schön spenden? Ich habe die Leute doch alle vergrault. Niemand gibt mir freiwillig Geld. Sie glauben doch ohnehin schon, dass ich nur auf den Profit aus bin. Wie sieht es da aus, wenn ich sie nun auch noch um Spenden anbettele?«

»Erstens bettelst du niemanden an, und zweitens werden die Leute gern spenden, wenn sie erfahren, wie schlimm es um den Pub wirklich steht – wenn sie von der Zwangsversteigerung erfahren.«

»Das mag ja sein, aber da ist immer noch das Problem, dass mir niemand zuhört.«

»Das überlass mal mir. Wir planen die Spendenaktion gemeinsam, und ich versichere dir, dass sie ein Erfolg wird.«

Ich betrachtete Jonah, der einen so überzeugten Gesichtsausdruck aufgesetzt hatte, dass ich mich fragte, woher er diese Zuversicht nahm. Er kannte die Leute besser und länger als ich, vielleicht war er sich deshalb so sicher. Trotzdem hatte ich noch meine Zweifel. Nach der Sache mit Tom hatte ich das Gefühl, dass alle ein wenig nachtragend waren.

»Ich weiß nicht«, sagte ich. »Irgendwie klingt das zu gut, um wahr zu sein.«

»Es ist doch egal, wie es klingt. Hauptsache, der Pub wird vor der Versteigerung gerettet.«

Ich musterte Jonah mit gerunzelter Stirn. »Warum ist dir das so wichtig? Am Ende wird es doch ohnehin darauf hinauslaufen, dass der Laden geschlossen wird und ich ihn verkaufe. Wäre es da tatsächlich so schlimm, wenn es jetzt schon passierte? Ich zögere das Unvermeidliche doch nur bis Februar hinaus, weil ich es dir versprochen habe.«

Jonah beugte sich nach vorn und stützte die Ellbogen auf die Oberschenkel, die Hände ineinander verschränkt. Von der Seite sah er mich an, ein Mundwinkel leicht in die Höhe gezogen.

»Was?«, fragte ich, als er nichts sagte.

»Eventuell hatte ich die Hoffnung, dich überreden zu können, den Laden nicht aufzugeben.« Er rieb sich über seinen Bart, der mittlerweile dichter geworden war und nichts mehr von einem Dreitagebart hatte. Fragend schaute ich ihn an. »Ich glaube, mittlerweile weißt du, wie viel mir der Pub bedeutet. Pete hat mich nach dem

Tod meines Vaters nicht nur aufgefangen, als ich nicht weiterwusste, er hat mir auch einen Zufluchtsort gegeben. Einen Ort, an dem ich nicht darüber nachdenken musste, dass ich meinen Vater verloren hatte. Einen Ort, an dem ich gelernt habe, dass da immer noch Menschen sind, die mir helfen und die Lücke, die der Verlust in mein Herz gerissen hat, zwar nicht vollständig füllen können, aber es trotzdem versuchen.« Sein Blick glitt wieder zu dem Foto. »Ich habe dir bereits erzählt, dass Pete zu so etwas wie einem Vaterersatz für mich geworden ist. Aber er hat so viel mehr für mich getan, indem er mir die Chance gegeben hat, bei ihm anzufangen.«

Ohne darüber nachzudenken, legte ich eine Hand auf seine Schulter und drückte sie leicht. Ich wusste genau, was Jonah meinte. In gewisser Weise war es für mich das Gleiche. Mit dem Unterschied, dass ich erst hergekommen war, nachdem Peter schon weg gewesen war. Außerdem hatte ich weder meinen Vater noch meine Mutter verloren. In meiner Brust schlug kein kaputtes Herz, das durch einen Verlust entstanden war. Trotzdem fühlte ich jedes von Jonahs Worten. Für einen kurzen Augenblick hatte ich die Gemeindemitglieder an mein Herz gelassen und zugelassen, dass sie kleine Pflaster darauf klebten.

Jonah schnaubte amüsiert. »Ich wollte, dass du dich in Schottland verliebst, damit es dir schwerfällt, wieder zu gehen und den Pub zurückzulassen.« Er schüttelte über sich selbst den Kopf.

»Jetzt willst du das nicht mehr?« Ich wollte meine Hand gerade von seiner Schulter nehmen, doch da legte er seine Hand auf meine und hielt sie fest. Er drehte sich ein wenig, um mich besser ansehen zu können, dabei rutschten unsere Hände von seiner Schulter, doch er ließ sie nicht los. Seine braunen Augen strahlten so viel Wärme aus, und doch verursachte mir ihre Intensität eine Gänsehaut.

»Nein.« Sein Daumen strich über meinen Handrücken. »Jetzt bin ich noch viel egoistischer. Jetzt will ich nicht nur, dass du dich in Schottland verliebst, damit es dir schwerfällt, zu gehen und den Pub zurückzulassen. Sondern auch, damit es dir schwerfällt, *mich* zu verlassen.«

Ich öffnete den Mund, um etwas zu sagen, aber ich brachte kein Wort zustande, wusste nicht, was ich sagen sollte.

Jonah sah mich eindringlich an. Ich mochte ihn, mehr als ich anfangs für möglich gehalten hatte. Ich wollte es ihm sagen, gleichzeitig wollte ich ihm keine falschen Hoffnungen machen. Also schwieg ich. Ich schwieg, obwohl ich ihm so gern gesagt hätte, dass mich allein der Gedanke, wieder zu gehen, bereits innerlich zerriss. Denn was Jonah nicht wusste: Er hatte es geschafft. Ich hatte mich bereits in Schottland verliebt. Und irgendwie hatte er es auch geschafft, sich in mein Herz zu schleichen.

Jonah schaute mich noch immer an. Mit jeder Sekunde, in der ich nichts sagte, schien das Licht in seinen Augen dunkler zu werden. Er hatte mir gerade unmissverständlich zu verstehen gegeben, dass er Gefühle für mich hatte, und ich saß nun hier und bekam den Mund nicht auf, aus Angst, das Falsche zu sagen. Aber ich ertrug seinen niedergeschlagenen Blick nicht. Ohne über die Folgen nachzudenken, beugte ich mich vor und presste meine Lippen auf seine. Sofort fingen sie an zu kribbeln. Jonah saß still da. Vermutlich war er zu überrascht, doch dann legte er seine Hände an meine Wangen und hielt mein Gesicht. Er bewegte seine Lippen an meinen, und als er mit der Zungenspitze sanft darüber strich, öffnete ich sie bereitwillig und gewährte ihm Einlass. Der Kuss war genauso intensiv wie nach unserem Besuch auf dem Weihnachtsmarkt. Schon damals hatte ich mir gewünscht, dass er niemals endete, wollte es mir aber nicht eingestehen. Hatte mir eingeredet, dass es ein Fehler gewesen war und nie wieder passieren durfte. Doch jetzt wollte ich daran nicht mehr denken. Wenn sich so Fehler anfühlten, wollte ich sie für den Rest meines Lebens begehen.

Ich schlang die Arme um seinen Nacken, rutschte näher an ihn heran, bis sich unsere Oberkörper berührten. Seine Hände fanden meine Taille, bohrten sich leicht in meine Haut, was mir ein leises Stöhnen entlockte. Sofort verschloss Jonah meinen Mund wieder mit seinem.

Irgendwie schaffte Jonah es, mich auf den Rücken zu legen. Er ragte über mir auf, seine Beine zwischen meinen. Sein Becken lag auf meinem, und ich konnte spüren, was dieser Kuss in ihm auslöste. Ein Keuchen löste sich aus meiner Kehle, als ich sein volles Gewicht auf mir spürte.

»Tut mir leid«, sagte er atemlos und hob sein Becken. Sofort vermisste ich seine Wärme und schlang die Arme um seinen Rücken, um ihn wieder auf mich zu ziehen. Ich wollte nicht über die Gründe nachdenken, die mich in den letzten Wochen davon abgehalten hatten, genau das hier mit Jonah zu tun. Wollte nicht daran denken, dass er mein Mitarbeiter war, dass ich ihm ein Versprechen gegeben hatte, dass ich nur noch für eine begrenzte Zeit hier sein würde. Stattdessen wollte ich einfach nur fühlen.

Vor allem aber wollte ich nicht darüber nachdenken, wie sehr ihn das hier am Ende verletzen könnte. Aus genau diesem Grund hatte ich ihm nicht sagen wollen, dass ich genauso für ihn empfand, wie er für mich – auch weil ich es mir selbst nicht hatte eingestehen wollen. Ich wollte ihn nicht verletzen und ihm Hoffnungen machen. Doch genau das tat ich nun, auch wenn ich die Worte nicht aussprach. Beim Anblick von Jonah, beim Gefühl seiner Lippen auf meinen, seinen Händen auf meinem Körper setzte mein Verstand aus, und ich wollte nur noch fühlen. Weil ich dieses Gefühl noch nie verspürt hatte. Es war mir fremd, und doch wollte ich nicht, dass es aufhörte, dass es verschwand. Ich wusste, dass es selbstsüchtig war. Dass es besser gewesen wäre, die Sache sofort zu beenden, aber es ging nicht. Dafür war es einfach zu gut.

Jonah stützte die Hände neben meinem Kopf ab, damit sein Gewicht nicht vollständig auf mir lastete, aber selbst das wäre mir gerade herzlich egal gewesen. Im Moment war mir alles egal. Hauptsache, er hörte nicht auf. Als hätte er meine Gedanken gehört, küsste er mich erneut.

Irgendwann fanden wir den Weg in sein Schlafzimmer. Seine Lippen auf meinen, an meinem Hals, hinter meinem Ohr. Seine Hände erkundeten meinen Körper, während meine das Gleiche bei seinem taten.

Ich wusste nicht, wie oder wann unsere Kleidung auf dem Boden gelandet war, ob wir uns selbst oder gegenseitig ausgezogen hatten, doch auch das war egal. Alles war egal. Einzig wir zählten. Er und ich. Gemeinsam. Hier und jetzt. In einem Moment, den man nicht mit einer Kamera festhielt, sondern den man einfach lebte. Fühlte. Genoss.

Kapitel 25

Die Schneeflocken tanzten vor dem Fenster. Mittlerweile war es draußen so weiß, dass die frische Schicht Schnee gar nicht mehr auffiel. Letzte Nacht war es noch einmal merklich abgekühlt. Tatsächlich herrschten so starke Minusgrade, dass es eine Herausforderung gewesen war, heute herzulaufen. Die Straßen waren vollkommen vereist, und die Autos schlichen im Schneckentempo durch die Stadt. Der Winterdienst hatte alle Mühe, die Straßen wieder frei zu kriegen, da es unaufhörlich schneite. Auch die Bürgersteige waren vereist gewesen, und es hatte eine Ewigkeit gedauert, bis ich den Pub endlich erreicht hatte. Nur einmal war ich ausgerutscht und unglücklich aufs Steißbein gefallen. Ich konnte förmlich spüren, wie sich dort nun ein blauer Fleck entwickelte.

»Dann lass mal hören«, sagte ich zu Jonah, der mit einem Block mir gegenüber Platz nahm. Wir waren die Einzigen im Pub. Gestern hatten wir beschlossen, dass wir den Laden auch weiterhin öffneten für den Fall, dass doch jemand vorbeikam. Ich glaubte noch nicht daran.

Jonah schlug seinen Block auf. Zum Vorschein kam eine komplett vollgeschriebene Seite. Die Worte waren überall verteilt, und es schien wie das reinste Chaos. Es wirkte, als hätte Jonah jeden Gedanken, so schnell es ging, irgendwo aufgeschrieben, bevor der nächste kam und er ihn wieder vergessen konnte. Trotzdem schien er den Überblick zu haben.

»Nachdem ich dich gestern nach Hause gebracht hatte, habe ich mir noch einige Gedanken gemacht.«

»Das sehe ich.«

»Auf jeden Fall habe ich mir überlegt, dass wir eine alte Tradition von Pete wieder aufleben lassen sollten. Ich weiß gar nicht so genau, warum er sie aufgegeben hat.« Den letzten Satz sagte er mehr zu sich selbst als zu mir.

»Welche Tradition?«

»Er hat in der Adventszeit vor dem Pub einen Briefkasten aufgehängt, in den Kinder ihre Wünsche werfen konnten. Die Pub-Besucher, die wollten, haben sich einen Kinderwunsch ausgesucht und das Geschenk besorgt. Einen Tag vor Weihnachten gab es dann auf dem Parkplatz eine kleine Weihnachtsfeier, auf der die Geschenke verteilt wurden.«

»Und wie soll das dem Pub helfen? Versteh mich nicht falsch, ich finde die Idee super, aber ich sehe da keinen Zusammenhang.« Ich runzelte die Stirn.

»Im ersten Moment scheint es, als würde es nicht helfen«, stimmte er mir zu und verwirrte mich noch mehr. »Aber die Leute *wollen* helfen. Sie sind extra deswegen hergekommen, um den Kindern eine Freude zu machen. Sie sind zwar wegen der Wünsche gekommen, aber wegen des Pubs und der Gesellschaft geblieben. An so einem Abend haben wir guten Umsatz gemacht.«

Wenn er es so erklärte, hörte sich das wirklich fantastisch an und genau nach dem, was wir brauchten. Dennoch war ich skeptisch. Weihnachten stand quasi schon vor der Tür, und ich befürchtete, dass diese Aktion nun zu kurzfristig war. Außerdem war ich mir immer noch nicht sicher, ob die Leute es überhaupt mitbekamen, wenn wir nun einen Briefkasten aufstellten.

»Du wirkst nicht überzeugt«, stellte Jonah fest und zog die Brauen zusammen.

Kurz teilte ich ihm mit, was mir gerade durch den Kopf gegangen war. Als ich fertig war, nickte er, ehe er auf seinen Block schaute und auf einen neuen Punkt deutete.

»Daran habe ich gedacht. Mittlerweile weißt du, dass sich Neuigkeiten hier wie ein Lauffeuer verbreiten. Sobald ich mit George, Tom, Chloe oder sonst irgendwem geredet habe, weiß es wenig später die ganze Stadt. Also darum müssen wir uns keine Gedanken machen. Ich kümmere mich darum, dass jeder Bescheid weiß.«

Die Entschlossenheit war Jonah ins Gesicht geschrieben. Es bestand kein Zweifel daran, dass er seine Worte wirklich glaubte. Ich hoffte, dass er recht behielt. Es war bereits schlimm genug, von einem Fettnäpfchen ins nächste zu treten. Ich wollte jetzt nicht auch noch eine Spendenaktion veranstalten, die kein Erfolg werden würde. Vor allem dann nicht, wenn es um Kinder ging. Ich wollte mir ihre traurigen Gesichter gar nicht vorstellen, wenn ihnen bewusst wurde, dass niemand ihre Wünsche erfüllt hatte. Aber vielleicht waren Kinder tatsächlich der Schlüssel zum Erfolg. Wenn ich sie schon nicht traurig sehen wollte, wollten die anderen das bestimmt auch nicht. War es manipulativ? Ja. Hatte ich deshalb ein schlechtes Gewissen? Nein. Mittlerweile war mir jedes Mittel recht.

»Angenommen, es wird ein Erfolg, und die Leute kommen tatsächlich«, sagte ich und versuchte, nicht allzu skeptisch zu klingen. »Die Einnahmen des Abends werden niemals reichen. Ich meine, du willst mir mehr Geld leihen, als mein Onkel normalerweise an einem Abend eingenommen hat.«

»Es wird nicht reichen.«

Meine Schultern sackten bei diesen unverblümten Worten nach unten, obwohl es mir eigentlich schon klar gewesen war. Trotzdem war es etwas anderes, diese Tatsache ausgesprochen zu hören. »Oh«, sagte ich. Selbst ich konnte hören, wie viel Enttäuschung in diesem kleinen Wort mitschwang.

»Es wird nicht reichen, aber es ist ein Anfang«, sagte Jonah. Seine Worte sollten mich beschwichtigen, aber das taten sie nicht. Wie sollte ich Jonah das Geld zurückzahlen, wenn nicht genug Leute vorbeikamen? Es würde genau das passieren, was ich von Anfang an hatte vermeiden wollen: Schulden bei Jonah zu haben und ihm diese finanzielle Bürde auch noch ans Bein zu binden.

»Es ist in Ordnung.« Er griff über den Tisch nach meiner Hand. »Du musst mir das Geld nicht sofort zurückzahlen. Das Wichtigste ist, dass wir die Zwangsversteigerung abwenden. Alles andere ist mir egal. Ich weiß, du willst mein Geld nicht, wolltest du nie, aber jetzt ist es nun einmal so, und das ist gut so. Ich wollte helfen und bin froh, dass ich es kann.«

»Trotzdem fühle ich mich schlecht dabei.«

»Nein, hör auf«, unterbrach Jonah mich. »Es stand dir ohnehin nicht zu, mir zu verbieten, was ich mit meinem Geld mache.« Ich verdrehte bei seinen Worten die Augen. »Außerdem war das Geld sowieso für den Pub bestimmt.« Er zuckte mit den Schultern, und ein kaum merkliches Lächeln umspielte seine Lippen, das seine Augen aber nicht erreichte.

»Wie meinst du das?«

»Ich hatte immer gehofft, dass ich den Pub einmal übernehmen würde. Also habe ich angefangen zu sparen, damit ich, wenn es so weit ist, direkt in einige Umbaumaßnahmen investieren kann. Nichts Drastisches, nur ein paar Dinge erneuern wie zum Beispiel die Stühle, die bei jeder Bewegung quietschen, oder die rissigen Polster auf den Bänken.« Er deutete mit dem Stift auf eine der Bänke. Tatsächlich hatten die Polster schon bessere Tage gesehen.

In Jonahs Stimme konnte ich hören, dass er sich viele Gedanken darüber gemacht hatte. Und vielleicht stimmte es. Ich hatte kein Recht, darüber zu entscheiden, was er mit seinem Geld anstellte. Trotzdem war es mir unangenehm, dass er mir so unter die Arme griff. Diese Art von Hilfe war ich nicht gewohnt. Seit ich alt genug war, ging ich arbeiten, um mir ein bisschen Taschengeld zu verdienen. Meine Mutter hatte mir die letzten Jahre mein Kindergeld überlassen, und das auch nur, nachdem ich sie darauf angesprochen hatte. Sie hatte das Geld nie für mich ausgegeben, obwohl es eigentlich für mich gedacht gewesen war. Daher hatte ich es nur für richtig empfunden, dass sie es mir überwies, anstatt es für sich selbst und neue Handtaschen oder teure Abendessen in todschicken Restaurants auszugeben. Doch mit Beginn meines fünfundzwanzigsten Lebensjahres war damit Schluss. Jetzt fielen die monatlichen Zahlungen weg, und ich musste zusehen, wie ich klarkam.

Umso schwieriger war es nun für mich, das Geld von Jonah anzunehmen. Ich wusste, ich würde es ihm zurückzahlen müssen. Doch im Augenblick hatte ich nichts. Alles, was ich verdiente, ging für die Miete in der WG drauf. Jetzt zu hören, dass die Spendenaktion, die die Leute anlocken sollte, damit sie ihren Abend im Pub verbrachten, vermutlich nicht reichte, machte die ganze Situation auch nicht besser. Und dennoch hatte ich es zugelassen. Das zeigte einmal mehr, wie verzweifelt ich war.

»Vertrau mir«, drang Jonahs Stimme durch mein Gedankenchaos. »Wir schaffen das. Die Zwangsversteigerung wird abgewiesen, und bis zum Jahrestag werden wir so viel einnehmen, dass die Kosten wieder gedeckt und die restlichen offenen Rechnungen beglichen sind.«

Ich wollte ihm wirklich glauben. Aber anders als er hatte ich die Zahlen gesehen. Ich wusste, wie hoch die Summe war, die ich den unterschiedlichen Leuten und Unternehmen noch schuldete. Bis zum Jubiläum war es außerdem nicht mehr so lange, aber in dieser Zeit würde ich noch mehr Geld ausgeben. Immerhin konnte ein Pub ohne Getränke nicht laufen. Also musste ich da wieder Geld in die Hand nehmen, das ich nicht hatte, und erst einmal etwas investieren, bevor ich es wieder einnehmen konnte. Es war ein verdammter Teufelskreis. Ich hoffte nur, dass die Gemeinde tatsächlich verstand, warum ich die Preise angehoben hatte und dass es absolut notwendig war.

Ich würde das Geld annehmen, und dann konnte ich nur hoffen, das Jonah richtiglag. Wenn ich ihm das Geld nicht zurückgeben konnte, wäre das eine Katastrophe.

»Und abgesehen von dem Briefkasten?«, fragte ich, um wieder auf unser eigentliches Thema zurückzukommen. »Ich meine, das kann unmöglich alles sein, oder?«

Jonah schmunzelte. »Ist es nicht. Ich habe mir überlegt, dass wir vielleicht einen kleinen Streichelzoo auf dem Parkplatz aufbauen könnten.«

»Einen ... Streichelzoo? Auf dem Parkplatz?« Kopfschüttelnd legte ich die Stirn in Falten. »Wo bitte sollen wir die Tiere dafür hernehmen, geschweige denn einen Zaun oder das ganze Futter. Und weißt du, was das kostet? Außerdem haben wir Winter. Minusgrade. Welche Tiere sollen wir in die Kälte stellen? Was soll das überhaupt bringen?«

»Ganz ruhig. Ich habe mir Gedanken darüber gemacht

und auch schon eine Lösung gefunden. Tatsächlich habe ich schon alles organisiert.«

»Wann? Und ohne mich zu fragen?«

»Ja, weil ich wusste, dass du dir wieder zu viele Gedanken machen würdest. Bevor du jetzt wieder widersprichst«, sagte er schnell, als ich genau das tun wollte. »Ich habe einen guten Bekannten, der einen Bauernhof besitzt. Als ich ihm heute Morgen erzählt habe, warum wir einen Streichelzoo haben wollen, hat er sich direkt bereit erklärt und will nicht einmal etwas als Gegenleistung.« Jonah musste mir meine Skepsis ansehen, denn er sprach weiter. »Pete hat früher auch mal einen kleinen Streichelzoo organisiert. Für die Kinder war es neben den Geschenken das Highlight der Veranstaltung. Und die Eltern haben sich gefreut, weil ihre Kinder beschäftigt waren, während sie einen schönen Abend hatten und sich unterhalten konnten.«

»Und es macht den Tieren nichts aus, dass es so kalt ist?«

Jonah schüttelte den Kopf. »Die sind das gewohnt. Zur Not können wir auch noch einen dieser Heizpilze aufstellen. Aber eigentlich brauchen sie das nicht.«

Ich schluckte. Jonah hatte sich wirklich Gedanken gemacht und dafür gesorgt, jeden meiner Einwände direkt abzuwehren.

»Na schön«, gab ich mich geschlagen. Wie ging das Sprichwort mit dem geschenkten Gaul noch gleich? Ich sollte Jonahs Hilfe einfach akzeptieren. Alles, was die Leute in den Pub lockte, war mir nur recht. Je mehr Menschen kamen, desto mehr Geld konnte ich einnehmen.

»Gehe ich recht in der Annahme, dass du dir auch schon einen Tag ausgesucht hast, an dem das alles stattfinden soll?«, fragte ich.

In Jonahs rechter Wange bildete sich ein Grübchen, als er lächelte. »Habe ich in der Tat. Am Samstag. Zugegeben, es wird ein bisschen stressig, weil der Laden ja auch noch offen ist und wir alles gleichzeitig machen müssen, aber ich bin mir sicher, dass wir das hinbekommen.« Seine Stimme strotzte nur so vor Zuversicht.

»Samstag? Nächsten Samstag?«, fragte ich mit großen Augen. Das war in sieben Tagen. Wie in Gottes Namen sollten wir den Briefkasten für die Spenden aufstellen, die Weihnachtsfeier organisieren und der Gemeinde Bescheid sagen? Das ging alles viel zu schnell.

»Innerlich flippst du gerade aus, oder?« Jonah zog fragend eine Augenbraue nach oben.

Fassungslos starrte ich ihn an. »Natürlich flippe ich aus. Wie sollen wir das schaffen?«

Jonah hatte doch tatsächlich die Nerven, mit den Augen zu rollen. »Ich habe dir doch gesagt, wir schaffen das. Der Streichelzoo ist schon so gut wie organisiert, Getränke haben wir auch genug – abgesehen von dem heißen Kakao für die Kinder, aber der ist auch schnell besorgt. Ansonsten müssen wir uns nur noch überlegen, ob wir einen Pavillon aufstellen für den Fall, dass es zu stark schneit oder sogar regnet. Ach ja, und schmücken müssen wir noch. Aber auch da habe ich eine Idee. Chloe und ihr Bruder haben angeboten, uns zu helfen. Oh, ich muss nur noch eine Spardose besorgen, damit die Leute dann auch Spenden für den Pub abgeben können.«

Ich schüttelte ungläubig mit dem Kopf. Dieser Mann machte mich noch verrückt. Warum hatte er auf alles eine Antwort? Und warum, verdammt noch mal, sah er die ganze Angelegenheit so locker? Man stellte doch nicht so mir nichts, dir nichts eine Weihnachtsfeier samt Spendenaktion auf die Beine. Schon gar nicht, wenn an ihr die Zukunft des Pubs hing.

Als ich Jonah anschaute, sah ich seinen entschlossenen Blick. Er glaubte tatsächlich, dass wir das schafften. Warum also sträubte ich mich so?

»Okay«, sagte ich nach einer Weile. »Ich ... ich vertraue dir. Wenn du sagst, dass wir es schaffen, dann vertraue ich dir.« Was hatte ich denn jetzt noch zu verlieren?

»Gut«, sagte er, während sich seine Mundwinkel nach oben zogen. »Wird aber auch endlich Zeit.«

Ich schüttelte schnaubend den Kopf. Jonah hatte keine Ahnung, wie schwer es für mich war, ihm in Bezug auf diese Sache zu vertrauen. Doch in den letzten Tagen hatte er mich nicht daran zweifeln lassen, dass er nicht nur alles dafür tun würde, um dem Pub zu helfen, sondern auch mir.

»Den Briefkasten habe ich übrigens vorhin bei George abgeholt und werde ihn später aufstellen. Pete hat ihn bei ihm gelagert, weil er eine große Garage hat, die er nicht braucht. Bei der Gelegenheit habe ich ihm auch direkt von der Spendenaktion erzählt. Also müssen wir die Aktion jetzt ohnehin durchziehen. Schließlich würden wir ziemlich blöd dastehen, wenn wir jetzt noch einen Rückzieher machen würden.«

»Du machst mich wahnsinnig.«

»Aber du liebst es«, erwiderte er mit einem schelmischen Grinsen.

Ich antwortete nicht, schüttelte nur ungläubig mit dem Kopf. Denn ich hatte tatsächlich gegen meinen Willen und jegliche Vernunft Gefühle für den Mann vor mir entwickelt. Doch Letzteres sagte ich ihm nicht. Nach unserer gemeinsamen Nacht konnte er sich das aber auch selbst denken. Ich hoffte nur, dass es die ganze Sache, und vor allem meine Abreise, nicht verkomplizieren würde. Denn ich glaubte zum ersten Mal in meinem Leben, so etwas wie Liebe zu spüren. Bei dem Gedanken, zurück nach Deutschland zu reisen, zog sich etwas in meinem Inneren zusammen.

Kapitel 26

Mit offenem Mund stand ich zwei Tage später in der Tür, die Klinke noch in der Hand und starrte in den Raum. Die Kälte von draußen zog an mir vorbei, umspielte meinen Körper, aber ich spürte es gar nicht. Ich war von dem Anblick vor mir zu schockiert.

»Was zur Hölle?«, murmelte ich leise vor mich hin. Mein Blick glitt zur Bar, hinter der Jonah stand und ein Bier nach dem anderen einschenkte und es auf den Tresen stellte.

»Ay, *Lassie*! Mach die Tür zu, es zieht«, hörte ich die Stimme von George, die mich nur bedingt aus meiner Schockstarre löste. Ich schloss die Tür und ging wie betäubt durch die Menschenmassen zum Tresen.

»Was ist denn hier los?«, fragte ich Jonah, nachdem ich neben ihn an die Bar getreten war. Kein einziger Hocker und kein Tisch waren mehr frei. Es sah fast so aus, als wäre ganz Kinmore heute Abend hier.

Jonah zuckte mit den Schultern. »Ich habe mich ein bisschen umgehört, ob noch jemand bei unserer Spendenaktion und Weihnachtsfeier helfen möchte, und irgendwie hat sich das hier«, er machte eine allumfassende Geste, »in ein Meeting verwandelt. Jeder hat Vorschläge gemacht, was gemacht werden kann oder wobei er oder sie helfen kann.«

»Aber … das ist …« Ich hatte keine Worte für das Bild,

was sich mir da gerade bot. »Danke«, sagte ich schließlich und schlang meine Arme um ihn, bevor er auch nur irgendetwas sagen konnte. Ich drückte ihn, so fest ich konnte, war ihm so dankbar. Es dauerte nur einen Moment, ehe er die Umarmung erwiderte. Ich schmiegte mich an ihn, meine Wange an seiner Brust, unter der ich das stetige Pochen seines Herzens spürte. Sein Duft umspielte meine Nase, ein Geruch, der mir mittlerweile so vertraut war, dass ich ihn überall wiedererkannt hätte. Jonahs Hand strich sanft über meinen Rücken. Auf und ab, wieder und wieder. Am liebsten wäre ich ewig in seinen Armen stehen geblieben. Doch natürlich unterbrach uns ein Räuspern. Auch ohne nachzusehen, wusste ich, dass es von George kam. Er sagte nichts, und als ich ihn mit zusammengekniffenen Augen anfunkelte, sparte er sich seinen Kommentar à la »Nehmt euch ein Zimmer«.

»Wie hast du das geschafft?«, fragte ich an Jonah gewandt, der gerade dabei war, einige der Gäste abzukassieren. Sie alle zahlten ohne Murren die neuen Preise. Sicher hatte Jonah hier ebenfalls Überzeugungsarbeit geleistet und allen erklärt, warum ich diesen Schritt gegangen war. Ich war froh, dass sie wenigstens ihm zugehört hatten, wenn sie es bei mir schon nicht taten.

Jonah zuckte mit den Schultern. »Die Wahrheit ist immer noch das überzeugendste Argument«, meinte er schlicht.

Die Gäste, die gezahlt hatten, verließen den Pub, während andere noch diskutierten. Die wenigen Gesprächsfetzen, die ich aufschnappte, handelten allesamt von der Weihnachtsfeier. Ein Lächeln schlich sich auf mein Gesicht. Auch wenn ich wusste, dass sie alle eher wegen des Pubs hier waren als für mich, freute es mich, dass sie bereit waren zu helfen.

Mittlerweile waren es nur noch fünf Tage bis Samstag. Uns blieb nicht mehr viel Zeit, um alles zu planen und zu organisieren. Hatte ich Jonahs Vorhaben letztens als überaus ambitioniert empfunden, sah ich die Sache jetzt schon wieder in einem anderen Licht. Wenn die halbe Gemeinde mithalf, war ich optimistisch, dass wir tatsächlich etwas Großartiges auf die Beine stellen konnten.

Kapitel 27

Ich war zu spät.

Wie eine Irre sprang ich vom Stuhl, blieb dabei am Stuhlbein hängen und konnte mich gerade noch abstützen, um nicht mit dem Gesicht voran auf den Boden aufzuschlagen. Die letzte Stunde hatte ich einen Videocall mit meinem Professor gehabt, der mir versicherte, dass alles okay war und meine Masterarbeit auf dem richtigen Weg war. Obwohl ich die Abgabefrist hatte verlängern lassen, fühlte ich mich im Stress. Es waren noch sechs Wochen bis zur Abgabe, aber in den letzten Tagen hatte ich kaum ein Wort geschrieben, geschweige denn irgendetwas recherchiert.

Jetzt war ich zu spät dran, um bei den letzten Vorbereitungen für die Feier heute Abend mitzuhelfen. Wir hatten mit den Helfern vereinbart, dass wir uns um elf Uhr trafen, was bedeutete, dass ich bereits eine Stunde verpasst hatte. Schnell flitzte ich ins Bad und versicherte mich mit einem Blick in den Spiegel, dass ich annehmbar aussah, ehe ich im Flur in meine Stiefel und meinen Mantel schlüpfte. Ich war schon fast aus der Haustür, als mir auffiel, dass ich keinen Autoschlüssel hatte. Wo hatte ich das verdammte Ding nur hingelegt?

Eigentlich wollte ich nicht mit dem Auto fahren, aber ich hatte noch etwas Deko im Wagen, die wir vielleicht gebrauchen könnten. Auch wenn wir die letzten Tage bereits mit den Vorbereitungen beschäftigt waren, hatte ich das Gefühl, dass es noch nicht reichte.

Stöhnend drehte ich mich um und versuchte, mich daran zu erinnern, wann ich den Schlüssel das letzte Mal gesehen hatte. Weder in der Küche noch im Wohnzimmer wurde ich fündig. Selbst im Bad schaute ich aus lauter Verzweiflung nach, doch nichts.

Genervt kehrte ich ins Wohnzimmer zurück und ließ mich aufs Sofa fallen. Mittlerweile war ich anderthalb Stunden zu spät. Gerade wollte ich Jonah schreiben, da fiel mein Blick auf die kleine Kommode neben der Tür.

»Das glaube ich jetzt nicht«, murmelte ich, sprang auf und schnappte mir den Schlüssel, der offenbar die ganze Zeit dort gelegen hatte, nur nicht, als ich vorhin geschaut hatte.

Ohne weiter Zeit zu verlieren, machte ich mich endlich auf den Weg zum Pub. Auf den Straßen lag eine dünne Schicht Schnee. Da ich mich nach wie vor nicht daran gewöhnt hatte, auf der falschen Straßenseite zu fahren, umklammerte ich das Lenkrad mit beiden Händen und fuhr so langsam wie möglich, ohne dabei irgendjemanden zu stören.

Ich schaffte es ohne Zwischenfälle an mein Ziel. Auf dem Parkplatz herrschte bereits geschäftiges Treiben. Überall sprangen Leute herum, liefen von links nach rechts, schleppten Kartons oder sprachen sich ab. Jeder hier schien ganz genau zu wissen, was zu tun war.

Nachdem ich den Wagen abgestellt hatte, stieg ich aus und begab mich direkt ins Getümmel. Es dauerte einen Moment, bis ich mir einen Überblick verschafft hatte, aber schließlich entdeckte ich Jonah. Er stand an der Tür und erklärte Bram mit wilden Gesten irgendetwas. Dieser nickte und machte sich dann davon.

»Wie es scheint, hast du alles im Griff«, sagte ich, als ich auf Jonah zuging. Als er mich sah, erhellte sich sein Blick, und er zog mich zur Begrüßung in eine Umarmung. Am liebsten hätte ich es gehabt, wenn er mich geküsst hätte, aber ich verstand, warum er es nicht tat. Wir waren nicht allein. Und auch wenn es vermutlich niemanden hier gestört hätte, war es doch nicht der richtige Moment. Nichtsdestotrotz war ich mir sicher, dass einige bereits ahnten, dass unsere Beziehung mittlerweile nicht mehr nur rein geschäftlicher Natur war. Doch solange man uns nicht direkt darauf ansprach, sah ich auch keinen Grund, schlafende Hunde zu wecken. Außerdem war es vermutlich ohnehin besser, wenn wir über unsere Beziehung schwiegen. Schließlich würde ich bald nach Deutschland zurückkehren. Aus Jonah und mir konnte nichts werden. Unsere Leben spielten sich in zwei komplett verschiedenen Ländern ab, und die Entfernung war einfach zu groß, um einander jedes Wochenende zu besuchen. Daran erinnerte ich mich jedenfalls jedes Mal aufs Neue, damit ich diese Tatsache nicht vergaß.

Sobald die Angelegenheit mit dem Pub erledigt war, würden sich unsere Wege trennen, und das war auch besser so. Nach wie vor machten meine Gefühle für Jonah mir Angst, und ich konnte sie nicht richtig zuordnen. Alles, was ich wusste, war, dass ich bei ihm sein wollte und seine Nähe genoss. Ich hörte ihm gern zu, liebte es, wenn er mir versteckte Orte zeigte, die die meisten Touristen niemals zu Gesicht bekamen. Gleichzeitig waren das auch die Dinge, die mich einschüchterten.

Diese Gefühle waren neu für mich. Hätte ich Linnea gefragt, hätte sie mir vermutlich nur gesagt, was ich insgeheim schon ahnte, aber nicht akzeptieren wollte. Ich hatte mich in Jonah verliebt. Und das, obwohl ich überhaupt nicht wusste, was das überhaupt war. Zwar hatte ich in den letzten Tagen und Wochen einen Eindruck von Liebe bekommen – denn es war offensichtlich, dass es Liebe war, die hier in der Gemeinschaft die treibende Kraft war –, trotzdem hatte ich keine Ahnung, was ich davon halten sollte.

»Alles läuft wie geplant. Und wir liegen genau im Zeitplan.« Jonahs Mundwinkel hoben sich zu einem selbstgefälligen Grinsen, was ihm ein gespielt genervtes Augenrollen von mir einbrachte.

Letzte Nacht hatte ich ihm panisch Nachrichten geschrieben, weil ich mir sicher gewesen war, dass wir irgendetwas vergessen hatten oder wir nicht alles rechtzeitig schaffen würden. Jonah hatte mir mit seinem üblichen »Vertrau mir« versichert, dass alles funktionieren würde. Und so, wie es aussah, konnte ich mich ohne Probleme auf ihn verlassen.

»Ich kann es immer noch nicht glauben«, sagte ich und ließ meinen Blick über die Menge an Helfern schweifen. Es war absurd, dass sie tatsächlich alle hier waren, um mir zu helfen. Dabei hatte ich mich ihnen gegenüber wirklich schrecklich verhalten. Sie waren nicht gut auf mich zu sprechen gewesen und waren der festen Überzeugung, dass ich nur auf mein Erbe und das Geld aus war. Zum Glück hatte sich ihre Meinung über mich geändert. Das hatte ich einzig und allein Jonah zu verdanken, der den Vermittler gespielt hatte, obwohl seine Bemühungen zu Beginn aussichtslos erschienen waren.

»Glaub es lieber«, sagte Jonah. Er öffnete die Tür zum Pub und legte mir die Hand auf den Rücken, um mich hindurchzuschieben.

Im Pub war es ruhiger, doch auch hier saßen einige Leute und wirkten beschäftigt.

»Das sind Santas kleine Helfer.« Jonah deutete mit dem Kinn auf einen Tisch, an dem Chloe saß und gerade mit einem Klebestift herumhantierte. Erst bei genauerer Betrachtung erkannte ich, dass auf dem Papier eine Zeichnung vom Weihnachtsmann war.

»Hey, Vivi«, begrüßte sie mich, als sie aufblickte. »Ich dachte mir, es wäre eine süße Idee, wenn die Kinder nicht nur ihre Spielsachen bekommen, sondern auch einen kleinen Brief von Santa erhalten. Ich hätte es als Kind zumindest cool gefunden, wenn er mir geschrieben hätte, anstatt mir nur Geschenke unterm Baum dazulassen. Ich weiß noch, dass ich immer so viele Fragen hatte.« Sie grinste, und Jonah neben mir lachte.

Vollkommen überfordert, weil ich immer noch nicht so recht glauben konnte, dass all diese Menschen hier waren, um mir zu helfen, ließ ich mich auf einen Stuhl fallen und rieb mir übers Gesicht.

»Alles in Ordnung?«, fragte Chloe. Echte Sorge schwang in ihrer Stimme mit. »Hab ich etwas Falsches gesagt? Gefällt dir die Idee nicht? Ich weiß, es ist nicht abgesprochen, und ich hätte dich vorher fragen sollen, aber ich dachte ...«

Ich schüttelte den Kopf. »Nein, es ist nur ... gerade alles ein bisschen viel.«

Jonah ging vor mir in die Hocke und nahm meine Hände in seine eigenen. Sie waren noch kalt von den Temperaturen draußen.

»Willst du dich ein bisschen ausruhen?«, fragte er sanft. Ich konnte ihn nur ungläubig anstarren.

»Ist das dein Ernst?«, brachte ich schließlich hervor. Verwirrt zog er die Augenbrauen zusammen. »Ich kann mich doch nicht ausruhen, während die halbe Gemeinde auf den Beinen ist, um mir bei der Weihnachtsfeier zu helfen. Wie würde das denn aussehen? Es ist ohnehin schon viel zu viel, was die Leute hier alles tun.«

Ich wollte aufstehen, doch Jonah hielt mich davon ab, indem er meine Hände weiterhin festhielt.

»Nein, lass mich. Ich muss helfen!« Je länger ich hier herumsaß und den Leuten dabei zusah, wie sie werkelten, aufbauten und irgendetwas Sinnvolles taten, desto unruhiger wurde ich. Es stimmte schließlich. Ich lief hier herum wie ein kopfloses Huhn, während alle anderen einer sinnvollen Arbeit nachgingen. Das hier war immer noch der Pub meines Onkels, jetzt meiner, und das bedeutete, dass ich mich auch dafür ins Zeug legen musste. Ich konnte die anderen die ganze Arbeit nicht allein machen lassen.

»Die da draußen haben alles im Griff. Jeder weiß, was zu tun ist«, sagte Jonah. Die Sanftheit seiner Stimme brachte mich jedoch nicht dazu, meine Meinung zu überdenken – im Gegenteil. Seine Worte spornten mich nur noch mehr an, aus meiner Schockstarre zu erwachen und auch endlich etwas zu tun. »Hör mir zu«, sprach er weiter, als er bemerkte, dass ich abermals versuchte aufzustehen. Widerwillig blieb ich sitzen und schaute auf ihn herab, wie er immer noch in der Hocke vor mir saß. »Die halbe Gemeinde – wie du es so schön gesagt hast – ist nicht nur hier, um dir zu helfen. Sie sind hier, weil ihnen so viel an dem Pub liegt, dass sie ihn retten wollen, weil sie Pete vermissen und weil sie etwas für die Kinder tun möchten. Im Grunde sind ihre Motive also ziemlich selbstsüchtig. Daher brauchst du auch kein schlechtes Gewissen zu haben, wenn dich all das hier überfordert. Verstanden?«

Er musterte mich so eindringlich, dass ich mich für

einen kurzen Moment in der Wärme seiner bernsteinfarbenen Augen verlor.

»Hast du mich verstanden?«, fragte er wieder, woraufhin ich nickte. »Gut, dann schauen wir jetzt mal, ob irgendjemand noch ein paar Hände gebrauchen kann.« In einer fließenden Bewegung stand Jonah auf und zog mich mit sich.

Da ich leider überhaupt nicht handwerklich begabt war, kamen Arbeiten mit Hammer und Nagel nicht infrage. Stattdessen packte ich kleine Stoffbeutel mit Schokolade, Nüssen und Mandarinen, ehe ich Chloe mit den Briefen vom Weihnachtsmann half.

Ich erinnerte mich noch an meine Zeit im Kindergarten. Damals war jedes Jahr ein als Weihnachtsmann verkleideter Mann zu uns gekommen und hatte genau solche Beutel mitgebracht. Es war schön zu sehen, dass man diese Tradition auch hier kannte. Vielleicht hatte Pete sie auch einfach eingeführt. Ich hätte Chloe fragen können, aber im Grunde war es unwichtig. Es würde die Kinder glücklich machen, und das war alles, was zählte. Außerdem hatte ich so eine Aufgabe und saß nicht als Einzige tatenlos herum.

Kapitel 28

Mit einem dümmlichen Grinsen schaute ich Jonah unter meinen Wimpern hervor an. Er wirkte äußerst konzentriert, während er die Weihnachtsmannmütze auf meinem Kopf zurechtrückte. Er selbst trug ebenfalls eine. Es hätte nicht möglich sein sollen, aber mit seinem Bart, der mittlerweile wieder ein Dreitagebart war, und der Mütze sah er unverschämt gut aus.

»So ist es perfekt.« Zufrieden musterte Jonah mich, und ich zog fragend die Augenbrauen nach oben.

»Sicher? Sollte sie nicht noch einen Millimeter weiter links sitzen?«, neckte ich ihn, woraufhin er mir in die Seite knuffte.

»Mach dich nur lustig, aber alles muss perfekt sein. Dazu gehört nun mal, dass du deine Mütze richtig trägst«, sagte er mit einem Grinsen auf den Lippen.

Ich schlang ihm die Arme um die Taille und schaute zu ihm auf. Sofort erwiderte er meine Berührung und legte ebenfalls die Arme um mich. »Es ist schon alles perfekt. Dank dir.« Den ganzen Vormittag und Mittag hatten die Helfer unermüdlich geschuftet und Vorbereitungen getroffen. Jetzt war es endlich so weit. In wenigen Minuten würde die Weihnachtsfeier/Spendenaktion endlich beginnen. Nach wie vor war ich überwältigt von der Hilfsbereitschaft, die die Gemeinde heute gezeigt hatte. Mir war bewusst, dass ich das nur Jonah zu verdanken hatte, weil man ihm einfach nichts abschlagen konnte. Nicht zuletzt war das der Grund, warum ich immer noch an meinem Versprechen festhielt. An diesem Abend würde sich zeigen, ob all die Mühen sich auch gelohnt hatten.

»Danke«, sagte ich schlicht. Dieses eine kleine Wort würde niemals ausdrücken können, wie dankbar ich Jonah war, trotzdem musste ich es aussprechen. Um meine Worte zu unterstreichen, ging ich auf die Zehenspitzen und legte meine Lippen auf seine. Es war ein flüchtiger Kuss, nur eine kurze Berührung, und doch reichte sie aus, um ein verräterisches Flattern in meinem Magen auszulösen.

Jonah lächelte mich zufrieden an. Seine Finger zogen leichte Kreise an meiner Taille. »Immer wieder gern.« Auch wenn er es mit einem spielerischen Unterton sagte, wusste ich, dass er es genau so meinte. Er würde wieder vollen Einsatz zeigen, um mir oder dem Pub aus der Patsche zu helfen. »Wir sollten vielleicht anfangen. Die Leute werden langsam ungeduldig.«

Ich konnte es ihnen nicht verdenken. Immerhin waren sie bereits den ganzen Tag hier und hatten sich ihren Glühwein mehr als verdient.

Jonah stahl sich noch einen Kuss, diesmal war er länger, intensiver, als hätte er den ganzen Tag darauf gewartet. Mittlerweile war es mir egal, dass die halbe Gemeinde um uns herumstand und uns zusah. Sie wussten ja doch, was zwischen uns war. George hatte uns vorhin erwischt, wie Jonah mich in der Küche geküsst hatte. Ohne Zweifel hatte er daraufhin jedem, der es hören wollte oder nicht, brühwarm davon erzählt. Damit war die Geheimniskrämerei vorbei. Ich glaubte sogar, gesehen zu haben, dass einige Geldscheine den Besitzer gewechselt hatten, so, als hätten sie auf uns gewettet.

»Du hast recht.« Ich löste mich widerwillig von ihm.

Mit einer Hand auf seiner Brust schob ich ihn von mir, dann drehte ich mich zur Gemeinde. Wir standen draußen vor dem Pub. Die Helfer hatten mehrere Weihnachtsbäume besorgt, und überall leuchteten die bunten Lichter. Gegenüber des improvisierten Glühweinstandes war ein kleiner Bereich abgezäunt, in dem sich zwei kleine Hochlandrinder befanden. Die beiden wurden bereits von einigen Kindern in Beschlag genommen. Am liebsten hätte ich es ihnen gleichgetan. Die beiden waren so süß mit ihrem langen zotteligen braunen Fell und den kurzen Beinen. Irgendjemand hatte ihnen noch Weihnachtsmannmützen aufgesetzt und ihnen ein Glöckchen um den Hals gehängt. Allein bei dem Anblick hätte ich Diabetes bekommen können.

Ich wandte den Blick von den Rindern und atmete einmal kurz durch, bevor ich in die Hände klatschte, um die Aufmerksamkeit auf mich zu ziehen. Das Gemurmel und die Gespräche verstummten, und alle starrten mich an.

»Hallo.« Ich räusperte mich. »Vielen Dank, dass ihr alle zu der diesjährigen Weihnachtsfeier gekommen seid. Und natürlich vielen Dank für die unglaubliche Unterstützung, um das hier«, ich machte eine allumfassende Geste, »auf die Beine zu stellen. Ohne euch wäre das niemals möglich gewesen.« Ich schaute in die Gesichter derjenigen, die heute ihren kompletten Tag geopfert hatten, um hier zu sein. »Ihr habt keine Ahnung, wie viel mir das bedeutet.« Ich zögerte kurz. Kein Wort, kein Satz würde ausreichen, um ihnen allen klarzumachen, wie viel. Mein Blick fand Jonahs. Er nickte mir aufmunternd zu und lächelte.

»Als ich erfahren habe, dass mein Onkel verstorben ist und er mir seinen Pub hinterlassen hat, war ich erst einmal geschockt. Ehrlich gesagt bin ich es immer noch. Ich kann einfach nicht verstehen, warum er sich ausgerechnet mich ausgesucht hat. Und sind wir mal ehrlich, sicher habt ihr euch das in den letzten Wochen auch gefragt. So oft wie ich bei euch ins Fettnäpfchen getreten bin und euch verärgert habe.« Leises Lachen ertönte von einigen, und auch ich musste schmunzeln. »Ich habe einige Fehler gemacht, hätte manche Dinge anders angehen sollen, und das tut mir aufrichtig leid. Es war nie meine Absicht, euch zu verletzten oder euch vor den Kopf zu stoßen.«

Diesmal fand mein Blick den von Tom. Er nickte einmal, und ich hoffte inständig, es war seine Art, mir zu sagen, dass die Sache endgültig vergeben und vergessen war.

»Ihr wisst, dass es nicht so gut um den Pub steht. Das hat zum einen mit Petes Handlungen zu tun, zum anderen aber auch mit meinen Entscheidungen und Fehlern. Wie auch immer der Abend heute ausgeht ... Ich hoffe, dass ich in Zukunft noch viele weitere Fehler machen kann, damit ihr mich zwar für einen Moment hasst, aber mir auch gleichzeitig zeigt, was für eine großartige Gemeinschaft hier herrscht.«

»Wir haben dich nie gehasst«, ertönte von irgendwo eine Stimme.

»Wir waren nur einfach nicht immer so überzeugt von dir«, sagte eine weitere, von der ich glaubte, sie gehörte zu George.

Erneut ging ein Lachen durch die Menge.

»In den letzten Wochen habe ich viel gelernt. Vor allem, was es bedeutet, Teil einer Gemeinde zu sein. Aber noch viel mehr, was Liebe bedeutet.« Unwillkürlich schaute ich zu Jonah, der mich wieder mit diesem unfassbar attraktiven Grübchenlächeln ansah.

»Was ich sagen will ...« Ich schaute mich abermals um. »Ich möchte euch einfach dafür danken, dass ihr trotz allem, was passiert ist, heute hier seid und mir helft. Ich bin so viel Unterstützung nicht gewohnt. Nicht von meiner Familie und schon gar nicht von Menschen, die mir kritisch gegenüberstehen. Und jetzt genug von diesem kitschigen Gelaber. Lasst uns feiern!« Applaus ertönte, und ich wandte mich mit einem Lächeln im Gesicht ab.

»Wenn ihr noch ein paar Pfund in die Spendenbox werfen würdet, um die Schulden des Pubs abbezahlen zu können, wäre das auch echt super!«, ergänzte Jonah und tauchte an meiner Seite auf, um mich in die Arme zu schließen. Ich genoss die Wärme, die er ausstrahlte, und gab mich ganz seiner Berührung hin. Um uns herum wurde gelacht und geredet. Die Kinder freuten sich über die Tiere, die Erwachsenen über den Glühwein. Jetzt hieß es hoffen, dass die Gemeinde in Spendierlaune war. Doch egal, was heute passierte, ob wir genug Geld einnahmen, um den Pub zu retten, oder nicht, es war nicht wichtig. Denn während alle so hart gearbeitet hatten, hatte ich tatsächlich gelernt, was Liebe bedeutete. Und was ein Zuhause ausmachte. Es kam nicht auf den Ort an, sondern auf die Personen, mit denen man sich umgab. Hier, fernab von meiner WG in Frankfurt, hatte ich es gefunden. In Form einer skeptischen, aber hilfsbereiten Gemeinde und in den Armen des Mannes, der mich gerade festhielt und mir sanft über den Rücken strich, als wäre ich das beste Geschenk, das er jemals bekommen hatte. Dabei war doch ich diejenige, die das beste Geschenk erhalten hatte.

Epilog

»Lass endlich die Finger davon. Er hängt schon gerade.«

»Bist du dir sicher?«, fragte Jonah und schob den Ballon um einen weiteren Millimeter nach rechts.

»Es sieht perfekt aus. Abgesehen davon, dass es niemandem auffallen wird, ob die Ballons im perfekten Winkel ausgerichtet sind«, gab ich zurück und schüttelte über Jonahs perfektionistische Art den Kopf.

In den letzten Wochen war einiges passiert. So viel, dass ich immer noch nicht glauben konnte, dass das fünfundzwanzigjährige Jubiläum des Pubs nun endlich bevorstand. Die Zwangsversteigerung war vom Tisch, und ich hatte Jonah sein Geld zurückgezahlt. Das gelang mir nicht nur wegen der ungemein hohen Spendenbereitschaft der Gemeinde auf der Weihnachtsfeier, sondern auch weil ich das Haus von Peter verkauft hatte. Da ich sowieso zurück nach Deutschland musste, um mein Studium endlich zu beenden, war das in Ordnung. Ohnehin brauchte ich kein komplettes Haus für mich, in dem ich nur selten meine Nächte verbrachte. Stattdessen schlief ich bei Jonah. Trotz meiner Unwissenheit, was Beziehungen anging, probierten wir es mit einer Fernbeziehung. Während ich meine Masterarbeit abgab, arbeitete er im Pub und hielt dort die Stellung. Wann immer es ging, hatten wir telefoniert, und es war fast so, als wäre ich nie gegangen. Mittlerweile war ich wieder in Kinmore, und das fünfundzwanzigjährige Jubiläum des Pubs stand bevor, für das wir in den letzten Tagen bereits intensiv geschuftet hatten.

Obwohl kein Tag verging, an dem Jonah und ich nicht telefoniert hatten, war das Gespräch nie auf die Zukunft des Pubs gefallen. Jonah hatte sich zwar nach einem neuen Job umgesehen, aber ich hatte schnell gespürt, dass er es nur halbherzig tat. Letztlich hatte er einen Probearbeitstag in einem Pub in Edinburgh absolviert. Doch begeistert war er davon nicht gewesen.

Vielleicht hätte ich ein schlechtes Gewissen haben sollen, weil ich ihn im Dunkeln ließ, aber ich redete mir ein, dass es das wert war. Außerdem würde er mein kleines Geheimnis schon bald erfahren.

»Das ist die letzte Feier. Da muss eben alles perfekt sein«, meinte Jonah, trat einen Schritt zurück und begutachtete sein Werk. Er legte den Kopf schief, ehe er, offenbar zufrieden, nickte.

»Ich kann immer noch nicht glauben, dass wir heute hier stehen«, sagte ich und schaute mich im Laden um. Die Weihnachtsdekoration war verschwunden, stattdessen hatten wir Girlanden aufgehängt. Egal, wohin ich auch schaute, die Zahl fünfundzwanzig war allgegenwärtig. Es war schwer vorstellbar, dass ich vor nicht einmal einem halben Jahr vollkommen am Verzweifeln gewesen war, weil ich keine Ahnung gehabt hatte, wie ich an diesen Punkt kommen sollte. Ich hatte aufgeben wollen, hatte in all meinen Bemühungen keinen Sinn gesehen, und doch war ich nun hier.

»Die letzten Wochen liefen wirklich gut«, sagte Jonah, kam zu mir und legte seine Hände an meine Hüften. »Ich bin stolz auf dich. Du hast nicht aufgegeben, auch wenn es manchmal wirklich schwer war.«

Ich schaute zu ihm auf, dem Mann, dem ich so viel zu

verdanken hatte. Dem Mann, der mir bei diesem Job immer zur Seite gestanden und dafür gesorgt hatte, dass der Pub weiterhin ein Erfolg war. Wann immer ich mich in meinen düsteren Gedanken über die Zukunft verloren hatte, war er da gewesen und hatte mich nicht nur abgelenkt, sondern auch nach einem Ausweg, einer Lösung gesucht – und meistens auch gefunden.

»Ohne dich hätte ich das niemals geschafft«, erwiderte ich, schlang die Arme um seine Taille und schaute zu ihm auf. Er hauchte mir einen flüchtigen Kuss auf die Stirn, der mir jedes Mal wieder die Knie weich werden ließ.

»Natürlich hättest du das. Es wäre nur etwas umständlicher gewesen.« Er grinste, und ich verdrehte die Augen.

»Wirklich, Vivi. Ich war anfangs skeptisch, ob du an dem Versprechen, das du mir gegeben hast, bis zum Schluss festhältst. Und vielleicht hatte ich deswegen ein schlechtes Gewissen. Vor allem als ich gesehen habe, wie sehr dich das alles belastet. Aber ich bin froh, dass du es trotzdem durchgezogen hast. Es ist noch immer nicht leicht zu verarbeiten, dass es nun vorbei ist, aber die letzten Wochen haben mir geholfen, Abschied zu nehmen.«

Auch ohne es sagen zu müssen, wusste ich, dass er nicht nur den Pub meinte, sondern auch meinen Onkel.

»Das ist nicht fair«, murmelte ich und presste die Lippen aufeinander.

»Was?«

»Diese Gefühlsduselei. Ich hatte das eigentlich anders geplant. Wollte den perfekten Moment abwarten, aber ich glaube, ich kann nicht mehr warten.«

»Wovon redest du?« Jonahs Stirn lag in Falten, und er ließ die Hände sinken, als ich zum Tresen ging, auf dem meine Tasche lag. Ich holte eine Mappe hervor und hielt sie Jonah hin. Zögerlich nahm er sie entgegen.

»Was ist das?«

»Mach sie auf«, sagte ich und biss mir auf die Unterlippe, während ich dabei zusah, wie Jonah genau das tat. Es dauerte einen Moment, dann verwandelte sich seine Miene von Verwirrung zu Unglauben, zu Freude und zurück zu Verwirrung.

»Was ist das?«, fragte er abermals. Sein Blick huschte zwischen mir und dem Dokument hin und her.

»Das ist ein Vertrag, der dich zum Miteigentümer macht. Ich überschreibe dir fünfzig Prozent des Ladens. Du musst nur noch unterschreiben.«

Jonah starrte mich an, als hätte ich gerade verkündet, dass Dinosaurier noch existierten. Er sagte kein Wort, schaute nur immer wieder zwischen dem Dokument und mir hin und her. Während er meine Worte noch versuchte zu verarbeiten, holte ich einen Stift aus meiner Tasche, den ich ihm hinhielt.

»Also, natürlich nur, wenn du den Laden mit mir gemeinsam führen willst. Ansonsten muss ich mir etwas anderes einfallen lassen«, sagte ich und wollte den Stift wieder wegziehen. Blitzschnell griff Jonah danach und hielt ihn außer Reichweite.

»Das meinst du wirklich ernst?«

»Dass ich mir etwas anderes überlegen muss? Ja.«

Jonah schüttelte den Kopf. »Dass du mir fünfzig Prozent des Ladens überschreiben willst.«

»Natürlich meine ich das ernst. Du warst in den letzten Wochen und Monaten meine größte Hilfe. Ohne dich hätte ich es niemals bis hierher geschafft – auch wenn du jetzt wieder etwas anderes behaupten willst, es stimmt. Du warst meine größte Stütze.«

»Aber warum jetzt? Du hast dich ja selbst gegen das Geld gewehrt, dass ich dir gegeben habe.«

»Ehrlich gesagt hatte ich die ganze Zeit über den Gedanken, dir den Pub zu überschreiben. Am Anfang, weil ich überfordert war und gesehen habe, wie viel er dir bedeutete. Dann habe ich die ganzen Rechnungen gesehen und wollte dir all das nicht aufbürden. Aber jetzt läuft der Laden endlich wieder gut. Die Rechnungen sind bezahlt, ich habe meine Schulden bei dir ebenfalls abbezahlt, und ich könnte mir niemand Besseren vorstellen, der den Laden führen könnte.«

Jonahs Blick zeigte noch immer Verwirrung und Unverständnis. »Und die andere Hälfte? Was passiert damit?«

Ich schmunzelte. »Kaum gibt man dir den kleinen Finger, willst du die ganze Hand?«

»Was? Nein, natürlich nicht. Aber was passiert damit?«

»Ich behalte sie. Mein Onkel hat mir den Pub vererbt. Auch wenn ich nicht herausfinden konnte, warum, will ich seinem Wunsch doch irgendwie nachkommen. Allein könnte ich das hier nicht. Aber mit dir an meiner Seite ...« Ich beendete den Satz nicht, aber Jonah verstand mich auch so. Er nickte stumm.

»Also? Was sagst du?«, fragte ich.

»Dir ist klar, dass du die Boss-Karte dann nicht mehr ausspielen kannst?«

Ich legte den Kopf schief. »Wann habe ich das jemals gemacht? Ich habe dich schon immer mitentscheiden lassen. Obwohl ... Wenn ich genauer darüber nachdenke, hast du eigentlich alle Entscheidungen getroffen, und ich habe nur mitgezogen.«

Ein Lächeln erschien auf Jonahs Gesicht. Das Lächeln, bei dem sich seine Grübchen zeigten. Durch seinen Bart hindurch waren sie nicht mehr so präsent – er musste sich wirklich wieder rasieren –, trotzdem konnte ich sie deutlich wahrnehmen.

»Dann bleibt ja alles beim Alten.« Er setzte seine Unterschrift unter das Dokument, legte es dann zur Seite und nahm mein Gesicht in seine Hände. Er küsste mich stürmisch, und ich musste lachen. Jonah so glücklich zu sehen, war es definitiv wert gewesen, ihn so lange im Dunkeln zu lassen.

»Warte«, sagte er plötzlich und zog sich etwas zurück. »Das bedeutet, du bleibst hier?«

»Genau das bedeutet es. Ich sollte mir wohl besser eine neue Wohnung suchen, jetzt, wo ich Peters Haus verkauft habe.«

»Spinnst du? Du ziehst bei mir ein. Kein Leben aus dem Koffer mehr! Ich räume dir, sobald wir zu Hause sind, den Kleiderschrank leer.«

Zu Hause. Er sagte es so selbstverständlich, dass ich nicht anders konnte, als ihn wieder an mich zu ziehen und ihn zu küssen.

Endlich fühlte es sich an, als wäre ich angekommen. Als hätte ich gefunden, wonach ich nie wirklich gesucht hatte. Die ganzen Hollywoodfilme und Liebesromane waren zwar schön, aber nichts übertraf diesen Moment. Die Realität. Mein ganzes Leben lang hatte ich nicht erfahren dürfen, was Familie bedeutete, und nun hatte ich gelernt, dass sie so viel mehr war als nur das Blut, das durch unsere Adern floss. So viel mehr. Die Gemeindemitglieder waren füreinander da, unterstützten sich. Auch wenn das manchmal bedeutete, Außenseitern kritisch gegenüberzustehen und ihnen zu zeigen, dass sie von Veränderungen überhaupt nichts hielten. Hatte ich meinen Onkel anfangs noch verflucht, wünschte ich mir nun, mit ihm zu reden, um ihm zu danken. Dafür, dass er mich zu seiner Wahlfamilie geführt hatte und mir so gleichzeitig gezeigt hatte, was Liebe war. Endlich verstand ich, warum Peter damals gegangen war und nie zurückgeblickt hatte.

»Auf die nächsten fünfundzwanzig Jahre«, sagte Jonah und lächelte mich an.

»Ich kann es kaum erwarten.«

Danksagung

Das war's – mein erster Roman. Ehrlich gesagt, habe ich keinen Plan, wie man eine Danksagung schreibt, also versuche ich es einfach mal. So, wie ich auch einfach mal versucht habe, ein Buch zu schreiben.

Zuerst möchte ich mir selbst danken. Ja, das klingt vielleicht ein wenig egoistisch, aber egal. Danke an mein »Vergangenheits-Ich«, dass du dich einfach hingesetzt und angefangen hast zu schreiben. Danke, dass du dich durchgekämpft hast, als alles noch chaotisch war und du selbst nicht daran geglaubt hast. Und vor allem: Danke, dass du den Mut hattest, auf »Senden« zu klicken und das Manuskript abzuschicken.

Ein großes Dankeschön geht an Elke und den Verlag, die meine Leseprobe gesehen und entschieden haben, dass sie gut genug war, um sie in ein vollständiges Buch zu verwandeln. Dank euch kann ich tatsächlich einen Haken auf meiner Bucketlist setzen!

Auch meiner Lektorin Diana danke ich herzlich für ihre wertvollen Anmerkungen und Verbesserungen, um das Beste aus dieser Geschichte herauszuholen.

Christina, danke, dass ich mich bei dir ausheulen konnte. Aber du hast ja gesagt, ich darf. Also keine Sorge, ich komme das nächste Mal wieder zu dir.

Und schließlich danke ich meiner Familie fürs Mitfiebern und für euren unverblümten Enthusiasmus – auch wenn er teilweise wirklich verrückt war.

Und natürlich danke ich allen, die dieses Buch nun lesen, rezensieren, bewerten oder weiterempfehlen. Ich hoffe, ihr habt eine gute Zeit damit.